蜘蛛男

江戸川乱歩ベストセレクション⑧

江戸川乱歩

角川ホラー文庫
15902

目次

蜘蛛男

蜘蛛男《くもおとこ》というと、年配の御方《おかた》は「アア、見世物《みせもの》の蜘蛛男のことか」と早合点《はやがてん》をなさるかも知れぬ。昔浅草六区《あさくさろっく》に蜘蛛男という怪物の見世物があった。胴の長さ僅《わず》か四寸余、手細くして長く、足縮んで短く、其形《そのかたち》が蜘蛛そのままという、不気味な片輪者であった。成程不気味な点ではこの物語の主人公も、右の怪物にひけはとらぬが、併《しか》し、作者の意味はもっと別の所にある。

蜘蛛という虫は、毛むくじゃらの八本足を、異様に蠢《うごめ》かしている恰好《かっこう》丈《だ》けでも、ゾッとする程いやらしいものだが、あの虫は、その本性も、実に残忍酷薄なやつで、同類相食《あいは》む為《ため》に二匹同居することが出来ない。夫婦同志の間柄でさえ、雄《お》蜘蛛は、雌《め》蜘蛛の隙《すき》を覗《うかが》って、飛鳥《ひちょう》の様に飛びかかって、危《あや》う夫婦の目的を果すのだが、猛悪無残な雌蜘蛛は、その大切な御亭主をさえ、油断を見すまし、ムシャムシャと食い殺してしまう。身の毛もよだつ怪物である。

この物語の主人公は、残忍酷薄で薄気味の悪いこと、丁度《ちょうど》この蜘蛛の様な人物だから（しかもそれが雌蜘蛛の方に似ているのだが）名づけて『蜘蛛男』という訳である。

副主人公は、一人の俊敏《しゅんびん》なる素人《しろうと》探偵で、この物語はその素人探偵対『蜘蛛男』の、深讐綿々《しんしゅうめんめん》たる、尽きせぬ闘争を記述せんとするものである。

十三号室の借主

Y町（無論東京である）に関東ビルディングという、個人の経営する、大して大きくない貸事務所がある。ある朝のこと、そのビルディングの事務所へ、一人の立派な紳士が這《は》入《い》って来た。事務員が名刺を受取って、見ると、『美術商、稲垣平造《いながきへいぞう》』とあった。

稲垣氏は、太い籐《とう》のステッキに、寄りかかる様にして、白いチョッキの胸の白い鎖《くさり》をもてあそびながら、「部屋が空いていたら、借り度《た》いのだが」と、横柄《おうへい》な調子で云《い》った。

関東ビルディングは場所がよいのと、室代が低廉《ていれん》なので、仲々繁昌《なかなかはんじょう》していたが、どうしたものか、たった一つ丈け妙に借手のつかぬ部屋があった。経営者は、御幣《ごへい》をかついで、十三号という番号が悪いのかも知れぬからというので、その番号をあき番にして、全部の室番を換えてしまおうかとさえ考えていた。今も丁度十三号室丈けがあいていた。

「十三号」と繰返して、稲垣氏はニヤリと妙な笑い方をしたが、「十三号結構。では今日直《す》ぐに荷物を運ばせるから」と即座にふくらんだ蟇口《がまぐち》を開いて、敷金と一ヶ月分の室代とを支払った。

ビルディングは御役所ではないから、借主の身元調査もしなければ、戸籍謄本も要求せず、保証人さえも不用である。ただ相当の風采《ふうさい》とお金さえあれば、どこの馬の骨であろうと、いつ何時でも部屋が借りられるのだ。といって、何も稲垣氏が馬の骨だという訳ではないが、若《も》し万一、『美術商、稲垣平造』というあの名刺が、真赤《まっか》な贋物《にせもの》であったとしても、誰一人疑うものもなければ、文句をつけるものもない訳《わけ》である。

室代の受取りを取って、事務所を出ると、稲垣氏は、自宅へ帰って引越しの用意をしたかというと、決してそうではなかった。彼はとある町角の自働電話へ這入った。

「アア、K家具店ですか。私はね、関東ビルディング十三号の稲垣と云うものだが、至急にね、急ぐから品物はそっちで見はからって欲しいが、事務用の机と廻転椅子《かいてんいす》と、普通の椅子が三脚ばかり、それと、大型の陳列棚が一つ、値段もお任せするから、すぐにね、運んでくれ給《たま》え。無論《むろん》出来合い品で結構、代は荷物と引換えにお渡しするから」

といった調子で、彼はK家具店の外に、G美術店、S額縁店其他《そのた》二三ヶ所へ、急がしく電話をかけて、貸事務室を装飾すべき一切の品を手落ちなく注文した。稲垣氏は妙な美術商で、一度も取引のない美術店や額縁店へ、自働電話で注文した品物を、商《あきな》うものと見える。そんなことをして、一体全体どこから利鞘《りざや》を割出そうというのであろう。不思議な商人もあったものである。

その日の午後二時頃には、関東ビルの十三号室は、さも美術商のオフィスらしく、もう立派に飾りつけが出来ていた。五六坪の室内には、四方の壁に大小様々の油絵や版画がかけられ、一方の隅の大きなガラス張りの陳列棚には、石膏《せっこう》の胸像だとか、足や腕ばかりの像だとか、色様々の壺《つぼ》だとかが賑《にぎや》かに飾られ、又一方の隅には、白いカンヴァスや額縁などが、所狭く積み重ねてあった。

その真中《まんなか》に大きなデスクを据え、それを囲んで数脚の椅子が配置よく並んでいる。デスクに対した廻転椅子には、この十三号室の新主人である稲垣平造氏が、ドッカと腰をおろして、今しも、デスクの上の用箋《ようせん》に、しきりとペンを走らせている。その様子が、まるで一年も前から、この同じ部屋で事務を執《と》っているといった塩梅《あんばい》なのだ。

さて、ここで一寸《ちょっと》、読者の為に、稲垣氏の風采を記して置きたいのだが、と云っても、さして変った風采ではない。変った点と云えば、稲垣氏が、商人らしくもない、大きな口《くち》髭《ひげ》と、三角形に刈り込んだ、気取った顎髯を持っていたこと位だ。だが、この当節余りはやらない髭の置き方が、痩形《やせがた》でスラリと背の高い四十男の稲垣氏に、どこか英国紳士と云った、上品な威厳《いげん》を与えていたことは確かである。顔は骨ばった細面《ほそおもて》で、色は青白く、頭は豊かな髪を綺麗《きれい》になでつけていたが、その顔全体の感じに対して、大きな鼈甲縁《べっこうぶち》の眼鏡が、何となくふさわしくなかった。

服は、薄手の黒セルの上衣《うわぎ》に、麻の白チョッキ、セルの細い縞《しま》ズボンという、地味な好みで、それが又シックリと似合っていた。

そういう風采の稲垣氏が、デスクに向ってしきりとペンを動かしている所へ、ドアがコツコツと鳴って、早《は》や何者かが訪れて来た。

「お這入り」

稲垣氏が、よく通るバスの声で応じると、オズオズと扉《ドア》が開いて、その隙間から、意外にも、十七八の若い娘の顔が覗《のぞ》いた。

「お這入り」

もう一度云うと、娘はやっと這入って来たが、入口とデスクとの中間に立止って、もじもじしている。薄色のセルに、赤い模様の羽二重《はぶたえ》の帯をしめた、余り美しいとは云えぬ、内気らしい娘である。

稲垣氏が、もどかし相に、手招きをして、デスクの前に来る様に勧めたものだから、娘は二三歩前に進んだが、そこで、もう一度もじもじして、帯の間から小さな紙切れを取出すと、

「アノ、今朝の新聞を見たものですから」

と云って、その紙切をソッとデスクの端《はし》に置いた。

紙切というのは、新聞の三行案内を切取ったもので、そこには次の様な文句が印刷されてあった。

女事務員募集、十七八歳、愛嬌《あいきよう》ある方、美術商接客係、高給、午後三時より五時まで来談。
Y町関東ビル稲垣美術店

さては、稲垣氏は、室を借り受けない先から、ちゃんとこの様な新聞広告を出して置いたものと見える。彼は関東ビルの十三号室があき部屋であることを予《あらかじ》め知っていたのであろうか。この人のやり方は、一から十まで新式である。商品は同業の小売商から買入れたり、それを自働電話で注文したり、部屋を借りぬ先から新聞広告を出したり、何だか常軌《じようき》を逸《いつ》している様にも思われるが、これが当節の商法と云うものか知らん。

それはさて置き、稲垣氏は、暫《しばら》くの間応募の小娘をジロジロと観察していたが、やがてぶっきら棒に、

「お気の毒ですがね、この広告の人なら、今《いま》し方極《がたきま》りましたよ」

と云った。読者も知っている通り、稲垣氏がここへ引越して来て以来、この娘が最初の訪問者である。それを、もう傭入《やといい》れる人が極《きま》ったとは、妙な返事ではないか。この人のやり方はどこまで変っているのであろう。

空っぽの邸宅

それから五時の引け時まで、稲垣商店は、開業匆々《そうそう》、大繁昌であった。と云っても、訪ねて来たのは、お華客様《とくいさま》ではなくて、例の女事務員の応募者ばかりであったが、それでも稲垣氏は、欣々《きんきん》として、まるで楽しい事務でも執《と》っている様に、次から次とやって来る若い娘達に、根気よく同じ返事を繰返していた。

「お気の毒ですがね、この広告の人なら、今し方極ったばかりですよ」

ところが、最後にやって来た娘丈けは例外であった。

その娘は、年は広告の条件通り十七八で、意気な洋装をして、丸い帽子を眼深《まぶか》に冠《かぶ》り、肉色の靴下を光らせていた。

稲垣氏はロイド眼鏡の奥で、眼を細くして、(癖《くせ》と見えて、この人はいつも、眠った様に目を細くしていた。あの目がカッと見開いたら、どんなだろうと思うと、気味が悪い位であった)デスクの向うにシャンと立っているその娘を眺めた。まるで全身を嘗《な》め廻《まわ》しでもする様に眺めた。

娘はどちらかと云えば、小柄な方で、肉づきがよい癖に、グッと抱きしめたら、シナシナと崩《くず》れてしまい相《そう》な感じであった。顔は健康な狐色《きつねいろ》で、犬の様にオドオドした、併し変化の烈《はげ》しい目と、ピンと上の方へめくれ上った花びらみたいな唇と、狭い鼻の下と、低いけれど何となく魅力のある鼻とが特徴であった。

稲垣氏は暫くこの娘を眺めたあとで、始めて、極り文句でない言葉で喋った。

「お名前は」

「里見《さとみ》芳枝《よしえ》って申しますのよ」

娘は少しもはにかまず、而《しか》も多分の色気を含んで答えた。稲垣氏の目が眼鏡の奥で一段と細められた。

「私の店は無人《ぶにん》ですから、接客係といっても、色々なことをやって貰《もら》わねばなりませんよ。いいですか、例《たと》えば商品の整理だとか、記帳だとか、私の秘書みたいな仕事だとか。その代り給料は週給で、毎週十五円ずつ差上げます。そういう条件で差支《さしつかえ》ありませんか」

「エエ、結構でございますわ。私の様な者でよろしければ、何でもやらせて頂きますわ」

「で、親御さん達は御承知なんでしょうね。今日ここへ来ると云って出て来たのですか」

「いいえ、親達にはまだ申してありませんの。今日も友達の所へ行くと云って、家《うち》を出た位です。でも、私が御店に這入れたと知ったら、親達もきっと喜ぶと思いますわ。私が勤めることは、いつも勧めていた位ですもの」

それを聞くと、稲垣氏は、細い眼で、じっと相手の表情を見ていたが、どういう訳か、念を押す様に、もう一度同じ問いを繰返した。

「あなたが、今日ここへ来たことは、お家では誰も御存じないのですね。外《ほか》に御友達かなんかに話しやしませんか」

「いいえ、誰にも。だって、若《も》し採用にならなかったら恥《はずか》しいんですもの」

「よろしい。では、今日からあなたを採用することに極めました。ところで」

と云いながら、一寸時計を見て、

「ア、もう五時だ。いつも五時にはこの店を閉めることになっていますから、少し勤務時間外だけれど、私の家も知って置いて貰い度いし、それに家の倉庫の品物に一応目を通して置いて欲しいのですが、差支なかったら、これから一緒に行ってくれませんか。ナニ、そんなに遠くもないし、自動車だから訳はありませんよ。夕飯までにはお宅へ帰れますよ」

「エエ」と里見芳枝は、流石《さすが》にやや躊躇《ちゅうちょ》していたが、店主の年齢といい、人品《じんぴん》といい、信用してもよさ相《そう》に思ったので、思い切って、

「よろしうございます。お伴《とも》しますわ」と答えた。

「では、一足先に外へ出て、そうですね、向うの四つ角の所に待っていて下さい。ここを片附けて直《じ》き行きますから」

別段片附けるものもないのに、稲垣氏はそんな口実を設《もう》けて、芳枝を先に建物の外へ出した。

芳枝の方では、割のいい仕事にありついた嬉《うれ》しさで、一向気附かなんだけれど、稲垣氏のやり方は、益々《ますます》妙である。だが、同氏のそれからあとの奇怪千万な行動に比べては、こんなことは実は何でもなかったのだけれど。

芳枝が指定された四つ角に待っていると、間もなく、一台の自動車が鼻の先に徐行して来た。

「里見さん。サア、早くお乗りなさい」

見ると、その自動車の中に、ちゃんと稲垣氏が腰かけている。芳枝は妙なことをする人だと思ったけれど、ゆっくり考えている暇《ひま》もなかったので、そのまま車上の人となった。

自動車はY町から東を指して暫く走ると、両国橋《りょうごくばし》近くのS町で停車した。稲垣氏は、「一寸取引先に用件があるから、あなたも序《ついで》に引合わせて置きましょう」といって、芳枝を車から卸《おろ》し、運転手には帰る様に命じて、細い横町へ這入って行ったが、何を思ったのか、「いや、すっかり忘れていた。今そこの主人が旅行していて、いないのです。私は今日はどうかしていますよ」と言い訳をしながら、入組んだ横町を幾曲《いくまが》りすると、反対側の大通《おおどお》りへ出て、そこで又自動車を拾った。そして、今度は逆に西へ西へと車を走らせ、来た時の二倍も西に戻って、麹町《こうじまち》区のR町で車を止めたが、事務所を出たのがもう五時過ぎであったのに、寄り道で手間取ったので、その時分には街燈《がいとう》が明るくなっていた。

「大変遅くなりましたが、もうすぐですよ」

稲垣氏はそう云って自動車を返すと、R町のとある淋《さび》しい横町へ這入って行った。そこは塀《へい》ばかり続いている様な、静かな邸町《やしきまち》で、人通りもなく、軒燈《けんとう》も少く、大きな、真暗な洞窟《どうくつ》へでも這入って行く様な感じがした。

「私、家で心配するといけませんから……」

芳枝はこの様な冒険を、寧《むし》ろ好む種類の女だったけれど、何故《なぜ》かその時、ふと怖くなって、その洞窟の様な町へ這入ることをためらった。

「もう半町もありやしないですよ。今ここからお帰りなすっても、同じことだ。折角《せっかく》来たんだから、一寸寄って下さい」

稲垣氏は構わず、先に立ってグングン歩いて行った。芳枝は多くの場合は多寡《たか》を括《くく》って、それでいけなくなると、最後にはやけになって、大抵の冒険に突入して行く女だったが、今夜は、丁度その中間位の心持で、併し一方では少なからぬ好奇心を燃《もや》しながら、この西洋人の様な四十男に従って行った。

成程《なるほど》半町も歩くと、両方の大きな邸にはさまって、中流住宅といった、小ぢんまりした門構《もんがまえ》の家があった。軒燈がないので、暗くて表札などは分らなかったけれど、稲垣氏はその門の引戸をからからと開けて、真暗な家の中へ這入って行った。

「家内が留守《るす》かも知れません。不用心な奴だなあ。こんなに開けっぱなして」

稲垣氏はそんなことを云いながら、暗闇の中で何かゴソゴソやっていたが、やがて玄関にパッと電燈がついた。

門から一間《けん》ばかりで、直《す》ぐに玄関の格子戸になっているのだが、その向うの二枚障子が明るくなって、三畳ばかりの玄関の間で、稲垣氏が頻《しき》りと芳枝を手招きしているのが見えた。

芳枝は彼女の雇主《やといぬし》の邸宅が案外みすぼらしいのにあきれてしまった。稲垣氏の奥さんは長屋の女房みたいに、家を開けっぱなしにして外出するのだろうか。それに、女中もいない様だし、御主人が帰宅して、手ずから玄関の電燈をつけるなんて、これで私のお給金が払えるのかしら。などと考えて、甚《はなは》だたよりない感じがした。

それから八畳ばかりの奥座敷に通されて、座蒲団もない畳の上に坐らされた時には、芳枝は不安を通り越して、何とも云えぬ恐怖に襲われ始めた。というのは、この稲垣氏の住《す》居《ま》と称する家屋は、その実、日頃住《す》み《い》てのない空家ではないかと思われたからである。家中を見渡しても、箪笥《たんす》もなければ机もない。玄関の土間には一足の下駄《げた》も見えず、第一床の間が空《から》っぽで、掛物《かけもの》も置物もないのは、何としても変である。この様子では、奥さんが外出しているというのも、子供だましの嘘《うそ》っ八《ぱち》に相違ない。

「びっくりしていますね」稲垣氏は、芳枝の落ちつかぬ表情を見て、腹の底でニタニタと笑っている様な調子で云った。「本当は、ここは僕の家でも何でもない。ただの空家なんですよ。戸締りは予めはずして置いたし、電燈は、ちゃんと電球を用意して、いつでも明りがつく様にして置いたのです。驚いたでしょう。だが、あなたは、まさか今更悲鳴を上げたり、逃げ出したりする様な、そんな野暮《やぼ》な方《かた》ではありますまいね。尤《もっと》も、叫んで見た所で、隣近所は途《と》方《ほう》もなく大きなお邸で、ここは人里離れた一軒家も同じことだし、逃げ出すといっても、僕はちゃんと内側から戸締りをして来たので、一寸あなたの細腕では逃げ出すことも出来ますまい。分りましたか。あなたは利口だから、この場合どうすれば、どんな態度を採《と》れば、あなたに取って一番有利だかが、よく分っている筈です。私は悪い男です。世間で云う悪人の部類に属する男です。ですから、あなたが、今この不利な状態で私に反抗すれば、それは却って、私の思う壺にはまるというものですよ。ね、分ったでしょう。ですからね、やっぱり私は稲垣美術店の店主、あなたはそこの女事務員、そして、ここは店主の自宅ということにして、無駄な口論や反目を抜きにして、愉快な気持でお話をしようじゃありませんか。ね、いいでしょう」

　芳枝はそれを聞いて、サッと唇の色を失ったが、目にも止まらぬ素早さで、その狼狽《ろうばい》を押しかくしてしまった。そして、心の内では恐怖の為にガクガク震えながら、上べだけは、さも平気な調子で物を云うことが出来た。

「でも、どうしてこんな変な、空家なんかへ来なければならなかったのでしょうか」

「素敵。君はやっぱり利口な方ですね。それで僕も安心しました。今の御言葉は、こんな空家なんかでなくて、何故お茶屋とかホテルとかを選ばなかったか。という質問にとっても差支ありますまいね。……ですがね、こういう淋しい家を選んだのは、特別な訳があるからですよ。その訳は今に分かりますがね」

稲垣氏は、どこまでも紳士の態度をくずさないで、しかも、世間話でもしている様に、誠に穏かな口の利き方をした。だが、それが相手には、どんな乱暴な言葉よりも、一層不気味にも、恐ろしくも感じられることを、ちゃんと意識している様に見えた。

浴槽の蜘蛛

「私の家の倉庫を見て貰《もら》う約束でしたね。だが、残念ながら、この空家には蔵がありませんから、その代りいいものを見せましょう。湯殿《ゆどの》です。この小さな家に不似合な、立派な湯殿があるのですよ」

稲垣氏は何の積《つも》りかそんなことを云って、座敷の外の縁側《えんがわ》を伝って、真暗な裏手の方へ這入って行ったが、暫くすると、その方角がパッと明るくなった。湯殿の電燈をつけたのである。

芳枝は決して貞操《ていそう》を無視する程あば摺《ず》れではなかったし、こんな場合、普通の娘がどんな態度を採るものだかも、充分心得ていたけれど、利口な丈けに、今更どうもがいて見た所で何の役にも立たぬことを、早くも悟ってしまった。彼女には昔の女の様に、死を以《もっ》て身を守る程の潔癖もなかったので、どうせ駄目《だめ》と極っているなら、いっそ悪びれない方が、という気持になった。すると、いつもの男性に対して多寡を括る気持が、ムラムラと湧上《わきあが》って来るのだった。

「マア、綺麗《きれい》なお風呂ですわね」

彼女はそこへ立って行って、湯殿を覗き込むと、すらすらとそんなことが云えた。だが、流石《さすが》に、心で思った程なまめかしい調子は出なんだ。

「そうでしょう。ここ丈けは、昨日僕がちゃんと掃除《そうじ》しといたんだから、併し、お湯は沸きませんよ。なんぼ僕が大胆でも、まさか煙突から煙を出す訳には行きませんからね」

稲垣氏は芳枝が案外平気なので、大満足の様子であった。

湯殿は一坪位しかなかったが、その四分の一程を浴槽にして、あとは壁から床から全面白タイル張りの清浄な流し場になっていた。浴槽も白タイルだし、天井も白壁が塗ってあるので、湯殿全体が、真白で、キラキラと輝くばかりであった。その中に、髭をはやした洋服姿の紳士が、靴下をぬらして立ちはだかっていると、入口から半身を入れて、これも洋装の美しい少女がそこを覗き込んでいる有様は、誠に異様な光景であった。

芳枝はある恐ろしい予期の為に、ともすれば、目の先がぼうっと霞《かす》んで、軽い眩暈《めまい》をさえ感じたが、強《し》いてさあらぬ体《てい》を装い、湯殿の中を眺めている内に、ふと妙なものを発見した。空家の湯殿の棚の上に、スーツケースが置いてあるというのは変だな。ひょっとしたら、私がこんな空家に連込まれた初めから、みんな夢なのではあるまいか。などと、彼女は呑気《のんき》なことを考えて、その小型のスーツケースを見つめていた。

「アア、これですか」

稲垣氏は、素早く芳枝の表情を読んで、その鞄《かばん》を取りおろし、気軽にそれを開けて、彼女の目の前につきつけた。見ると、その中には、ドキドキした、色々の形の刃物が、ゴロゴロと転がっている。

「弁慶《べんけい》の七つ道具みたいでしょう。アハハハハハハ」

芳枝は、鞄の中の品物が異様であったのと、稲垣氏のおびやかす様な笑い声に、ギョッとして顔の色を失った。

「変に思うでしょうね」稲垣氏は彼女の恐怖をさも快く眺めながら云った。「だが、ちっとも変じゃないのですよ。ごらんなさい。この湯ぶねにはちゃんと水が汲《く》み込んである。誰が汲み込んだのでしょう。私だ。何もかも私が用意をして置いたのですよ。この鞄だって無論私が昨日持って来たのです。何ぜ私が湯殿を掃除したり水を汲み込んだり、おまけに、こんな七つ道具を用意して置いたか。その訳が分りますか。凡《すべ》て君の為なのですよ。さっきまでは、芳枝さんだか誰だか、名前も顔も極まっていなかった。ただ、私の広告に応じて来た娘さん達の内に、ひょっとしたら君の様な人がいないかと、当てに出来ぬことを当てにしていたのですよ。ところが、今日私の店へ来た十八人の娘さんの内に、何という幸《さいわい》でしょう。君がいてくれた。あなたは顔も身体も声も心持も、すっかり僕の思っていた様な人です。若し今日あなたが来てくれなかったら、私は多分明日も明後日《あさって》も、あの事務所に出勤して、応募の娘さん達に会ったことでしょう。そして、ここへ来る日がもっと延びたことでしょう」

　稲垣氏は、眼鏡の奥の糸の様な細い目で、芳枝の全身を嘗《な》め廻しながら、ポツリポツリとさも楽しげに、彼の説明を続けて行くのだった。

「ホラ、思出してごらんなさい。私達はなぜS町へ寄り道をしたのでしょう。取引先なんて出鱈目《でたらめ》ですよ。あれは関東ビルディングから私達がどこへ行ったかということを、あの運転手に知られない為ですよ。僕達は西へ行くべきのを、反対に東へ行って見せたのです。そして、別の自動車に乗かえたのです。こうして置けば、稲垣商店と、この空屋との聯絡《れんらく》がぷっつり断切《たちき》れてしまいますからね。それから、もう一つ思い出してごらんなさい。私は店で、あなたが今日あすこへ来ることを誰かに知らせたかと尋ねましたね。あなたは恥しいので誰にも云わないで来たと答えた。それで僕はすっかり安心したのですよ。という訳は、それで稲垣商店と里見芳枝さんとの聯絡が全くないことになりますからね。この家と稲垣商店と聯絡がなく、稲垣とあなたとも聯絡がないとしたら、それで僕は殆《ほとん》ど安全なのです。が、僕の悪企《わるだく》みはもっともっと周到《しゅうとう》なのですよ。あの事務所は、今朝借りたばかりです。そして二度と再び行くことはないのです。私はあの部屋の品物をそのままにして行衛《ゆくえ》をくらましてしまいます。その為に私は、あの椅子やデスクや石膏像などを、皆知らない家から電話で持って来させたのです。あんな品物は何の手掛りにもなりません。稲垣美術店というのは、創立したかと思うと、たった一日で廃業してしまうのです。分りますか、つまりそんな美術店なんて、最初からありやしないのです。それに第一、おかしいですね。私は一体どこの何者なんでしょう。私の住所はどこにあるのでしょう。私の名前は何というのでしょう。誰も知らないのですよ。稲垣ですか。ハハハハハハ、稲垣って一体誰の事でしょう。私は稲垣商店の主人でないと同じ様に、稲垣氏でもないのですからね。ハハハハハ」仮名《かめい》稲垣氏はそう云って、さもおかしそうに笑い出した。

芳枝は相手が口をつぐんでも、喪心《そうしん》した人の様に、黙って空を見つめていたが、暫くすると、突然、アレッと叫んで、二三歩あとへさがった。併しそれは、彼女が稲垣氏の真意を悟っておびえたのではなかった。彼女は利口者であったとは云え、まだ世間知らずの小娘であったから、これ丈けの話を聞いて、相手の本当の目的を察しる力はなかった。それには、稲垣氏の悪企みが、余りにも異常で、残忍過ぎていたのだ。そうではなく、今彼女を驚かせたのは、丁度その時浴槽の白タイルの表面に這い出して来た、不気味な模様のように見える、一匹の大蜘蛛であった。

「アア、蜘蛛ですか。あなたは僕よりも、こんな虫けらの方が怖いのですか」

稲垣氏はそう云って、上手にその大蜘蛛を摑むと、いきなり浴槽の中へ放り込んだ。蜘蛛は、暫くの間、まるで水虫の様に、長い足を広げて、スイスイと水の表面を飛んでいたが、縁にのぼりつき相になる毎《ごと》に、稲垣氏が、残酷にも、又水の真中へ突きやるものだから、しまいには疲れてしまって、溺死者《できししや》の様に、滅茶苦茶《めちゃくちゃ》に足をもがいて、気違い踊りを始めた。

「踊っている、踊っている、断末魔の舞踏ですね」

稲垣氏は、そんな際にも、無残な悪戯を楽しんでいたが、やっとそれを水中からつまみ出すと今度は、何を思ったのか、瀕死《ひんし》の大蜘蛛を、ポイと芳枝の足元へ投げ出した。

それが丁度彼女のうしろに落ちたものだから、芳枝は「アッ」と叫んで、仕方なく稲垣氏の方へ身を避けたが、すると、稲垣氏は、それを待構えていた様に、寄りかかって来る彼女の身体《からだ》をいきなり抱きすくめてしまった。そして「サア、今度は私達が気違い踊りを踊る番ですよ」と囁《ささや》くのだった。

獣人

それから数時間もたった真夜中頃、同じ空屋の奥座敷に、里見芳枝は、まるで傷ついた闘牛の様に、虫の息に疲労した身体を、グッタリと投げ出していた。脱ぎ捨てられた着類、みだれた頭髪、血のにじんだ肉体、凡てが、仮名稲垣氏の飽《あ》くなき残虐を物語っていた。

その稲垣氏は、座敷の他の片隅に、無表情な顔で、じっと傷つける犠牲者を眺め入ってい
た。

雨戸はすっかり締めてあったけれど、忍び入る夜気《やき》が、冷え冷えと室内に満ち、淋しい
邸町の深夜は、音のない世界の様に、しずまり返っていた。

やがて芳枝は、黙って立上ると、身づくろいをして、片隅の男に、憎悪《ぞうお》と軽蔑《けいべつ》の一瞥《いちべつ》を
与えたままその部屋を立去ろうとした。

「どこへ行くんだ」

男は、一寸身じろぎをして、落ちついた声で尋ねた。

「帰るのです。まさか、この上ここへ泊って行けとおっしゃるのではないでしょう。……
でも、御安心なさい。私は自分の恥を喋《しゃべ》る様なことはしませんから」

芳枝は吐き棄てる様な切口上《きりこうじょう》で云った。

「帰る？　どこへ」

「私の家へ」

「オヤオヤ、君はまだ分っていなかったと見えるね。悟りの悪い娘さんだ。これで御用が
済んだと思うと飛んだ間違いだよ。俺は何も、これ丈けのことに、あんな苦労をしやあし
ないよ。偽名をして事務所を借りたり、調度を買入れたり、態々《わざわざ》こんな空家を選んだり、
方角違いのS町へ廻り道をしたりして、あらゆる捜索の手掛りを湮滅《いんめつ》したのは、何の為だ

と思うね。これは大犯罪者の周到な用意だとは思わないかね。ところが、俺はまだ、犯罪と名のつく程のことをやってはいないじゃないか」

気の毒な芳枝は、それを聞いても、相手の意味がハッキリ分らなかった。「また変な気違いじみたことを云い出した」と思ったばかりであった。

「さっき君に湯殿や、スーツケースの中の品物を見せたのは、何の為だと思っているのだね。俺のすることに一つだって無意味なことはない筈だよ。……アア、青くなって震え出したね。やっと分りかけて来たと見えるね。本当に気の毒だ。俺は冗談でなしに、お前の為に泣いてやり度《た》い位だ。……何という因果な俺の心だろう。俺はお前を愛しているのだ。比べるものもない程愛しているのだ。それにも拘《かかわ》らず、俺はお前を湯殿へ連れて行こうとしているのだ。……俺は普通の恋人の様にお前の心なんか欲しくはない。身体が欲しいのだ。命がほしいのだ。……アア、俺は人間ではない。悪魔だ。そうでなければ恐ろしい気違いだ。残酷な野獣の化身《けしん》だ。……」

芳枝は余りの恐ろしさに立ちすくんでしまった。丁度猫に睨《にら》まれた鼠《ねずみ》の様に、泣くことも、叫ぶことも出来なかった。身動きをする力さえ虚脱したかと思われた。でも、見まいとする程、相手のすさまじい苦悶《くもん》の表情が目に写った。聞くまいとする程、そのむごたらしい呪詛《じゅそ》の声が耳に入った。

やがて、男はヌッと立上ったかと思うと、一種異様の表情で、猿類の一種ででもある様な歩き方で、ノソノソと彼女の方へ近づいて来た。彼女は極度の恐怖の為に、身体中の筋肉が鉄みたいにこわばって、逃げ出す代りに、却って、相手の方へ首を突き出して、目もそらさず、瞬《また》きもせず、ジリジリと迫って来る男の顔を見つめていたが、そんな危急の場合にも拘らず、彼女は、不思議なことに、今まで糸の様に細かった男の目が、いつの間にか、普通の大きさに変って、それがカッと見開いているのを、心の片隅で意識していた。

男は芳枝に接近すると、彼女の首に腕を巻きつけて、縁側を例の湯殿の方へ引ずる様に歩きながら、彼女の耳に口をつけて、ハッハッと熱い息使いで、ゆっくりゆっくり、囁いた。

「芳枝さん、僕はね、恋人を愛する丈けでは満足出来ないのだよ。恋しければ恋しい程、その相手を、責めさいなみたいのだよ。そして、最後には、恋人の断末魔の血みどろな美しい姿を見ないではどうにも気が済まぬのだよ」

そして、二人の異様な姿が、縁側から湯殿の中へ消えたかと思うと、軈《やが》て、何とも形容の出来ぬ、不気味な叫び声が、締切《しめき》ったガラス戸の中から漏《も》れ聞えて来た。それがドシンドシンという、何かをぶっつける様な物音に混って、いつまでも、いつまでも絶えては続いていたのである。

小悪魔

美術商稲垣平造は何が為に芳枝を、湯も沸いていない浴場などへつれ込んだのであろうか。そこの棚の上に用意してあった鞄の中に、様々の不気味な兇器が入っていた所を見ると、彼はあの哀れな小娘を、無残にも殺害しようと企らんだのであろうか。浴場のガラス戸を洩《も》れた悲鳴は彼女の断末魔の叫び声ではなかったか。そして、彼女は果《はた》して、この毒蜘蛛の様な怪紳士の為に、果敢《はか》なく殺されてしまったのであろうか。

それは兎《と》も角《かく》、浴場の出来事があってから三日目の新聞紙を見ると、先日と同じ三行案内欄に、又しても稲垣の名で、次の様な変てこな広告が掲載されていた。怪紳士は、今度は、一体何を企らんでいるのであろうか。

> セールスマン募集、口弁を要せず手腕を要せず学力を要せず、正直にして穏和なる独身青年を望む、月手当百円、外に旅費を給す、来談。
> Y町関東ビル稲垣美術店

一寸見れば、ありふれた募集広告だが、よくよく吟味すると、何となく変な所がある。学力はとも角として、行商人の癖に口弁や手腕を要しないというのは変てこだ。おとなしい正直者というばかりで、セールスマンが勤まるものではない。条件が全く逆になっている。その上『独身青年』というのだから、益々妙である。どんな雇主だって、信用のおける妻帯者を望むのがあたり前なのに、この広告は、それも逆になっている。もっと言えば、月手当百円の外に旅費というのも無経験者のとり分としては、うま過ぎる話だ。

口弁も手腕も学力も要せずというのだから、お小遣に窮《きゅう》している青年なら、誰でも飛びつく。この新聞広告が出た当日に、百人ばかりの応募者が、関東ビルへ押しかけて来た。

稲垣氏は、十三号室を借入れた当日（即ち里見芳枝を空家に連込んだ日）に出勤したばかりで、それから、この新聞広告を出すまで、店をしめ切って、一度も顔を見せなかったが、今日は応募者を選抜する為に、朝から出て来て、例の大デスクの前の廻転椅子に、さもモダーン美術店主といった恰好で、おさまっていた。

傍《かたわ》らの陳列棚には、先日買入れた石膏細工の外に、今日主人が自動車で一緒に持って来た数箇の、画学生用、人体部分模型の石膏像が加えられてあった。（すると、稲垣美術店には、やっぱりどこかに、石膏像などの倉庫があるのだろうか）

壁にかけつらねた油絵や、部屋の隅にうずたかく積み重ねた額縁などは、前日の通りであった。額縁の金泥が、チカチカと、初夏の日ざしに輝いて見えた。

稲垣氏は、相変らず、さも楽しげに、群がる応募者を、一人一人呼入れて、接見していた。その様子を見ていると、これが先夜の毒蜘蛛の様に兇暴であった稲垣氏と同一人物かと、疑われる程も、のびやかなものであった。大犯罪者は、往々《おうおう》にして、いとも巧みな俳優でもあるのだ。

殆《ほとん》ど半日を費して、六人の合格者が選抜された。ところが、稲垣氏の採用試験は実に異様なもので、元気で、進取的で、商売気たっぷりな青年、つまり普通の試験官なら、きっと合格にする様な優秀な青年は悉《ことごと》く落第で、何を訊《たず》ねても、口の中でブッブッ云っていて、ハッキリした返事も出来ない様な、世間知らずの、内気者の、その代り正直なことは牛の様に正直な、青瓢簞《あおびょうたん》の二十歳前後の青年が、六人丈け入選したのだ。つまり稲垣氏は、百人中の最もぼんくらな、役に立たない青年を選んだ訳である。

さて、合格者が極まると、稲垣店主は、その六人をテーブルの前に立たせて、次の様な変てこな命令を伝えたのである。

「見られる通り、ここは油絵や額縁や石膏細工を販売する美術商だが、中でも、石膏の人体模型を図画の教授用として、美術学校、中学校、女学校などへ売込むのが、この店の主な仕事になっている。この陳列棚に並んでいるのが皆それだが、仲々よく出来ているでしょう。ところで君達の仕事は、この石膏細工の見本を一つ宛《ずつ》持って、市内の中学校、女学校へ売込みに廻って貰うことです。売込みと云っても、持って行った品は、見本として贈呈して来るので、そうして、先方に好感を与えて置いて、あとから、ぼつぼつ本当の売込みにかかろうという、私の商略だから、最初はちっともむずかしい事はない。ただ石膏像を先方に快く受取って貰えばいいのです。追々《おいおい》地方廻りもやって貰いますが、先ず手始めに市内をやって下さい」

稲垣氏は、なお廻るべき学校名や、吹聴《ふいちょう》すべき品物の特徴、贈呈する時の辞礼などを教え込んだ上、六つの石膏像を荷造り用の木箱に入れて、日当、電車賃、弁当代などと一緒に、六人のセールスマンに渡した。

そこで、正直な六人の青年は、てんでんに形の違った、相当かさばった木箱を後生大事《ごしょうだいじ》に抱えて、夫々《それぞれ》教えられた方角に別れて行った。考えて見れば、誠に不思議な、稲垣美術店の商略であったが、彼等は選《え》り抜きのぼんくら揃いであったから、何の疑う所もなく、割のいい商売にありついた嬉しさに、ほくほくして出かけて行ったのである。

だが、彼等の中に、たった一人だけ、見かけ程はぼんくらでない青年がいた。それは、平田東一《ひらたとういち》という、宿なしの、無学な不良少年で、十九歳の癖に大酒呑みで、万引やスリの常習者であったが、それ丈けに抜目のない、頭の働く奴で、例の三行案内を見て、こいつは何だか面白そうだと直覚し、目敏《めざと》く傭主の心持を見抜いて、注文通りのぼんくらを装った程のしれ者であった。それには、だらしのない生活で、顔色は、青ざめていたし、大酒で眼がとろんと濁《にご》っていたので、外見丈けは、作らずとも、稲垣氏のお誂《あつら》えにはまった訳であった。

彼は云いつけられた学校へは行かず、荷物を持って神田《かんだ》のとある商家町へ出ると、一軒のみすぼらしい額縁屋を見つけて、いきなりその店内へ入って行った。

暫くして、額縁屋を出て来た平田青年の懐中には、稲垣氏から渡された四円なにがしと、今石膏細工をかたにして、額縁屋の主人を口説《くど》き落した二円と、都合六円いくらの御小遣いが出来ていた。彼の積りでは、明日は又ぬけぬけと稲垣商店へ出勤して、お給金を貰い、あわよくば、第二の石膏像をせしめようという腹である。

額縁屋の主人も、余り善人ではなかったと見えて、内心では不正品と知りながら、二円というべら棒な安値にほれて、石膏像を買取り、直《す》ぐ様それを、表の小さなショウウィンドウへ陳列した。石膏像は肩のつけ根から切離した人の腕を模したもので、同じ石膏の四角な台座の上に、丸い棒切れ様のものをグッと握った形が、実物そのままの大きさで、誠に巧みに出来ていた。一寸《ちょっと》珍らしい構図だし細工もすばらしいから、如何に安く見積っても買値の三倍には売れるだろう、という見込みである。

さて、平田青年は、その晩は、どこかのカフェで飲みあかして、翌朝十時頃、眠い目をこすりながら、四円なにがしの日当を楽しみに、関東ビルディングへ出掛けて見ると、これはどうした事であろう。稲垣商店の十三号室はピッシャリと戸締りがしてあって、その前の廊下に、昨日の五人のぼんくらセールスマンが、一かたまりになって、呆然《ぼうぜん》と佇《たたず》んでいるではないか。

「どうしたんです」

と聞いて見ると、

「八時頃から、待ってるのですが、ここの主人が出て来ないのです。八時に出勤しろと云って置きながら、ひどいですね」

一人の青年が、大して憤慨《ふんがい》もしない調子で答えた。

廊下を掃《は》いていた掃除女に訊《ただ》して見ると、

「稲垣さんは、この部屋を借りてから、たった二日いらっしたきりですよ。一度は若い娘さんが沢山訪ねて来て、どうやら女事務員を採用なすった様子なのに、それから御主人も、その女事務員もふっつり顔を見せず、昨日は又男の若い方が、ウジャウジャと集って来て、今度は男事務員かしらと思っていると、今日は又この戸が締切りなんでしょう。変なお店ですわね。どうも、この十三号室は人のいつきが悪いのですよ。何だか気味が悪いわね」

という答えであった。

「オヤオヤ、こいつは、ひょっとしたら、先方様の方がよっぽど悪党でいらっしゃるかも知れねえ」

平田青年は、少々面喰《めんくら》って、そんなことを呟《つぶや》いた。そして、よく考えて見ると、無学な彼にも例の募集広告や昨日の云いつけが、何だか変てこに思われて来た。態《わざ》とぼんやり者を採用したのも変だし、いくら儲《もう》かるものか知らないけれど、石膏細工の商売位で、態々六人もの人を傭って学校へただで品物をやるというのもおかしい。こんな商売の仕方ってあるものじゃない、と気がついた。

悪人というものは、他人の悪事をそのままに見過すものではない。それを種に、何とかうまい汁を吸おうと、すぐその方へ考《かんがえ》を持って行く。平田不良青年は、悪人と云う程の悪人ではなく、迚《とて》も稲垣氏の真意を悟る程の頭はなかったけれど、(若し彼がそれを知ったら、真青《まっさお》になって、意気地《いくじ》なく、警察へ駆け込んだに相違ない)何となく、お小遣いになり相な気がしたものだから、ビルディングの事務所で、稲垣氏の所番地を尋ねて、外の五人のぼんくら共を出し抜いて、そこへかけつけて見ると、同じ町名も番地もあるにはあったけれど、稲垣という姓の家は影もなく、暫くうろうろして、近所を聞き廻って見ても、それらしい人は誰も知らなかった。

「愈々《いよいよ》怪しいぞ。こいつは、気長にあの十三号室へくっついてれば、たんまりお小遣いになり相だわい。それとも、若しあの男が、これっ切り姿を現わさなかったら、俺もあの店の店員なんだから、給料不払を、言いたてにして、残っている商品や、家具を売り飛ばせばいい。面白くなって来たぞ」

平田青年は、可愛らしい胸算用《むなざんよう》をしながら、又元の関東ビルへ取って返すのであった。

義足の犯罪学者

ここで一寸お話の向きを換えて、この物語のもう一人の大立者《おおだてもの》である、畔柳《くろやなぎ》博士のことに移るが、それはつまり、別の方面から、怪人稲垣氏なり、小悪魔平田青年なり、又五人のセールスマンの其後《そのご》を説くことになるのである。

さて、稲垣氏が関東ビル十三号室に姿を見せなくなってから、一週間ばかりたったある日のこと、麹町区G町の畔柳博士邸の奥まった書斎で、主人の畔柳友助《ともすけ》氏と、助手の野崎三郎青年とが、偶然にも稲垣美術店に関する会話を取り交していた。

畔柳博士は日本のシャーロック・ホームズとも云うべき、民間の犯罪学者で兼ねて素人探偵でもあったが、ホームズの様に、何でも引受けるという半営業的な探偵ではなく、本当の道楽から、その筋で手古摺《てこず》っている様な大事件に限って、助言を与えるという風であったから、法曹界《ほうそうかい》、警察関係の人達に知られている程には、一般的に有名でなかった。余程気に入った事件でないと引受けもしないし、来訪者に会いもしなかった。だが、一度引受けた事件は、必ず解決して見せる所や、博士の人となりが、一種の奇人であった所は、小説中のホームズそっくりと云ってもよかった。

奇人というのは、畔柳友助氏は法医学専攻の医学博士で兼ねて学界にも知られた犯罪学の泰斗《たいと》であったにも拘らず、教壇にも立たず、官途につくでもなく、名利をよそに、終日書斎にとじ籠《こも》って、誰につき合うでもなく、読書三昧に耽《ふけ》っている様な、謂《い》わば人厭《ひとぎら》いな性格であったが、それが、何か珍らしい犯罪事件が起ると、人が変った様に活気づいて、机上《きじょう》の推理ばかりでなく、時には不具の身をいとわず、危険を冒《おか》して犯罪事件の渦中に飛び込んで行くといった風なのだ。

博士は一本足の不具者であった。数年前外遊中、鉄道事故の為に、片足を腿《もも》の所からなくして、いつも義足をつけていた。松葉杖《まつばづえ》はなくとも、ステッキ丈けで歩けるには歩けたが、ひどいビッコを引いた。ひょっとしたら、博士の引込み勝ちな孤独生活は、この醜い姿を人目にさらすことを恥じた為かも知れない。それに、博士は決して人の前で義足をはずしたことがなかった。湯に入るにも、自邸の締切った湯殿の外には入ったことがなかった。腿の切口が余程醜くなっていたに相違《そうい》ない。

風采を云うと、背は高い方で、足の不具な点を除けば、どこやらシャーロック・ホームズに似ていた。頭はあんなにはげ上ってはいなかったが、長い毛を無雑作《むぞうさ》にモジャモジャさせていたし、顔は痩せた面長《おもなが》で、無髯《むぜん》で、しかめた眉の下の大きな射る様な目、長い鼻、一文字に結んだ薄い唇などが、イギリスの名探偵そのままに、氷の様な冷静と、剃刀《かみそり》の様な叡智《えいち》を示していた。年は博士自身三十六歳だと云っていたが、一寸見た感じではもっとふけている様に思われた。

博士と対座している助手の野崎三郎は、二十四歳の美青年で、外国の探偵小説に読み耽《ふけ》ったのが病《や》みつきになって、とうとう本物の素人探偵を志願し、博士の名声を慕って弟子入りしたのがつい三月程前だけれど、今ではもう、孤独な博士になくてはならぬ話相手になっていた。やや詩人的ではあったが、非常に鋭い智恵の持主で、時には博士を驚かせる様な名論を吐くことさえあった。

書斎は、博士好みの、古風な、天井の高い、木彫りの装飾いかめしい陰気な洋室で、四方に作りつけた、天井まで届く様な、細長い書棚には、古めかしい書物が、背革の金文字をズラリと並べていた。その中央に彫刻つきの大きな書物机《かきものづくえ》が置かれ、今、博士は、そのピカピカと鏡の様に光った机に洋服の肘をついて、綺麗《きれい》に剃った頰を、その表面に写し、前に拡げた一冊の切抜帳を見ながら、こんなことを喋っていた。

「新聞記事が多くは出鱈目で信用出来ないことは誰でも知っている。その新聞の切抜を大切相に貼りつけて置く、僕の意味が分るかね。新聞記事というものは、読み方によっては、非常に役に立つ。殊《こと》に犯罪の方面では、あらゆる世間の秘密が、新聞記事の行と行の間に隠されているといってもいい。僕の読み方は少し違うのだよ。各新聞社の探訪記者の一寸した筆癖を呑み込んで、どの新聞のどの記事は、どの記者が執筆したものか、大体僕には分っている。そして、この記者がこんな風に書いているのだから、事実はこんな風だろうと、活字に現われていない、微妙な点まで推理することが出来るのだよ。でね、仮りに一つの犯罪事件が起るとする。各新聞はそれぞれどこかしら違った記事を掲げる。一方では黒といい、一方では白という様な、正反対の記事さえ現われることがある。そこが僕に取っては最も興味あり又大切な点なので、執筆した記者の日頃の性格――どんな事を、どんな風に間違う男だかという特徴など――と、記事の他の新聞と違っている部分とを比べて見て、（そのやり方をどの新聞にも応用して）分析、綜合、類推という様な、のっぴきならぬ論理の締木《しめぎ》にかけて、事件の真相を絞り出す。僕はね、そういう風に、机の上の、新聞記事の比較研究丈けで、大きな事件の大切な手懸りをつかんだ事も一度や二度ではないのだよ。君に新聞の切抜を頼んでいるのは、そんな訳で、決して酔狂《すいきょう》でも何でもない。僕の探偵事務には、欠く事の出来ない大切な仕事なのだ」

畔柳博士は、親切な教師の様に、探偵秘伝ともいうべき事柄を、愛弟子《まなでし》の野崎青年に語り聞かせるのであった。こんな態度は、野崎に対しての外は、気むずかし屋の博士には嘗つて見ない所である。

「それから新聞の広告というものも、非常に興味がある。殊に三行案内欄の色々の広告文には、思わぬ犯罪の隠れていることがあるものだよ。少くとも、毎日五つや六つは、これは変だなと思われるものがある。たった三行の広告文から、複雑な社会問題、恋愛問題、犯罪事件などを想像して、色々の筋書を組立てるのは、単に遊戯として考えても、実に面白いものだよ。いや、そんな議論よりも、一つ実例を示そう。これは三行案内の切抜き帳だが、ここに最近のもので、一寸面白そうな奴があるのだよ。読んでごらん」

博士はそう云って、切抜帳のある箇所を差し示した。野崎青年が首を伸して読んで見ると、それは次の様な広告文で、傍に『朝日新聞』六月十五日と書入れがしてあった。

> 貸事務所、空室有、一階六坪一室、室代六十円
> 麹町区Y町、関東ビル　電銀座 （一一七一・一一七二・一一七三）

「つまらないビルディングの貸部屋の広告に過ぎない」

博士は野崎青年の不審顔を見て云った。

「だがね、これには少し予備知識が要《い》るのだ。第一は、この関東ビルのやり方は、一室でも空部屋が出来ると、すぐ様この三行案内欄へ広告を出すのが極りになっていること。広告料を出しても空部屋で置くより、結局有利なんだろうね。第二は、この六十円という部屋の広告は、ずっと引続いて毎日出ていたのだが、六月十五日限りパッタリ出なくなったこと。この二つの事柄を、僕は新聞の行と行の間を読んでいるお蔭で、ちゃんと知っていたのだ。で、つまり、六月、と云えば今月だが、その十六日から、誰かが、この六十円の

部屋を借りたことが分る。いいかね。そこで、今度はこれを読んでごらん」

博士が次に差し示したのは左の広告文であった。新聞は同じ『朝日』で、日附は六月十六日となっていた。


女事務員募集、十七八歳、愛嬌ある方、美術商接客係、高給、午後三時より五時まで来談。

Y町関東ビル稲垣美術店

なんと驚いたことには、これは明かに、彼《か》の稲垣と自称する紳士が、里見芳枝をおびき寄せる為に出した広告文である。畔柳博士は已《すで》にあの事件を感づいているのであろうか。それとも、これは単なる偶然の符合に過ぎないのか。だが、偶然にしては、あんまり妙ではあるまいか。

「僕は今月始めの新聞に出た、関東ビルディング内の各商店の聯合広告を検べて見たが、その中には美術店もなければ、稲垣という店もない。すると、十六日からこの空部屋を借りたのは稲垣美術店に相違ないのだ。という事を頭に置いて、さて、次に、これを読んで見給え」

博士が指さした第三番目の広告文は、六月十九日の日附で、次の様に記されていた。

> セールスマン募集、口弁を要せず手腕を要せず学力
> を要せず、正直にして穏和なる独身青年を望む、月
> 手当百円、外に旅費を給す、来談。
> Y町関東ビル稲垣美術店

これは読者諸君の記憶に新たな通り、平田不良青年を始め六人の応募者が、稲垣氏の為にまんまと一杯食わされた所の、例の奇怪な広告文である。果せる哉《かな》、この炯眼《けいがん》なる犯罪学者は、書斎を一歩も出でずして、怪人稲垣氏の悪業を看破《かんぱ》していたのであった。

博士は、野崎青年の為に、この広告文の異常な理由を一応説明して置いてから、更に第四番目の三行案内広告を示した。

> 貸事務所、空室有、一階六坪一室、室代六十円
> 麴町区Y町、関東ビル　電銀座 一一七一／一一七二／一一七三

傍らの日附は、六月二十二日とあった。

「つまり稲垣という店は、関東ビルの一室を、今月の十六日に借り入れて、二十一日に引払ったという結論になる。一週間にも足りない。何だか変じゃないか。しかも、その僅かの間に二度も募集広告を出し、その一つは今も云った通り採用の条件がまるで世間の逆になっている。少くとも真面目な商店のやり方ではないね。僕には、関東ビルディングが、何かのトリックに使われたのではないかという感じがするのだよ」

博士は野崎青年の顔を眺めて、ニヤニヤと笑った。

「僕の新聞の読み方は、まあこんな風なのだ。君に見本を見せて上げた訳だよ。この程度の奇怪事は、僕の様な新聞の読み方をしていれば、毎日五つも六つも発見出来るのだよ。ところで、君はこの間から、何か実際の事件にぶっつかって見たいと云い暮していたね。どうだい、一つこの稲垣美術店の正体を探って見ては。ほんのつまらない事件かも知れない。それとも、存外大物になるかも知れない。いずれにせよ、君にとって興味のない仕事ではあるまい」

そこで、博士の指図に従って、野崎青年が関東ビルディングへ電話をかけて訊《ただ》して見ると、稲垣と称する人は一ヶ月分の室代を払い、部屋の飾りつけもして置きながら、たった二日しか店へ出て来なかったこと、余り変なので、同氏の住宅の方へ手紙を出した所が、その手紙が『名宛人当番地になし』という附箋《ふせん》がついて戻って来たこと、新聞広告で傭入れた店員達がやかましく騒ぎ立てていること、事務所でも不安を感じ、稲垣氏との契約を取消すことにして、部屋をかたづけ、商品や家具類は事務所で保管し、若し稲垣氏が再びビルディングへ来た場合は、室料の残りと引替に同氏へ渡す積りでいること、などが分った。果して博士の想像は誤っていなかったのである。

「ホウ、こいつは案外面白くなり相だぞ」博士はスリッパの中の義足をカタカタ云わせながら、やや昂奮《こうふん》して云った。「僕も一緒に行って見よう。君、自動車を用意させてくれ給え」

ところが、丁度野崎助手が、自動車を命じる為に立上った所へ、外からドアが開いて、書生《しょせい》が来客を告げた。

「里見絹枝《きぬえ》という若い女の方です。ここに紹介状がございます」

博士は書生の手から紹介状を取って、急いで内容を一瞥《いちべつ》すると、一寸考えてから、

「帰す訳にも行くまい。今出かける所だから、十分位でよろしければ御目にかかりますと云って呉《く》れ」

美しき依頼人

やがて博士の書斎に通された婦人は、博士や野崎助手は無論そこへ気のつく筈がなかっ

たけれど、先夜稲垣の為に、例の空家へ連れ込まれた、里見芳枝とそっくりの顔をしていた。尤も年配は芳枝より少し上で、二十歳《はたち》は越している様に見えたが、それ丈けに、芳枝の美貌の上に、もっと成熟した、肉体の美が加わっていた。その美しさは、目と目を見交《みかわ》した時、助手の野崎青年が、思わず顔を赤らめた程であった。

一通り挨拶が済むと、畔柳博士は、セカセカした調子で、

「少し急いでますから、失礼ですが、御用件を簡単に御話し下さらんでしょうか」

と促《うなが》した。

「実は紹介状の方から先生の事を御伺いしまして、是非御力を貸して頂き度いと存じて上ったのでございますが、私の妹が、今月の十六日のお昼頃、家を出ました切り、行衛が知れませんので、警察にも御届けしましたし、それはもう、充分手を尽して探し廻ったのですけれど、どうしても分らないのでございます」

こうした依頼者は間々あるのだけれど、尋ね人の様なつまらない事件には、博士は嘗《かつ》てかかり合ったことがない。野崎助手は、気の毒だが、この美しい娘さんは断られるな、と考えていた。ところが、意外なことには、博士は断るどころか、非常に熱心な調子で、次の様な質問を始めたのである。

「十六日のお昼頃、何処へともおっしゃらないで出掛けたのですね」

「エエ、母親なども、いつもの様にお友達の所へでも遊びに行くのかと思って、少しも気

に止めなかったのでございます。それが、お友達という お友達、知合いという知合いへ聞合わせても、どなたも芳枝を見かけた方はないのです。これまで、仲よくした男のお友達なんてございませんし、もう尋ねる当てもない始末でございます。アア、申しおくれましたが、妹は里見芳枝と申しまして、今年女学校を出ましたばかりで、十八歳でございます」

「失礼ですが、お妹さんは、何か勤めでもして、自活をしたい様なことを、おっしゃってませんでしたか」

ここまで内容を聞くと、野崎助手は、「成程成程《なるほど》、十六日と云えば、稲垣美術店の女事務員募集広告が出た日だな、そこで先生がこんなに熱心に聞き出したんだな」と独りで肯《うなず》いていた。

「エエ、そんなことを申していた様ですけれど、母は不賛成で、いつも叱って居りました。私達は早く父に死なれまして、母と私達姉妹と、たった三人の家族で、怖い人がないものですから、妹なども、我儘《わがまま》で仕様《しよう》がございません」

「すると、妹さんは、あなた方に無断で、勤口《つとめぐち》を探す様なことも、なかったとは云えませんね」

「エエ、それは……」

里見絹枝は、博士が何故そんなことを聞返すのかと、いぶかしげであった。

「ではね、もっと詳しく芳枝さんのことを伺いたいのですが、今一寸外出する所ですから、御面倒だけれど、今晩でも、もう一度出直して下さいませんか。実は、これから出かける用件と、あなたの妹さんの行衛不明とに、何だか関係があり相な気がするのです。イヤ、これはただ私の直覚ですがね。万一そうであったら、今夜いらしった時には、何か御知らせする材料が出来ていないとも限りませんよ」

絹枝が多少面喰った形で辞し去ると、博士はすぐ様外出の用意をして、野崎助手を伴い、問題の関東ビルディングへと向った。

陳列棚の蟻《あり》

関東ビルディングの事務員は、畔柳博士の名声を聞知《ききし》っていたので、突然の訪問をいぶかりもせず、博士の質問に親切に答えた。この有名な犯罪学者が態々出向いて来た程だから、十三号室の借主は、やっぱり何か犯罪に関係があったのだと思うと、やや得意にさえなって、稲垣という人物の奇怪な行動を喋り立てるのであった。

「それで、十六日に女事務員を一人採用したという、その娘はどんな人でしたか。名前なんか分りますまいね」

博士は、籐のステッキで、義足をコツコツ叩きながら（妙な事だけれど、これは博士の子供らしい癖であった）要点に入って行った。

「ハア、私は存じませんが、ひょっとしたら掃除女が何か知っているかも知れません。呼んで見ましょう」

やがて、四十歳ばかりの色の黒い掃除女が、エプロンで手を拭きながら入って来た。事務員が稲垣美術店の女事務員のことを尋ねると、彼女は幸にも見覚えていて、次の様に答えた。

「洋装をした、十七八の、それは美しい娘さんでござんしたよ。女事務員なんかには勿体《もったい》ない様な人柄でね。名前なんて、知りませんけど、顔だちですか、そうね、何といったらいいか、近頃はやる、丸顔で、まあモダンガールていった娘さんでございましたよ」

「大きな目で、二重瞼《ふたえまぶた》で、鼻はそんなに高くなくて、鼻と上唇の間が非常に短くて、上唇がピンと上の方へめくれ上った形をしている……」

博士がニヤニヤ笑って口をはさんだ。云うまでもなく、これは今しがた会ったばかりの里見絹枝の顔だちを形容したのである。若しその女事務員が絹枝の妹であったら、多分姉に似ているだろうと思ったからだ。

ところが、博士のこの当寸法《あてずっぽう》が案外にも適中した。

「マア、そっくりでございますわ、あなた様は、あの娘さんを御存知でいらっしゃいますか」

博士はそれを聞くと、傍らの野崎助手に、一寸目くばせをして、次の質問を始めた。

「ところで、その娘さんが採用されてから、何か変ったことでもなかったの」

「それが、あなた、妙なことがあるんでございますよ」掃除女は多弁に答えた。「あの日の五時頃でございました。その娘さんが部屋を出て表の方へ行ったかと思うと、十三号の御主人が、何だかソワソワして、その後から出て行きますので、変だなと思って、窓から外の往来を見てますと、娘さんは向の四つ角で、誰かを待つ様にじっと立止っているんです。御主人の方はと云うと、大慌てで、近処《きんじょ》の『やよいタクシー』へ飛込んで行きましたが、間もなく一台の自動車が十三号の方を乗せて、スーッと、今の娘さんの立止っている所へ近づいていったかと思うと、娘さんも同じ自動車へ乗り込んでしまったじゃございませんか。今傭ったばかりの娘さんを、まあ達者なお方もあるものだと思いましてね。ホホホホ。それからあなた、その自動車は京橋《きょうばし》の方を向いて走って行きましたが、それっきり、娘さんはここへ来なくなってしまったのでございますよ」

「有難う、じゃその『やよいタクシー』って家で聞けば、十三号の人の行先が分る訳ですね」

「エエ、運転手さんも覚えていますから、何でしたら聞いて参りましょうか」

そこで、掃除女が当時の運転手に聞出して来た所によると、稲垣氏と娘とが自動車を降りたのは、両国橋の側のS町ということが分った。だがそれは稲垣氏の用意周到な偽瞞《ぎまん》であって、S町には何の意味もないことは、已に読者諸君も御存知の通りである。

畔柳博士は、次に、関東ビルディングの地下室の倉庫に保管してあった、稲垣商店の家具や商品などを一覧させて貰ったが、皆新しい安物であることがわかった外には、別段の発見もなかった。

博士達が地下室から元の事務所へ戻って来ると、そこの入口の所に、身に合わぬ古ぼけた洋服姿の、一人の青年が立っていた。事務員はそれを見ると、一寸顔をしかめて見せて、

「また、やって来たんですか」

と声をかけた。

「エエ、又やって来ましたよ。まだ稲垣さん来ませんか。給料もくれないで、これじゃ全く困っちゃいますよ」

青年は人を食った言葉使いをした。

畔柳博士は、ふとこの青年に興味を持ったらしく、

「あなたは、稲垣美術店に傭われた方ですか」

と尋ねた。

「エエ、そうです」

「セールスマンですか」

「エエ」

青年は面倒臭そうに、やや敵意を含んだ目で、見知らぬ紳士をジロジロと眺めた。その態度に博士は又一層興味をそそられたらしく見えた。

「丁度幸だ。この人に聞いて見ましょう」博士は事務員に一寸言葉をかけて置いて、それから、青年にこんなことを云った。

「君、忙しくなかったら、稲垣商店のことで御聞きしたいこともあるから、一寸その辺のカフェまでつき合ってくれませんか」

読者も已に気づかれたと思うが、この青年は、稲垣氏に傭われたセールスマンの一人で、石膏細工を神田の額縁屋へ売り飛ばした、不良青年の平田東一であった。彼は畔柳氏の風采を見て、また少々お小遣にありつけ相だと感じたものだから、二言《ふたこと》三言《みこと》問答をしたあとで、博士の誘いに応じることになった。

そこで、博士と野崎助手と平田青年とは、ビルディングの事務所を辞し、附近のカフェに入って、色々問答があった訳だが、その一々は管々《くだくだ》しくなるから、ここには省くとして、結局、平田青年の口から、稲垣氏が六人のぼんくら青年をセールスマンに傭入れたこと、六人に一つずつ石膏像を持たせて、それを無代で中学校へ贈ったこと、平田青年は命令通りにせず、石膏像を着服して神田の額縁屋へ売り飛ばしたことなどが明らかになった。尤も、それをすっかり喋らせる為には、博士は多額のお小遣を平田青年に与えなければならなかったけれど。

聞終ると、畔柳氏は何を思ったのか、その神田の額縁屋へ行って見ようと云い出した。三人は直ちに博士の自動車に同乗して、神田へと向った。

額縁屋の陳列棚は、数日以前と同じ様にほこりっぽく、みすぼらしかった。一間程のガラス張りのショウウインドウには、ありふれた複製画が、色あせて並んでいたが、その中に、例の片腕の石膏細工丈けが、真白に光り輝いて見えた。

平田青年に教えられるまでもなく、博士はその石膏細工に気がついて、びっこの足を引ずりながらショウウインドウに近寄ると、額をガラスにくっつける様にして、その品を観察した。

「すばらしいもんだね。こんなによく出来た石膏細工を見たことがない。それに、構図も実に思い切っている」

暫く眺めていた博士は、感嘆して云った。

「本当ですね。珍らしい形ですね。肉づきなんか、生きている様じゃありませんか。女の腕の様ですね」

野崎助手も相槌《あいづち》を打った。

「無論女さ。それも若い女だよ。この腕の持主なら、きっと美人だね」

野崎は美人という言葉で、ふとさっきの里見絹枝の美しい顔を思い出した。そして、あの人もこんな立派な腕を持っているのだろうかと考えて、我ながら甚《はなは》だしい空想に、一寸赤くなった。

博士は暫くの間、身動きもしないで、石膏の腕の或る個所を見つめていたが、突然、

「君、一寸ごらん。どうしたんだろう。変だね」

と云って、野崎の腕に触った。その声が妙に低かったので、野崎も平田青年も、却って
ハッとして、博士の眼を追って、その箇所を眺めた。

それは石膏の手首の所だったが、気がつくと、陳列棚の板の上から、手首にかけて、細《こまか》い蟻の行列が出来ていた。砂糖がついていた訳ではあるまいし、蟻が石膏細工にたかるというのは、如何にも変である。

なお眼をこらして、よく見ると、蟻の行列は二列になっていて、その先端が手首の所で止っている。そこまで行くと、前へ進もうとはしないで、皆引返しているのだ。

「アア、分った。石膏に小さな穴があいているんだ。ね、ごらんなさい。そこへ蟻が這込んでいますよ」

平田青年が目敏《めざと》く見つけて叫んだ。

「成程、目に見えない程の小さな穴があるね。だが、ただ穴があるからと云って、あんなに蟻が行列を作るものだろうか」

三人は、この奇妙な現象を理解し兼ねて、暫くの間黙り込んでいたが、やがて、畔柳博士は、何を思ったのか、店内へ這入って行って、そこにいた主人に石膏像の値段を聞き、

法外な云い値を値切りもせず、すぐ様荷造りを頼んだ。

新聞包みの荷造りが出来上ると、博士はそれをさも大切相に小脇に抱え、二人を促して、自動車を待たせて置いた町角へ急ぐのであった。

自動車の中でも、博士は大きな石膏像を、膝の上に確り押えて、青ざめた顔で黙り返っていた。外の二人は、この博士の異様な態度にあっけに取られた形で、しかも、妙に不気味な、憑《つ》かれた様な悪寒《おかん》を覚えて、彼等も亦《また》一言も口を利こうとはしなかった。

博士邸に車がついた時は、もう夕闇が迫って、降り立った三人が、お互の表情を読むことも出来ない程になっていた。

「アア、君にはもっと尋ねたいこともあるから、差支がなかったら、一緒に来てくれ給え」

博士は平田青年に言葉をかけたまま、先に立って、玄関の方へ這入って行くのだ。

石膏像の正体

シャンデリヤに照らされた書斎の、デスクの上に、包みを解いた石膏の片腕が投げ出され、それを取り囲んだ博士、野崎、平田青年の三人が顔を見合わせていた。

「平田君」博士が沈黙を破って声をかけた。「君はさっき、君の外に五人のセールスマンが採用されたと云いましたね。その五人が中学校へ持って行ったという石膏細工は、皆これと同じものでしたか」

「イヤ、そうじゃなかった様です。首丈けの像や、首も手足もない胴体丈けのものや、足なんかもあった様です。でも詳しいことは覚えません」

「やっぱりそうだ」博士は何か独り肯いて、「実に恐ろしい。若し僕の想像が当っているとすると、これは一寸信じられない様な、ひどい犯罪事件だ。だが、考えていても仕方がない。僕の想像が当っているかどうか、試して見ることにしよう、野崎君、君すまないが、金槌《かなづち》を探して来て下さらんだろうか」

「エ、金槌ですって」

野崎助手は、ギョッとした様に聞き返した。

「アア、金槌。その外に、僕の悪夢の様な疑《うたがい》をはらしてくれるものはないんだよ」

野崎が金槌を探す為に、書斎を出て行ったのと引違いに、書生がやって来て、里見絹枝の来訪を告げた。彼女は約束に従って、再び博士邸を訪れたのである。

やがて、絹枝の美しい姿が、金槌を探し出した野崎と一緒に、書斎に現われると、丁寧に挨拶しているのも構わず、博士はいきなり尋ねかけた。

「妹さんは、あなたとよく似ていたでしょうね」

「ハ、何がでございますの」

絹枝は面喰って聞返した。

「顔ですよ。顔ですよ」

「エエ、よく似て居りました。自分達では左程にも思いませんが、人様は瓜《うり》二つだとおっしゃる位でございます」

「ところで、妙なことを伺いますが、妹さんの右腕に、何か目印はなかったですか。腕丈け見ても、これが妹さんのだと分る様な」

「右腕でございますか」

絹枝は、この気違いめいた質問に、益々面喰って、急に答えることも出来ない。余りのことに博士の真意を計り兼ねた体である。

「エエ、右腕です。何か、黒子《ほくろ》とか傷の跡とかで見覚えがありませんか」

「エエ、それはございますわ。妹は小さい時分からいたずらっ子で、右の手の平に、大きな切傷をしましたのが、いまでもハッキリ残って居ります。でも、どうして、そんなことを御尋ねなさるのでございましょうか。アア、それでは若しや……」

やっと気づいたのか、絹枝はそこまで云って、フッと口をつぐんだ。そして、彼女の顔は見る見る青ざめ、色を失った唇がワナワナと震え出すのであった。

「イヤ、そんなにびっくりなさることはありません。多分私の空想ですよ。いくらなんだって、そんな馬鹿なことがあろうとは思われませんからね」

併し、それは博士の独合点《ひとりがってん》で、絹枝には意味が通じなんだ。まさか、博士の目の前のデスクの上の石膏細工のことを云っているのだとは、助手の野崎でさえ信じ兼ねた程であったのだから。

ここで一寸、読者の注意を惹いて置かなければならないのは、皆がそうして夢中になっていた間に、不良青年の平田東一が、いつの間にか書斎を抜け出して、どこかへ見えなくなったことである。

彼は里見絹枝の来訪に遠慮をして、その場を避けたのであろうか。いやいや平田はそんなしおらしい青年ではない。とすると、外にどんな理由があったのだろう。前に云った通り、スリやかっぱらいを常習にしていた彼のことだから、若しや、博士邸の立派な調度を見て、又悪心を起したのではあるまいか。

いずれにもせよ、その時平田青年が、書斎をさまよい出たことは、後日に重大な関係を持っているのだから、よく読者諸君の記憶に留めて置いて貰わねばならぬ。

それはさて置き、畔柳博士は、漸《よう》く心を定めて、金槌を握ったが、ふと気が附いて云った。

「アア、里見さん。あなたは暫くこの席をおはずしなすった方がいいかも知れません。万一（本当に万一の場合ではありますが）ご気分を悪くする様なことがあるといけませんから」

「イイエ、大丈夫でございます」絹枝は、ぼんやりと博士の意味を察して答えた。「本当に大丈夫でございます。私これでも自分では強い積りですから、どんなことがありましても御迷惑をかける様なことは致しません」

「そうですか。多分私の思い違いで、何でもないとは思うけれど」

云うかと思うと、博士は金槌を振り上げて、卓上の石膏細工を発止《はっし》と撃った。

パッと白いかけらが飛散って、台座の上の手先の部分が、こなごなに砕け、その間から鉛色の布の様なものが、ヒョイと顔を出した。

果然、博士の想像は適中した。石膏像の中には、世にも恐るべき大犯罪の実証が隠されていたのである。石膏細工が、博士や野崎助手を感嘆せしめたのは、決して細工人が優れていた為ではなかった。それは、石膏の薄皮一重に包まれた、中味の人肉そのものに備わる、均斉の美以外のものではなかったのだ。

博士や野崎助手の驚きもさることながら、当の里見絹枝の驚愕《きょうがく》は見るも無残であった。彼女は暫くの間、何の事か分らずに、ただぼんやりと砕けた手先を眺めていた。やがて、その意味を悟ると、ハッと息を呑んで、反射的にあとじさりをしたが、人目を意識したのか、白くなる程も唇を嚙《か》んで、ぐっと踏み止まり、一杯に見開いた眼で、恐ろしい腐肉を凝視した。

博士は、絹枝の様子を顧《かえり》みる余裕もなく、急いで台座から手首を引き離し、手の平を検《あらた》めたが、そこには、腐りただれた中にも歴然と大きな切傷の跡を認めることが出来た。これが里見芳枝の片腕であることは、最早疑う余地もないのである。

「ア、先生、里見さんが」

頓狂《とんきょう》な叫声《さけびごえ》に、博士が驚いて振り向くと、可哀相な絹枝は、気を失って野崎の腕に倒れかかっていた。

青年消失

里見絹枝は、驚きと恐怖の余り、一時気を失ったが、博士や野崎助手の介抱《かいほう》で、暫くすると意識を取戻した。そして、彼女を失神せしめた事柄が、夢でも幻でもなくて、どう取返しもつかぬ真実であったと悟ると、最愛の妹を失った、身も世もあらぬ悲しさに、見得もなく、そこへ泣きくずれてしまった。

「お気の毒です。実にひどい。私は長年犯罪を扱って来たが、こんな残酷な奴は初めてですよ。だが、まだ失望してしまうことはありません。前後の事情から考えても、手の傷痕を見ても、どうもお妹さんらしくはあるが、まだ断定は出来ません。もっと検べて見て、全くあなたの妹さんかどうかを確めなければならぬ。泣いているところではありませんよ。しっかりして下さらなきゃいけませんよ」

博士はくずおれた絹枝の肩を軽く叩きながら、しきりと慰《なぐさ》めていたが、やがて、ふと気づいた体で、野崎助手を顧みて云った。

「オヤ、あの青年はどうしたんだ。平田とか云った。帰ったんじゃあるまいね」

「サア、さっきまでいた様ですが、ついこちらに気を取られていたものですから」

「変な男だね」

と云っている、丁度その時、邸内のどこからか、「ギャッ」という様な、一種異様な叫声が聞えて来た。男の声で、非常な驚きとか、非常な恐怖とかを示す叫声であった。

「誰でしょう」

野崎助手は、青ざめた顔を上げて、じっと耳をすました。

博士は一寸の間身動きもしないで突立っていたが、何か思い当った事でもあるらしく、せっかちに卓上のベルを押した。

「お前、今何か大きな声を出しやしなかったか」

書生が這入って来ると、博士は彼の頭の上から、早口の質問をあびせかけた。

「イイエ、玄関脇の部屋で、読書していました」

書生は面喰って答えた。

「それじゃ、やっぱり」博士はいきなり一方のドアに急ぎながら云った。

「僕は一寸見て来るから、君達は里見さんを見て上げてくれ給え」

博士の姿がドアの外に消えて暫くすると、隣室から、「野崎君野崎君」とけたたましく呼ぶ声が聞えた。

野崎助手が駆けつけて見ると、博士は少なからず昂奮した様子で、部屋から部屋を歩き廻りながら、

「平田青年がいない。確かにこちらの方で叫声がしたのだが、どこの部屋を探してもいない。靴、靴、君、玄関の靴をしらべてくれ給え」

と怒鳴った。野崎が大急ぎで玄関へ行って見ると、確かに彼《あ》の青年が穿《は》いていた見覚えの靴がちゃんと残っていた。外にもなくなっている履物《はきもの》はない。それを報告すると、博士は更に、

「じゃ、君も手伝って探してくれ給え。靴があれば、この家の中にいる筈だからね」

と云って、自ら先頭に立って、びっこを引きながら、部屋部屋を探し廻るのであった。

妙なことが起った。叫声を聞いてから、たった二三分の間に、人間一人消えてなくなったのである。人間の隠れ得《う》るあらゆる場所を探したにも拘らず、遂に平田青年を発見することが出来なかった。

「はだしで帰ったのだろうか。だが、何故はだしで帰らなければならなかったのだろう」

博士は一廻りして、助手と顔を合わせた時、一寸立止って、こんなことを呟いたが、又せかせかと廊下を反対の方へ歩いて行った。

暫らくすると、今度は表門に面した方の部屋から、又しても博士の怒鳴る声が聞えた。

「野崎君、野崎君、この窓は君が開けたのかね」

野崎が行って見ると、いつも締切りになっている来客用の部屋の窓が、一つ丈け開け放されていた。

窓の外には砂利を敷きつめた車寄せの空地を隔てて表門が見えている。

「変ですね。無論私じゃありませんよ」

「そうか、それじゃ一つ、書生や女中達に尋ねて見よう」

博士が難儀な足を引摺って又歩き相にするので、野崎は慌ててそれを押止め、廊下へ出て、大声に一同を呼立てた。

間もなく、書生と、運転手と、三人の女中とが、その客間へ顔を並べた。里見絹枝の青白い顔も皆のうしろから覗いていた。

検べて見ると、誰もその窓を開けたものはなかった。女中の一人は、夕方の掃除の時それがちゃんと締っていたのを、ハッキリ覚えていた。すると平田不良少年は、泥棒の様に、この窓から逃げ出したものであろうか。窓の外には砂利が敷きつめてあるので、足跡は分らなんだが、どうもそうとしか考えられない。だが、彼は何故そんな不自由な帰り方をしたのであろう。何か邸内の品物を盗み去ったのであろうか。博士は無論そこへ気附いて部屋部屋を探し廻る際に注意を払っていたが、何一つ紛失した品物はなかった。それに、第一おかしいのは先《さっ》きの異様な叫声である。何となく、平田青年自身の自由意志で、この窓から逃げ去ったとは、考えられぬ節《ふし》があった。

「君は、玄関脇の部屋にいたと云うが、ここから人間が忍び出るのを気附かなんだかね」

博士は書生に尋ねて見た。

「イイエ、窓際から離れて、本を読んでいましたものですから」

書生は何も知らなんだ。運転手も丁度その時台所に這入っていたし、表の方には誰も注意していなかった訳である。

そこで、博士は書生に命じて、表門の外まで見に行かせたが、門外の往来には怪しむべき人影もなかった。

結局平田青年は、何の故《ゆえ》もなく、邸内から、煙の様に消失《きえう》せたという外《ほか》には、何事も分らなんだ。彼は多分その客間の窓から出たものであろうが、そんな所から忍び出す様な別段の理由も発見されなかった。

「第三者を考えて見てはどうでしょうか」

野崎助手が、沈黙を破って、博士の顔色を見ながら云った。

「うまい。その外に考え方がないのだ。君は第三者が何者であったと想像するね」

「稲垣と自称する男です。余り小説的かも知れませんが、僕は何となくそんな気がします。奴は最初から我々のあとをつけていたのかも知れません。底の知れぬ悪党です。殺した死骸を売物にする程の、ずば抜けた奴です。意味もなく、一時の腹立ちまぎれに、人を殺す位平気な奴です」

「すると、そいつが、あの青年を殺したとでも云うのかね」

「証拠はありません。でも、そんな匂がするのです。あの平田君さえ余計な口出しをしなかったら、奴の犯行は、こんなに早くばれることはなかったでしょう。平田がいたばっかりに、と思うとカッとして、殺人鬼の頭が、狂い出したのかも知れません。僕はあのギャッという声は、平田君が喉をしめつけられて、苦しまぎれに叫んだのではないかとさえ想像します」

「絞め殺して置いて、死骸を小脇に抱えて、この窓から逃げ出した。という訳だね。ハハハハハハ、君は仲々小説家だ。すると、明日あたり、又平田青年の死骸が、どっかのショウウインドウに飾られるかも知れないね」

博士は、冗談らしく云ったが、その実、野崎助手の空想を、満更ら否定してもいない様子だった。

暫くして元の書斎へ帰ると、博士は警視庁に電話をかけ、刑事部捜査課に勤務している、知合いの波越警部を呼出した。波越警部といえば、警視庁随一の名探偵と謳われた名物男であるが、以前博士の意見を聞きに来たことがあって、それ以来、義足の犯罪学者と、波越鬼警部とは、何かにつけて、お互《たがい》に無二の話相手であった。

波越氏は博士の報告を聞いて、非常に驚いた様子だった。流石の彼にも、石膏包みの片腕なんて云う代物は、初めての経験らしかった。直様《すぐさま》お訪ねして、詳しいことを伺いますと云って電話を切った。

受話器をかけると、博士は里見絹枝の方に向き直って云った。

「里見さん、若しこれが御妹さんの死骸だとすると、申上げ様もない御気の毒なことです。今警察から人が来ますから、共々充分調べて見る積りですが、あなたはここにいらしても仕方がない。それに御気分も悪い様だから、一先ず御帰りなすってはどうですか」

そして「野崎君御宅まで送って上げ給え」と附加えた。

重なる奇怪事に、怯《おび》え切った絹枝は、門の外の暗闇に、妹を殺した悪魔が、まだうろついている様に感じられ、とても一人で帰る勇気はなかった。無躾《ぶしつけ》だとは思ったけれど、「御送りしましょう」といってくれる、野崎の好意に甘える外なかった。

二人は運転手に自動車の用意をさせて、狭いクッションに肩を並べた。

絹枝の家は巣鴨《すがも》だったので、可成《かなり》の距離であったが、野崎青年には、絹枝と同乗していた時間が、非常に短い様に感じられた。

絹枝はクッションの隅にうなだれて、黙り込んでいた。

野崎は、膝と膝とがぶっつかることをビクビクしながら、いくらか固くなって、それでも口では何かと慰めの言葉を話しかけた。そして、相手が自分をどんな風に思っているかということが、妙に気になるのであった。

初めの間は、絹枝は彼の慰めの言葉に、ただうなずくばかりで、何の受答えもしなかったが、暫くすると、ポツリポツリ口を利き始め、彼女達の淋しい、たより少い家庭のことにまで触れるのであった。

「若しお妹さんがなんだと、あとは、あなたとお母さん切りなのですね」

「エエ、ほんとうに淋しい暮しでございますの。帰りまして、あたし、母に何と申したらよいか、今から、それぱっかりが気掛りです」

「それは、本当のことが確められるまで、黙ってお置きなさる方がいいかも知れませんね。ですが、こんな場合、御相談なさる様な、御親戚《ごしんせき》とか、お懇意《こんい》な方とか、ありませんか。御婦人ばかりでは心細いですからね」

野崎は云ってしまってから、俺は妙なことを聞き始めたと思った。何故と云って、それは暗に、絹枝に愛人という様なものが、あるかどうかを、確める意味をも含んでいたからである。

「東京に親類が一軒あるにはあるのですけれど、父が少し変りものだったものですから、極《ごく》うとうとしくしていますし、御懇意な方と云っても、私達永らく田舎《いなか》の方で暮していたものですから、近くには、こんな時力添えをして下さる様な人はないのでございます。でなければ、女の癖に、私自身で先生の所へ御伺いしたりなんか、致しませんのですけれど」

野崎はそれを聞いて、卑劣《ひれつ》な喜びに似たものを感じないではいられなかった。

「そうですか。御困りでしょうね」

彼は突離す様に云って、黙り込んでしまったが、その実は、「御安心なさい。こうしてお近づきになったからには、きっと私が御力になって上げましょうから」と喉の所まで、出かかっているのを、そんなことを云い出しては、余り無躾だろうかと、思い惑っていたのである。

絹枝の方では、野崎がムッツリ黙り込んでしまったので、私の云い方が、余り慣れ慣れし過ぎたのかしら、それとも、救いを求めでもする様に、さもしく聞えはしなかったかと、近代の娘に似げなく、自惚《うぬぼ》れのない考え方をして、独り恥らっていた。

そして、この気まずい、併し胸の踊る様な沈黙の内に、自動車は余りにも早く、目的の所へ着いてしまったのである。

「お宅までお送りしましょうか」

野崎はやっと云うべき言葉を見出して、絹枝の顔色を見た。

「イイエ、却って何でございますから」

車から降り立った絹枝は、そう云って、叮嚀《ていねい》におじぎをした。

「そうですね。お母さんには何も御知らせしないのだから、却って変ですね」野崎はドギマギして云った。「では失礼します、何か御用が起りましたら、御遠慮なく、先生の所へ御電話下さい。私、いつでもあの家にいますから」

云おう云おうとしていたことを、最後になって、最も下手な云い方で云って、野崎はピョコンとおじぎをすると、再び車の中へ這入った。

「どうも色々有難うございました。先生によろしく」

車が動き出した時、絹枝はもう一度おじぎをして、上げた目を、じっと野崎の顔に注いだ。

野崎は車中で、態とうしろを振向かず、併し心の内では、今別れた絹枝のことの外は、何も考えていなかった。胸をワクワクさせながら、彼女の最後の一瞥の意味を解こうとして夢中であった。

第二の石膏細工

畔柳《くろやなぎ》博士が石膏像の秘密を発見してから、中一日置いて二日目の新聞に、女事務員惨殺事件第二報として、次の様な記事が出た。社会面の上段に、四段抜きの大見出しである。

> 又しても生々しい女の片足

D中学絵画教室で発見さる
人か鬼か？　驚くべき殺人魔の所業

既報関東ビル女事務員殺し事件は、畔柳博士の明察によって、里見芳枝惨殺死体の右腕が、神田区O町の額縁店の飾窓に石膏細工となって陳列されていた、驚くべき事実が判明したが、本日又しても、芳枝の死体の第二の部分が、所もあろうに、D中学絵画教室に於《おい》て発見された。犯人は被害者芳枝の死体を、幾つかに切断して石膏にて覆い、写生用標本として、諸方に販売した模様であるが、警視庁では、この無意味にして大胆不敵なる所業に鑑《かんが》み、犯人は恐るべき一種の精神病者ではないかとの見込みで、百方捜索中であるが、目下の所まだ何等の手掛りをも摑《つか》んでいない。

石膏細工の割目から人肉が
一生徒の過失で計らずも発見

昨日D中学第十六教室に於て、二年生A組第三時間目の授業中、生徒Eが過って、写生標本の石膏細工に触れ、女の片足を模した右石膏細工は台上より転落破壊したが、Eは慌ててそれを拾い上げようとして、標本の上に身をかがめるや、アッと悲鳴を上げて飛びのいたので、一同何事かと近寄って見ると、石膏の割れ目から、腐乱した人肉が現われていた。画学教師G氏は驚いてこれを医療室に持込み、同僚と共に検《しら》べて見ると、石膏細工と見えたのは、実は腿の部分から切断された人間の足を、石膏で塗りつぶしたものであることが判明した。急報により警視庁より鑑識課S警部、女事務員殺し担当の波越警部等駆けつけ、問題の石膏細工を持帰って、帝大F博士の鑑定を乞《こ》い、一方稲垣と自称する犯人の命を受けて、右石膏細工をD中学校に持込んだセールスマンを捜索することになったが、D中学では一時授業を中止して、教室を清めるやら、大騒ぎであった。

布屑かと思った

E君身震いしながら語る

「授業中に一寸質問があったので教壇の方へ行こうと思って、石膏細工の側を通り過ぎた時、服の袖が触って、大きな音を立てて石膏が落ちたので、しまったと思って、拾い上げようとすると、石膏の膝頭の所に大きな割目が出来て、そこから何だか鼠色のものが覗いているのです。僕は初め石膏細工の芯に、汚い布屑がつめてあるのだと思ったが、よく見ると、そうじゃないのです。人肉とは気づかなんだけれど、実にいやな気味の悪いものだと思った。それで僕はアッと云って飛びのいたのです。僕は生れてからあんな薄気味の悪いものを見たのは初めてです。今日はごはんもたべられないでしょう」

前代未聞の怪事件

畔柳医学博士談

この報を齎《もた》らして里見芳枝惨殺事件を最初に発見した畔柳博士を訪えば、博士は有名な義足をコッコッ云わせながら、次の如き驚くべき意見を述べた。

「今に現われるだろうと思っていました。これからまだまだ現われますよ。外国なんかの例によっても、殺人犯人が死体を持運び易くする為に切断する時は、大抵六箇に切離します。つまり首、胴、両手、両足の六箇ですね。今度の場合も恐らく六箇です。ですから、あと四箇丈《だ》け、まだどっかの学校に残っている筈ですよ。私はこれは実に前代未聞の怪事件だと思う。何故というに、犯人が死体を石膏像にして諸方の学校へ配った気持ちですね。これが普通の考えでは判断出来ない。凡《すべ》てのやり口から見て犯人は非常に利口です。石膏細工が割れて中味が発覚する位のことは、よく知っている筈だ。それにも拘らず、死体を衆目に曝す様な行為に出《い》でたのは、どういう訳でしょう。犯人は最初から死体を隠そうとしたのではない。却《かえ》って死体を弄び、世人を揶揄《やゆ》しているのです。彼の残虐を見せびらかし、世間をアッと云わせ度いのです。こうした気持は外国の犯罪者に先例がないでもないが、石膏細工にして中学校に配るなんて着想は実際前代未聞です。犯人は警察でも云っている様に、一種の精神病者には相違ない。だが思考力を失った所謂《いわゆる》狂人ではないのです。悪事にかけては、普通人以上に鋭い理智の持主に相違ありません。これは私の想像に過ぎませんが、この犯人は、里見芳枝一人を殺した丈けではない。平田東一という青年が彼の毒手にかかったことは、先日の貴紙にも出ていましたが、その外に恐らく婦人の被害者が、沢山あるのではないかと思う。実に恐ろしい馬鹿者が現われたものですね。警察が一日も早く真犯人を探し出してくれることを祈ります。私も微力ながら、私丈けの方法で犯人捜査をやって見る積りです」

新聞紙の端が、湯につかって、ベロベロになったので、読手はそれを丸めて、ポイと片隅へ放り出した。

そこは小ぢんまりとした、併《しか》し仲々贅沢《ぜいたく》に出来た、洋風の浴室であった。大理石まがいの陶器で張りつめた床に、長方形の窪《くぼ》みがあって、そこに波々《なみなみ》と乳色《ちちいろ》の湯がたたえられ、室一杯に、湯気と一種の芳香とが漂い、乳色の湯に全身を隠して、畔柳博士の首丈けが、その表面に浮んでいた。彼は今、自分の談話の掲載された夕刊に読耽《よみふけ》っていたのである。

先に畔柳博士は奇人だと云《い》ったが、この入浴も確かに彼の奇癖の一つだった。彼は殆《ほとん》ど毎日一度ずつ、この浴槽にひたって、読書をしたり、瞑想に耽ったりするのが習慣になっていた。彼の浴槽の陶酔《とうすい》は、ある時は二三時間にも亙《わた》ることがあったが、その間浴室のドアに内側から鍵をかけ、至急の用件は浴槽の本箱の上に備えつけた室内電話によって、書生なり助手なりに通じることになっていた。来客等の場合には、書生の方から電話で博士を呼び出すのだ。

これは謂わば博士の夢殿《ゆめどの》であった。畏《おそ》れ多い例《たと》えだけれど、昔聖徳太子《しょうとくたいし》がこの国の政《まつりごと》を夢殿の瞑想に基いてとりさばかれた様に、畔柳博士は、浴室の黙想によって、学問上の又は犯人探偵のすばらしい着想を摑むのであった。

ドアに鍵をかけて置くのは、黙想を乱されぬ為でもあったが、一つには醜い不具の足を人に見られることを恐れた為でもあった。湯を乳色の薬湯にしたのも、同じ理由からである。

博士は新聞を放り出すと、湯にひたったまま、目をつむってじっと動かなかった。十分、二十分、博士の表情は眠った様に静かであった。

そこへ、ジジーと幽《かす》かな電鈴《ベル》の音が聞えて来た。書生からの電話である。

博士は湯の上に半身を出して、本箱の上の受話器を取ると、寧《むし》ろ腹立たしげな調子で「ナニ」と云った。

「波越さんがお出でになりました。急用だとおっしゃってます」

書生の声が、オドオドして云った。博士は入浴中は、いつも怒りっぽくなっているからである。

「応接間へ御通ししておき給え」

博士は受話器をかけて、もう一度浴槽の中へ全身をひたした。

青《あお》髭《ひげ》

間もなく、応接室の丸テーブルをはさんで、浴後のガウン姿の畔柳博士と、警視庁捜査課の波越警部とが相対《あいたい》していた。警部は事件が起ってから二度目の訪問である。

「あなたの予言が当りました。今朝《けさ》の新聞を見て、方々の中学校や女学校は大騒ぎなんです。もしや、自分の学校にも、死体を包んだ石膏像がありやしないかと云うのでね。ところで、残りの部分が、つまり首と胴と左の手足とが、すっかり揃いました。麻布《あざぶ》のS中学、神田のT女学校、同じ区内のO画塾、青山《あおやま》のB中学、この四つの学校に分配されていたんです。今日それが皆警視庁へ届きましたので、早速大学へ送って、念の為に同一人の死体かどうか検べて貰っています。尤《もっと》も、素人目にも六つの切口を継ぎ合わせると、丁度うまく一人の女が出来る様に思われるのですが」

波越氏は、鬼の名に似げない柔和な顔に、笑みをさえたたえて、取引の話でもしている様な、何気ない調子で報告した。

「実にズバ抜けてますね。余程大胆不敵な命知らずか、そうでなければ、気違いの仕業ですね。それで、捜査の方は進んでますか」

博士も、相手に劣らぬ無表情で、事務的な調子だった。

「関東ビルで検べた稲垣の特徴を、各署に通知したのは勿論《もちろん》ですが、市内のガレージに手配をして、あの日両国橋附近から稲垣と芳枝を乗せた車がないかと探してます。彼等が両国橋の所で一度車を降りたのは、行先きを悟られない様に、他の車に乗り換える為だったとしか考えられないのです。両国橋附近のS町は、充分探らせて見ましたけれど何の手掛りもありません」

「それはよい所へ気附きましたね。で結果は」

「まだです。その外には、稲垣が関東ビルの部屋を借りた時、家具や商品を買入れた店を検べさせて見ましたが、奴は実に用意周到なんです。どこの店へも電話で注文して、顔さえ見せてはいません。勿論《もちろん》最初の取引きで、稲垣の自宅なんか、どこでも知らないのです。それから関東ビルへ届けている稲垣の自宅も、念の為に検べましたが、御承知の通りその番地にはそんな人は住んでいないのです。全く出鱈目《でたらめ》なんです」

「それで？」

「それ丈けです。手のつけ様がありません。両国橋から奴等をのせた自動車が見つかるまでは、捜査の見込みがないといってもよい位です。併し、事件が事件だし、新聞でも書立てていますから、首脳部でやかましいのです。それがすっかり僕の所へかかって来るんだからたまりません。実は少し心細くなっているんです。そこで又あなたの御智恵を拝借しようと思ってやって来た訳ですがね」

「僕は今の所何も考えていませんよ。ただ待っているのです」

「何をですか」

「犯人が私に接近して来るのをです」

「接近して来ると云いますと」

「奴は僕が敵であることを知っています。僕を憎んでいるでしょう。ひょっとしたら恐れているかも知れません。誰しも敵はうっちゃらかして置かぬものです。見ていてごらんなさい。奴はきっと僕を監視するでしょう。僕を尾行するでしょう。そして僕の考えていることを探り、僕の一歩先に出ようと試みるでしょう。これ程の大悪人になると決して敵から逃げようとはしないものですよ。寧ろ反対に敵に接近します。それが本当に安全な方法なんですからね」

「そうでしょうか」

波越警部は、少々物足りない面持《おももち》だった。

「現に、奴は僕がこの事件に手を染めた最初から、僕に接近していたではありませんか。奴はあの日始終僕達のあとを尾行していたんです。でなければ、この家から平田青年を奪い去る様な芸当は出来ませんからね。マア見ていてごらんなさい。二三日の中に、奴はきっと僕の身近に現われます。そこで僕と奴との戦いが始まる訳です。その時は云うまでもなくあなたの援助を願わなければならないでしょうがね」

畔柳博士は固く信ずる所がある様な口ぶりであった。波越警部は、博士のこの確信には、何かしらまだ彼に打開《うちあ》けない別の理由があるのではないかと感じた。

「あなたのおっしゃる通り、この事件は、自動車を探すことと、人相書きによってそれらしい嫌疑者を物色する外には、何の手段もないのですが、恐らく、それらの方法よりも、私の消極的なやり方の方が早いでしょうよ」

博士はそう云って何故かニヤニヤと笑ったが、ふと気を変えて言葉をついだ。

「ところで、先日御願いして置いたものは、お持ち下すったでしょうか」

「アア、すっかり忘れてしまった。持って来ましたよ。家出女の写真でしょう」

「そうです。この一二ヶ月の間に、行衛不明になって、届出のあった若い女の写真を集めてほしかったのですが」

「出来る丈け集めて見ました。写真のないのも沢山ありましたが、それでもここに五十枚ばかり持って来ました」

博士は写真を受取って、一枚一枚見て行ったが、最後に五十余枚の内から三枚丈け抜出して、それをテーブルの上に並べた。

「この三人は、どこか似ていると思いませんか」

「そうですね。そう云えば、似通った所がある様ですね」

警部はけげん相に答えた。

「ところで、この写真の三人とよく似た人を、あなたは最近に見た記憶はありませんか」

波越氏は妙な顔をして、暫く考えていたが、ハッとある事に気附いて、驚いて叫んだ。

「里見絹枝ですか」

「似ているでしょう。姉妹の様だとは云えなくても、少くとも美人のくせに鼻の低い所や、鼻と唇の間が非常に狭い所丈けは、実によく似ているでしょう。絹枝さんと、死んだ芳枝さんとは、姉妹で、しかも聞く所によると、非常に似ていたらしいのです。ということは、つまり被害者の芳枝さんと、この写真の三人の娘とが、同じ様な特徴のある顔立ちだということになりますね」

「どうも、おっしゃる意味が分りませんが」

波越氏は、博士の婉曲《えんきょく》な云い廻しに、内心イライラしていた。

「これは僕の空想ですよ。心理的には相当根拠のある事柄だけれど、普通の考え方では、

「結構です」

空想と云われても仕方がないのです。つまり僕は、今度の犯人を西洋の所謂『青髭』に似た一種の変質者ではないかと思うのです。『青髭』というのは漠然たる名称で、あるものは、例えばランドルウの様に、女の財産を目当てにしますが、今度の犯人にはそれはないらしい。ただ、次から次と女に関係して、それを殺して行く。殺さないではいられぬ、ひどい残虐色情者なのですね。で、人殺しは今度が初めてではなく、これまでにも幾人かの被害者があったのだけれど、それが発覚しないでいるんじゃないかと想像するのです」

「どうしてです」

「何の恨みもない、ただ新聞広告で募集した女を、死体を切断したり、それに加工して諸方に配ったりしたからです。最初の殺人者にしては、狂人でもなければ、余り大胆不敵じゃありませんか。初めの内はただ殺していたのが、段々それでは満足出来なくなって、残酷な上にも残酷に、遂に死体を切断して、市中の各所に陳列して見ようなどと考えるに至った。つまり芳枝殺しは、彼の第何番目かの殺人だと考えるのが自然ではないでしょうか」

「そんな風にも考えられないことはありませんね」

「僕はこの空想を、殆《ほとん》ど確信しているのです。それから僕は、犠牲者を新聞広告で募集した意味を考えて見ました。第一は手掛りを残さない為です。何の縁故《えんこ》もない人間を殺す程安全なことはありませんからね。第二は最も好みに合った女を選ぶことが出来るからです。

その結果芳枝さんが選ばれたとすると、芳枝さんの顔立ちが犯人の理想であったに違いない。ところが、芳枝さんには実に際立った特徴がある。鼻の低いことと、鼻の下の極度に短いことです。そこで、思いついたのが、行衛不明の娘の写真でした。これだけ云えば、もう御分りだと思いますが、今選び出した三人の写真の娘の、行衛不明になった当時の状況を検べて見たら、存外そんな間接な方面から、犯人の身元が分って来るかも知れません。これは空想です。空想ではあるが、外に確実な手掛りのない場合だから、犯人の乗った自動車を探すのと、同じ位の努力を、この方面に払って見るのも、悪いことではないと思うのです」

「分りました。藁《わら》にもすがり度い時です。仮令空想にもしろ、さして手間のかかることではありませんから、一つ御意見通りにやって見ましょう。イヤ、有難う。やっぱり御訪ね甲斐《がい》がありましたね。何も考えていないなんておっしゃって、ちゃんとこれ丈けの推理を組立てていらっしゃるじゃありませんか。ハハハハハハ」

波越警部はそう云って笑って見せたが、内心では博士の空想を、大して信用していない様子であった。

毒蜘蛛の糸

助手の野崎三郎は、二三日来、どことなくボンヤリしている様に見えた。机に向って仕事をしながらも、いつの間にか手を休めて、空《うつろ》な目でじっと一つ所を見つめている様なことがあった。博士がそれに気附いて、彼の健康を尋ねた程である。

彼は先夜里見絹枝を送り返してから、たった一つのことしか考えられなかった。夜は夜で、寝もやらず、ある幻に苦しめられ、昼間は仕事が手につかなんだ。

「これ切り分れてしまうのだろうか。もう逢《あ》う機会も、物を云う折もないのだろうか」

彼は生来内気者ではなかったが、どうしてか、その事については極度に内気だった。たった一目逢った人が、こんな悩みの種になろうとは、不思議な気さえした。

「いっそ、こちらから出かけて見ようかしら、口実がない訳ではないのだから」

彼はそんなことを、日に何度となく考えた。そして、結局、それを実行することに心を極めたのは、前章の、波越警部が博士を訪ねた日の翌日であった。午後四時頃、彼は博士にも告げずソッと邸《やしき》を出た。丁度《ちょうど》その時博士は例の長い入浴中だったので、それをよいしおにしたのでもあった。

目的の家の前に着いてからも、這入《はい》ろうか這入るまいかと、長い間躊躇《ちゅうちょ》したが、思い切って格子戸を開けると、女所帯らしく、小綺麗にかたづいた、一坪の土間に立った。

案内を乞うと、しとやかに障子《しょうじ》が開いて、品のよい束髪の年寄りが出て来た。

「私は畔柳博士の所のものですが、里見絹枝さんはいらっしゃいましょうか」

「マア、左様でございますか。先日は絹枝が御迷惑なことを御願いに上りました相で、色々有難うございます。アノ、若《も》しや絹枝を呼びにおいで下さいましたのでは」

老人は芳枝の不幸に打沈んでいたが、古風なたしなみから、それを表に現わすまいとしている様子だった。

「イエ、そういう訳でもないのですが」

野崎はドギマギした。

すると、老人はけげん顔になって、妙なことを云うのである。

「オヤ、それでは、あなたはお邸から、ずっといらしたのではないのでございますか。実は、つい今しがた先生からの御手紙を持って、迎えの人が来たものですから、絹枝はその迎えの御車を頂いてお伺いしたのでございますが」

「博士邸へですか」

「エエ、左様でございます」

「変だな、何時頃ですか」

「やがて一時間にもなりますでしょうか」

一時間前には、博士は既に浴室にとじ籠《こも》っていた。野崎が邸を出る時には、自動車はちゃんと車庫に納っていた。これは只事ではないぞと思うと、野崎は胸がドキドキして来た。

「その手紙が残ってませんでしょうか。少し様子がおかしいのですが」

「確か残って居りました。一寸《ちょっと》御待ち下さいませ」

やがて老人が持って来た封筒を開いて見ると、急用が出来たから、迎えの自動車に乗って来てくれる様にという、簡単な文面であったが、博士の筆蹟とはまるで違っていた。

「しまった。にせ手紙です」

「エ、にせ手紙ですって。では、絹枝は又悪者にかどわかされたのでございましょうか」

老人はソワソワと立上って、オロオロ声で云った。

「そうかも知れません。何にしても、私は一度帰って見なければなりません。御一人でお淋しいでしょうが、じき私なり家のものなりをよこすことにしますから、暫く御辛抱下さい」

野崎は気の毒な老婆をあとに残して、挨拶もそこそこに、大通でタクシーを拾うと、まっ直ぐに博士邸へ取って返した。

書生に先生はと聞くとまだ浴室にいるとのことであったが、遠慮している際ではないので、室内電話機にかけよって、ベルを押した。

「ナニ?」

やっとして、受話器の向うから、例によって不機嫌な声が聞えた。

「先生は里見絹枝さんに、呼出しの手紙を持たせておやりでしたか」

「イヤ、そんなことはしないよ」

「それじゃ、やっぱりにせ手紙だ。先生の名を騙《かた》って、絹枝さんを呼び出した奴があるんです。今から一時間少し前です。偶然僕は絹枝さんの家へ行き合わせて、それを知ったのです」

野崎はもう恥かしがってはいられなかった。

「馬鹿野郎」

博士が大声で怒鳴ったので、野崎は叱責《しっせき》されたのかと思って真青になったが、それは博士の独言だったことが分った。

「俺は何という馬鹿野郎だ。そこへ気がつかないとは。……だが仕方がない。今更《いまさら》慌てた所で何の甲斐もありはしない。野崎君、君はね、直ぐに波越さんに電話をかけて、報告だけして置いて、もう一度絹枝さんの家へ行って上げ給え。老人が一人で心細がっているだろう。それから、出来れば、近所でその自動車を見覚えていたものがないか検べるのだ。そして、車の番号なり、行った方角なり、運転手の風体なり、聞出すことが出来たら、波越さんが喜ぶだろう。僕もあとから行く積りだが」

そして、プッツリ電話が切れた。

畔柳博士と野崎助手と波越警部の一団とが、その夜巣鴨の里見家に落合って、附近を隈《くま》なく取調べたが、何の得《う》る所もなかった。悪魔は影の様に出没して、たった一つ、例のにせ手紙の外には、髪の毛一本の手掛りさえ残さなんだ。

だが、その翌日、又しても、都下の新聞読者を、アッと仰天させる様な、大椿事《だいちんじ》が起った。

湘南片瀬《しょうなんかたせ》の海岸から、長い板橋を渡って、江の島《えのしま》に這入った所に、ささやかな水族館がある。まだ避暑には少し早いので、この水族館に這入るのも、田舎からの遊覧客位で、一体に時期はずれの遊覧地といった、何となくうら淋しい感じである。殊に朝の内は、殆んど客もなく、ボックスの切符売りと、掃除係りの老人とが、呑気《のんき》にあくび交りの世間話をしているといった調子であった。

十時頃になって、やっと一人の客が、其日最初の切符を買った。それは写生旅行に来ていた、若い洋画家であったが、入口の木柵の所で、番人のお爺さんに切符を渡すと、薄暗く、ひっそりと静まり返った場内へツカツカと這入って行った。

夕闇の様な場内には、一間位の幅の水槽が、まるでショウウインドウみたいに、両側にズッと並んでいた。光線はその水槽の青黒い水と、厚いガラス板とを通して、部屋全体を、海の底の様に、幽かにうそ寒く照していた。

青年画家はガラス板に顔をくっつける様にして、一つ一つ丹念に見て行った。

ある水槽では伊勢海老の一群が、まるで水の中の巨大な蜘蛛の様に、ドス黒い岩の間を、不気味に這い廻っていた。ある水槽では、大きな章魚《たこ》が、八本の足をベッタリとガラス板に吸いつけて、胸の悪くなる様な無数の吸盤を、真正面に見せていた。四角な身体の河豚《ふぐ》は、怒りっぽい因業親爺《いんごうおやじ》みたいに、セカセカと泳ぎ廻り、豊麗な踊子に似た縞鯛《しまだい》は、五色に輝く巨軀《きょく》をみせびらかして、悠然と泳いでいた。又ある水槽には、珍らしい海蛇が、燐《りん》光《こう》を放って、クネクネと躍り狂っていた。

だが、どうしたというのであろう。青年画家は、ある水槽の前まで行くと、まるで電気にでも触れた様に、ハッと一間ばかり飛びのいたが、やがておずおずとガラス板に近づき、腰をかがめて、じっと水槽の上部を覗き込んでいる。そこには、一体全体、どの様に奇態な魚が住んでいたのであろう。

そうしている内に、青年の顔は見る見る青ざめ、こわばって行く様に思われた。

「人魚、人魚」

彼は何か幻をでも払いのける手つきをして、譫言《うわごと》の様に呟いていたが、やがて、よろよろとよろめくかと見ると、ワッと叫んで、物狂わしく、入口に向って駆け出すのであった。

入口の木柵の所では、さっきの爺さんが、スパスパとのどかに鉈豆煙管を吹かしていたが、場内から駆け出した青年画家はいきなりその爺さんの袖を摑んで、無言のまま、元の水槽の所へ引っぱって行くのだ。爺さんはこの不意打ちに、あっけにとられて抗弁する暇さえなかった。

「アレだ。アレだ」

青年は爺さんの顔を、そのガラス板に押しつけて、しどろもどろに叫ぶのである。

爺さんは暫くは何の事だか分らぬ様子であったが、やがてその水槽の上部のものを見ると、青年と同じ様に「ワッ」と悲鳴を上げて飛びのいた。

そこには、水の表面から、俯伏《うつぶ》しに、半ば身を沈めて、巨大な、美しい人魚が死んでいたのである。

黒髪は海草の様に乱れ漂い、うつむけた美しい顔は、苦悶にゆがみ、両の乳が鍾乳石《しょうにゅうせき》の様に、水中に垂れ、狭いタンクに折りまげられた両足が、奇怪な曲線を作って、水槽の空をふさいでいた。そして、左の乳の下に、パックリと開いた生白い傷口が見え、そこから、まだ少しずつ流れ出す血潮《ちしお》が、水槽の青黒い水をほのかにぼかしているのであった。

青年画家も爺さんも、余りのことに、それが恐ろしい殺人罪の被害者であることは勿論、人間の死骸であることさえも、まだ本当には呑み込めぬ様子であったが、この水槽の人魚こそ、読者は已に知っている、悪むべき殺人魔の手にかかった、彼《か》の里見絹枝の美しきむくろに外《ほか》ならなかったのである。

第三の犠牲者

　第二の殺人事件に於ても、犯人は何等の手掛りを残さなかった。分っているのは、被害者が第一の被害者芳枝の姉であること、彼女はその前日畔柳博士の偽手紙でおびき出され自動車でどこかへ連れて行かれたこと、鋭利なる刃物で心臓部を抉《えぐ》られていたこと、落命したのは前夜十二時頃らしいこと等で、捜査の手掛《てがかり》となるべきものは何もなかった。

　なお、片瀬の一漁夫が、当日出張した波越警部に、左の様なことを申出《もうしい》でた。

　彼は前夜二時頃、友達の家で夜更《よふ》かしをしての帰途《かえりみち》、片瀬から江の島に通ずる長い板橋の下を通りかかった時、橋上《きょうじょう》を江の島の方へ急いで行く、時ならぬ人影に驚かされた。闇夜であったから影絵の様にしか見えなかったが、洋服姿らしい二人の男で、前後から大きな袋の様な荷物を担いでいたということであった。

　調べて見た所が、その附近には、その時分荷物を持って橋を渡った者は一人もないことが分った。

　以上の甚だ貧弱なる材料によって、犯罪経過を次の如く推定することが出来た。

　犯人は被害者を多分例の空家へ連込んで、目的を果して後惨殺した。それから死体を袋に入れて自動車に積み、深夜の国道を片瀬まで走らせ、車の通らぬ長橋の上は、相棒と共に袋を担いで水族館にたどり着き、水槽の外から、上部ガラス板をはずして、死体を投込んだのである。殺人は十二時頃行われ、彼等の長橋を通過したのが二時であるから、その間の二時間が東京から片瀬までの運搬時間に相当する訳である。

畔柳博士も、波越警部から電話の通知を受けて、現場に出向いたが、流石の博士も、賊の手際を讃嘆するばかりで、何の手掛りを掴むことも出来なかった。

その日の夕刊の社会面は、殆ど全面水族館事件で埋められた。どの新聞も、絹枝の写真は勿論、芳枝の写真、水族館の全景などを掲げ、姉妹の母親の涙話、畔柳博士の談話等を附加えた。

市民は重なる惨事を知るや、非常な衝動を受けた。嘗ってこれ程市民をおびえさせた犯罪事件はなかったと云ってもよい。殊に、第一の犠牲者芳枝が、多数の応募者中から選ばれたこと、第二の犠牲者は、その芳枝と容貌酷似《こくじ》せる彼女の姉であったこと、又畔柳博士の提案によって、波越警部が、行衛不明の届出あった若い女の内から、芳枝に似たものを選び出して、その家出当時の状況を探査していること（新聞記者は抜目なくそれを報道した）などから、犯人は犠牲者の容貌に一定の好みを持っていることが分って来たので、若い女性の間に大恐慌《だいきょうこう》を引起した。

「今度の犯罪には何の動機も理由もないのだ。ただ犯人の好みに適《かな》った女性が、手当り次第に犠牲者として選ばれるのだ」

これは実に戦慄すべき事柄であった。しかも、その恐るべき犯人がどんな男だか、どこに隠れているのだか、少しも分らないのだ。恐怖時代である。

若い女の集る場所では、必ず『青髭』の噂が始まった。「あなたは、どっか里見芳枝さんに似ててよ」なんて云われた娘は、唇の色を青くして震え上った。家庭では娘の一人歩きを禁じ女学校への送り迎えをする家がふえたとさえ云われた。

非難の的は警視庁である。毎日の様に幹部の協議会が開かれた。そして、気の毒な波越警部がその質問の矢表《やおもて》に立たなければならなかった。

水族館事件があってから三日目、波越警部は万策尽きて、せめてもの心やりに、又しても畔柳博士を訪ねた。博士邸の応接間には、主人博士と野崎助手と客の波越氏とが対座していた。

野崎は絹枝変死以来、青ざめた顔をして、口を利くのも大儀そうにしていた。

「あなたのお説に従って、芳枝絹枝によく似た、例の写真の行衛不明の娘達を調べさせていたのが、昨日やっと報告が揃いました。だが、その方も手掛りは皆無です」

警部が投出す様に云った。

「家を出た当時の状況は分ったのでしょうね」

博士は例によって、無表情であった。

「殆ど材料がないのですが、三人が三人共《とも》一致している点があるのです」

「ホウ、それは耳寄りですね」

「イヤ、大したことじゃありません。どの娘も友達の訪問とか、用達《ようたし》とかに出掛けた切り帰らないのですが、皆相当の家の娘で、そういう場合には、近くの大通りから円タクに乗る習慣だったらしいのです。妙にその点が三人共一致しているのです」

「又自動車ですか、我々はこの事件の最初から自動車のことばかり聞かされている。第一は犯人と芳枝さんとが、両国橋附近で乗換えた自動車、第二は絹枝さんを偽手紙で連れ出した自動車、第三は、絹枝さんの死体を江の島へ運んだ自動車、そして今又、行衛不明の娘さんに自動車です。それは一体何を語っているのでしょう」

「成程、そう云えば、不思議に自動車に縁がありますね」

「それはね、犯人が自動車を所有する事を示すものではないでしょうか、従来、人殺しなどをする犯罪者は多く貧乏で、自動車なんて持てなかった。だが、今度の奴は美術商を開いたのでも分る様に、仲々富裕らしいですからね、若《も》し自動車を持っているとすると、こいつは非常な武器ですよ。自家用にも辻待《つじま》ちにも自由に偽装することが出来る。犯人自身が円タクの運転手にばけて、目当ての娘さんが乗ってくれるのを待受けることも出来る。それに車の番号札を絶えず書き換えていれば、滅多につかまる様なことはありませんからね」

「だが、犯人が自動車を持っていると分れば、いくらか捜査の方針が立つ訳ですが」

「イヤ、僕は反対に捜索がおくれやしないかと思うのです。何故と云って、若し犯人が自動車を持っているとすれば、さっき云った芳枝さんを連れて乗換えたのも、絹枝さんを連出したのも、江の島へ行ったのも、皆危険な場合ですから、犯人自身の自動車を使用しているに相違ない。とすると、我々が先日から探している両国橋附近から犯人を乗せた自動車なんて、出て来っこありませんよ。まだ、その時の運転手が届出て来ない所を見ると、どうも私の想像が当っているらしい。これ程世間が騒いでいるのに、当時の運転手が黙っている筈はありませんよ。犯人にしろ、芳枝さんにしろ、容貌風采がちゃんと分っているのですからね」

若し博士の想像が当っているとすると、一縷《いちる》の望みをかけていた捜査の緒《いとぐち》が全く断たれてしまった訳である。波越警部は苦笑を浮べたまま暫くの間黙り込んでいたが、やがて、ふと顔を上げてこんなことを云い出した。

「それにしても、私は犯人の心事を了解することが出来ません。一体全体、何の必要があって江の島くんだりまで死体を運んで、しかも水族館などという人目につき易い所へ曝しものにしたのでしょう。気違いとしか思えませんね」

「私が前例のない犯罪だといったのは、そこですよ」博士は妙な微笑を浮べながら、「犯人は威張《いば》っているのです。千両役者みたいに威張っているのです。銃猟家が獲物を腰にさげて見せびらかす様に、奴は奴の鮮かな殺人振りを見せびらかしているのです。それに、奴は一ぱし芸術家気取りなんですよ。死体を切断して石膏像に見せかけたのもそうですが、今度のなぞは、奴は水族館の水槽の中へ、飛んでもない人魚を創造したのですからね。江の島くんだりまで死体を運んだのは、全く彼の妙な芸術家気取りがさせた業《わざ》ですよ。あんな真似の出来る水族館と云っては、近くでは先《ま》ず江の島位でしょう。上野や浅草のは水槽が狭かったり、賑《にぎや》か過ぎたりして、こんなことには向きませんからね」

博士は犯人の所業を礼讃《らいさん》せんばかりの口振りである。波越氏は少なからず不服であった。

「芸術か知りませんが、こういう芸術家にのさばられては、耐りませんね」

彼は皮肉な調子で云った。

「イヤ、僕の悪い癖です。すばらしい犯罪を見ると、つい讃美したくなるのです。ですが、今度の奴こそ相手にとって不足はありませんよ。僕はあなた方と共に、全力を傾けて戦う積りです。寧ろ愉快です。実を云うと、僕はこの相手の現われるのを、どんなにか待ちこがれていたのですからね」

「だが戦おうにも相手が分らぬ始末ではありませんか。いつかあなたは、犯人の方から接近して来るのを、待っているのだとおっしゃいましたが、それは何時《いつ》のことでしょう」

警部は益々皮肉に出た。

「已に接近していますよ、例えばこれです」

博士は云いながら、内隠しから洋封筒を取出して、警部に渡した。

「活動写真の試写の招待状じゃありませんか」

波越氏は狐につままれた様な顔をして、博士を見た。

「よく読んでごらんなさい。その主演の女優を御存知ありませんか」

「富士洋子《ふじようこ》、新聞でよく見かける様です。併し、それがどうだとおっしゃるのですか」

「富士洋子というのはね、松竹会社K撮影所のスターで、影の国の女王とうたわれる、日本一の人気者ですよ。今『映画時代』という雑誌でやっている人気投票で、第一位を占めています。恐らくK撮影所随一の給料取りでしょう」

波越警部は、あっけに取られた形で、博士のよく動く口元を眺めていた。

「ハハハハハハ、驚きましたか。だが、白状すると私は映画のことはまるで知らない。それはたった今野崎君から教えて貰ったばかりの新知識なんですよ」

「おっしゃる意味が、よく分らないのですが」

警部はたまり兼ねて口を挟んだ。

「アア、それじゃあなたは、あの有名な女優の顔を御存知ないと見えますね。野崎君、さっきの映画雑誌を持って来てごらん」

野崎は書斎から「映画と演芸」という大型の美しい雑誌を持って来て、ある頁《ページ》を開いて、警部の前に置いた。

「これが富士洋子です」

そこには、一頁大のグラビア版で、洋子の半身像が出ていた。

「分るでしょう。その富士洋子という活字を消して、里見絹枝と置き換えても、誰も疑わない程、よく似ているでしょう。私もさっきそれを見てびっくりしたのです」

「すると、この女優が、例の奴につけ狙われているとでもおっしゃるのですか」

「そうとしか考えられないのです。第三の犠牲者です」

「併し、顔が似ているからと云って、必ず奴が狙っているとも限りますまい」

「ではこれをごらんなさい」

博士はそう云って、又内隠しから一通の日本封筒を取り出し、それを招待券の封筒と並べて置いた。

「これは誰が見たって同一人の手蹟です。そうでしょう。ところで、こっちの日本封筒の方は、先日絹枝さんを誘拐した時の、偽手紙なんです。つまり、この招待券は偽手紙を書いた男、云い換えれば今度の事件の犯人が送って来たということになるのです」

「それで」

波越氏は段々興味を起したらしく、一膝前に乗り出した。

「一体私は、畑違いですから、試写の招待状なぞ、一度も貰ったことがないのです。それが今度に限って来たものだから、変に思って調べて見たのですよ。すると、今云う通り、筆蹟が先日の偽手紙と同じであること、洋子が芳枝絹枝姉妹にそっくりなことが分りました。つまり、これは犯人が私に挑戦状をつきつけたも同然だと思うのです。今度は富士洋子をやっつけるから、お前達の方でも出来る丈け用心しろ。という意味でしょう。あいつのことだ。こんな招待状を手に入れる位朝飯前ですよ」

「成程、そうとしか考えられませんね。だが、何という無茶をする奴でしょう」

「恐るべき自信だ。殺人の予告ですからね。予告をしても決してつかまらぬという自信がなくては出来ない芸当ですよ」

「だが、あなたは、少し犯人を買被《かいかぶ》っていらっしゃるのじゃないでしょうか」

警部は余りのことに、博士の言葉を信じ兼ねたのである。

「それとも、私をおびき寄せて置いて、何か一芝居打とうという訳かも知れません。いずれにしろ、敵の誘いにうしろを見せることは出来ません。私は行く積りです」

「明晩ですね、では、私も参りましょう。存外収獲があるかも知れませんからね」

波越氏はいつの間にか本気になっていた。そして博士と明日を約し、いそいそ博士邸を辞去した。

翌日、畔柳氏はいつもよりも長く、例の浴室の冥想を続けた。その間に二三来訪者があったので、その都度《つど》野崎助手は室内電話によって、入浴中の博士を呼び出したが、いつも「今考え事をしているから、妨げちゃいけない」と、ぶっきら棒な返事だった。博士はそんな時、いつの場合でも紋切型《もんきりがた》の様に、この同じ言葉を使った。

劇場の怪異

試写会は午後六時から、K大劇場に於て行われた。当夜は普通の試写とは違い、富士洋子主演の所謂《いわゆる》超特作映画宣伝の為に、広く映画関係者批評家文士などを招いて、説明伴奏入りで映写するものであった。

畔柳博士が野崎助手と共に指定の席についた時には、もう余興の喜劇映画が初まってい て、客席が真暗な為に、波越警部を探すことも出来なんだが、やがてそれが終って、場内が明るくなると、先ず博士の目を惹《ひ》いたものは、ふだんのK劇場とは、まるで様の変った見物人達であった。神経質な顔つきの長髪の男達がいた。俳優らしい男女の群も諸所に見えた。だが、見物人達であった。非常に伊達《だて》な洋装の、併し会社員などとは違った感じの、青年達がいた。だが、見ている内に、それらの見物人達の顔が、ある一定の方向に、絶え間なく振り向けられているのを発見した。そこで、博士も彼等の真似をして、その方へ視線を移すと、右側の桟敷《さじき》の中程に、そこだけ明るく見える程、派手やかな一桝があって、その前列に坐っているのは、写真で覚えたばかりの富士洋子に相違なかった。

「あれだね」

野崎をふり向くと、彼も亦《また》洋子の方を見つめていた。彼は恐らくそこに里見絹枝の幻を描いていたのでもあろう。

暫く返事もしないでいたが、やがて気を取直した体で、洋子の桝《ます》の男女を、あれは監督のN、あれは女優のY、そのうしろが天才子役のK子などと、博士に説明して聞かせた。

いつも空っぽの警官席に、今日はどうしたことか、五六人の制服が詰めかけていた。見物の内には、政談演説でもないのに妙だなと噂し合う者もあった。だが、その中には、波越警部の姿は見えなんだ。「来なかったのかしら」と思いながら、なおも四方を見廻していたが、ふと妙な場所にその人を発見して、博士は思わず微笑した。

夏のことで、桟敷のうしろの扉は、皆開け放しになって、外の廊下がよく見えるのだが、丁度洋子等の桝のうしろの廊下に、一脚の長椅子があって、そこに白絣《しろがすり》に絽《ろ》の羽織を着た一紳士が腰かけて、じっと洋子の後姿を眺め入っている。それが波越警部であったのだ。彼はそうして、洋子の身辺に何事か起るのを待構えている様子だった。

波越氏の所在は分ったが、もう一人の人物がどこにいるかは、全く不明であった。洋子の桝の附近には、別段怪しむべき人物も見当らなかった。

「奴はここへ来ているのでしょうか」

野崎が博士の耳元で囁いた。

「来ているに違いないよ」

博士が極り切った事の様に答えた。

「僕はさっきから、奴を探しているのですけれど」

「君はあいつを知っているのかね」

「例のロイド眼鏡と、三角の顎髯《あごひげ》なんです」

「ハハハハハ、そんなものが当《あて》になるものか。眼鏡と顎髯というのは、一番やさしい変装手段だよ。いくら大胆な彼奴《きゃっ》だって、まさか同じ変装でこんな所へ来やしないさ」

兎角《とかく》する内に、合図のベルが鳴り響いて場内の電燈が消えると、正面のスクリーンの上に、青白い影の国の生活が始まった。ボックスから湧起《わきおこ》る、軽やかな奏楽につれて、説明者のだみ声が徐々に見物達を夢の世界へ引入れて行った。

問題の富士洋子主演映画である。洋子は妖艶なる、ややヴァンパイヤ風の女優に扮し、彼女を廻る三人の遊蕩《ゆうとう》男子と、一人の真面目な青年との恋愛遊戯の経過を賑かに取扱ったもので、当時輸入されたモン・パリという仏蘭西《フランス》映画の影響であろう、華やかな所謂レビューの場面が豊富に取入れられ、見物を飽かせなかった。

映画は二巻三巻と進んで行った。

洋子の楽屋の場面である。きらびやかな舞台姿のままの女主人公を中心に、彼女の崇拝者達が五六人、思い思いの姿勢で椅子に腰かけ、或者はそこにあったギタアを弾じ、ある者は酒杯《さかずき》を上げ、ある者は笑い、ある者はののしり、ある者は洋子の耳に口を寄せて、しきりと彼女におもねっていた。部屋の一方の隅には、この人気女優を真剣に愛する一人の青年が、淋しくうなだれて控えていた。

洋子はその青年に何か云って、からかった。すると、一座の伊達者どもが、一度にどっと笑った。野卑な笑い顔が大写しになって、次から次と画面を通り過ぎて行った。そして最後に洋子の妖艶な笑顔がスクリーン一杯に現われた。彼女はキラキラ光る玉を聯《つら》ねた大きな冠を頂いていた。彼女の顔が笑いの為に小きざみに動く度毎《たびごと》に、その冠が後光の様に輝いた。

彼女は何時までも笑い続けた。彼女の嬌笑が、如何に見物達を魅惑するかを、よく心得てでもいる様に、長く長く笑い続けた。

だが、その時、不思議なことが起った。そうして笑い続けている大写しの顔の、右の目の下にポッツリと、真赤な星の様な点が現われたのである。

見物中のある者は、それを見て、已に恐ろしい予感に戦慄《せんりつ》した。

赤い星は、見る見る、にじむ様に、大きく大きく、拡がって行った。そして、その下端が雨垂れみたいにふくれ上ったかと思うと、ポトリ、真赤な液体となって、洋子の輝かしい頬を辷《すべ》り落ちた。

血だ、光と影ばかりの映画面に、真赤な色の血潮が吹出したのだ。見物達はかたずを飲んで、干し固った様に動かなかった。

洋子はまだ笑っていた。今度は真珠の様な歯の間から、赤いものがにじみ出して来たかと思うと、見る見る唇に溢れて、タラタラと顎を伝い落ちた。二間四方もある、大きな洋子の顔が、あでやかに笑いながら、血を吐いているのだ。その笑顔が妖艶であればある程、唇から顎《おとがい》を染めて流れ続ける血のりの川が、ゾッとする程、無気味であった。

映写技師は、驚いて器械の廻転を止めた。その一刹那、洋子の血みどろの嬌笑は、スクリーンの上にパッタリと固定して、焼きつく様に見物の脳裏に印象された。そして、場内は真暗になってしまった。

見物は総立ちになった。各所に女の悲鳴が起った。

洋子の桟敷の辺が、騒がしくなって、電気電気と叫ぶ声が聞えた。

電燈がつくと、ざわめく群集の間から、監督のNがぐったりとなった洋子を抱えて、うろたえているのが見えた。

忽《たちま》ち黒山の人だかりになった。逸早《いちはや》く駆けつけた警官達が、群衆を制して廊下に道を作った。その間を洋子を抱いたN監督に波越警部がつき添って、劇場の事務室の方へ急いで行った。

畔柳博士と野崎青年とが、人波をかき分けて、事務所の入口へたどりついた時、丁度、中から波越警部が出て来た。

「どうしたのです」

博士が警部を捉えて尋ねた。

「ア、畔柳さん。あなたの御想像通りでした。奴の仕業に違いありません。だが、洋子は大丈夫です。あの写真を見て気を失ったばかりです。もう正気づいています」

警部は博士と連立って人の少い方へ歩きながら、怒気《どき》を含んで場内の群衆を眺め廻した。だが流石《さすが》の鬼警部も、目に見えぬ敵はどうすることも出来なかった。

この映画を作ったN監督、K劇場の支配人などを呼んで、取調べた結果、前日撮影所の小試写室で映して見た時には、何事もなかったこと、ヒルムは前夜の中にこのK劇場へ運ばれ、一晩映写室の中に置いてあったことなどが明かになった。その間に何者かが映写室へ忍び込み、あんないたずらをしたものに相違ない。無論映写室の戸には鍵がかけてあったけれど、そんなものは、針金一本で開ける奴もあるのだ。

ヒルムを調べて見ると、あの大写しの部分に、巧みに赤インキを塗って、さも血の流れる様に、徐々にその量を多くしてあることが分った。

犯人は何の手掛りも残していなかった。足跡も指紋も遺留品もなかった。木戸番や掃除人や宿直員を取調べて見たけれど、誰一人不審な人物を見かけたものはなかった。

三十分ばかりの後、又試写が続けられたけれど、畔柳博士達は見残して、劇場を出た。波越警部も一緒だった。

「K撮影所へ数名の刑事を送って、洋子の身辺を守らせることにします。洋子はさっき帰宅しましたが、その自動車へも、部下の者を同乗させてやりましたよ」

警部が博士の賛成を求める様に云った。

「あなたにも、あいつの心持が御分りになった様ですね」博士は警部の肩を叩いて云った。

「あいつは、子供です。しかし、恐ろしい智恵と力を持った子供です。今夜のいたずらなんか非常に子供らしい。だが、確実に目的を果しましたよ。奴はこうして、猫が鼠をとる様に、犠牲者のおじ恐れるのを見て楽しんでいるのです。奴は段々大胆不敵になって来ました。今までは、ただ死骸を見せびらかすばかりでしたが、今度は、犠牲者を一思いにやっつけないで、予告をしているのです。何という残酷な予告でしょう。それに、犠牲者に対する予告丈けでは満足せず、奴は僕等に挑戦しているのです。サア、今度はこの女をやっつけるのだよ。だが、お前達には俺をどうすることも出来ないだろう。と、『ここまでお出で』をやっているのです」

「ナアニ、こうして被害者さえ分れば、仮令《たとえ》洋子の周囲に人間の壁を築いてでも、奴に指一本触れさせるものではありません」

警部はやっきとなって云った。

「成程成程」博士は何か非常に愉快らしい調子であった。

「それはそうと、奴は今夜あの劇場へ来ていたでしょうか」

波越氏は、ふとそれに気附いて、妙な顔をして云った。

「来ていましたとも、自分の仕組んだ大芝居を、見に来ない奴があるものですか」

博士はそれを確信するものの様であった。

七月五日

勝気な富士洋子は、その翌日たった一日引籠ったばかりで、もうその次の日からカメラの前に立っていた。七八月の暑中をなるべく楽にする為に、監督もカメラマンも、仕かかった仕事を一日も早く切上げようと、あせっていた。この際主役の洋子に抜けられては大変だった。会社としても、人気の絶頂にある彼女に休まれることを好まなかった。そこで、洋子の身辺を守護する為に大部屋の屈強の男優数名が選出された。彼等は洋子の出勤の往復は勿論、撮影所内でも、ロケーションに出動する場合でも、洋子のまわりに付添って離れなかった。その内の二名のものは洋子の宅に寝泊りさえした。

警察は警察で、数名の私服刑事が目立たぬ様に洋子の身辺につき纏《まと》っていた。公私二重の警戒である。如何なる殺人鬼も、これでは、目ざす犠牲者に近寄ることすら、全く不可能に見えた。

だが、何と云う大胆、何と云う自信であろう。『青髭』はこの警戒を物ともせず、不敵な第二の挑戦状を、畔柳博士につきつけたのである。

ある朝、博士が書斎へ這入って行くと、真先に目についたのは、綺麗に片づけられた大デスクの上に投出してある一枚の紙切れであった。野崎助手はまだ出勤していなかったので、博士は書生《しょせい》を呼んで尋ねた。

「君かい、それを持って来たのは」

「イイエ、私存じません」

「今朝から誰もここへ這入ったものはないだろうね」

「エエ、玄関をあけてから、誰も這入ったのを見かけません」

「フン、するとこの紙切れは、どこからやって来たのだ、窓は皆昨夜《ゆうべ》締りをしたままだし」と博士は一々窓を調べながら云った。「入口の扉《ドア》は今僕が鍵で開いたばかりだし、全く不可能だ。エ、君はそう思わないか」

博士はいまいましげに紙切れを取上げた。

それは大型の書簡箋であったが、綺麗なペン字で次の様な奇怪な文句が認《したた》めてあった。


親愛なる畔柳博士、優れたる芸術は優れたる観賞者を要求する。余《よ》は余の芸術に於て、博士の如き優秀なる観賞者を得たることを、衷心《ちゅうしん》より感謝するものである。

殺人は芸術である。敢《あえ》てド・キンシィの言を俟《ま》たずとも、余は之《これ》を信ずる。若く美しき女性は余の芸術素材である。余は短剣の刷毛《はけ》を以《もっ》て、血の絵具によって、彼女に絶対の美『死』を与えるのだ。嗚呼《ああ》、君は嘗《か》つて若く美しき女性の断末魔の舞踏を見し事ありや。その光彩陸離《りくり》たる眩惑的《げんわくてき》美の前には、凡ての絵画、彫刻、詩歌《しいか》の如き、あわれ魂なき泥人形に過ぎないのだ。

死体の芸術的処理に関しても、余は深甚《しんじん》なる興味を有するものである。余は公開第一回の作品に於ては、これを生ける彫刻として大方《おおかた》に示展した。第二回の作品に於ては、玻璃槽中《はりそうちゆう》傷《きず》ける人魚の美を創造した。共に満都注目の焦点となり、望外の好評を博せるは、余の密《ひそか》に欣快《きんかい》とする所である。

第三回、こは未《いま》だ未完成なるも、余が芸術的着想の一端は、已にK劇場映画幕上に発表した。今はただ最後の一触を余《あま》すのみである。余はこの作品に着手当時、已にその時期を定めて置いた。七月五日である。如何なる事情ありとも、余は一度定めたプログラムを変更せしことなし。

余の芸術の唯一の理解者たる貴下《きか》に、予め右の期日を告げ、観賞を乞わんとするものである。

貴下の所謂『青髭』より

「七月五日と云えば明日だ」

読み終った博士は、そう呟いて部屋の中を歩き始めた。

やがて、野崎助手が出勤して来たので、博士はその紙切れを彼に示し、松竹会社K撮影所に友人はないかと尋ねた。

「N監督なら一二度会ったことがあります」

との答えだ。

「それは丁度幸《さいわい》だ。Nさんが出勤した時分に電話をかけてね。僕を紹介してくれ給え、少し尋ねて見たいことがあるんだから」

「紹介なんてしなくても、先生の御名前はN君だって知ってますよ、兎も角電話をかけて見ましょう」

十時頃に電話が通じた。野崎が博士を紹介すると、先方でも先夜のことがあった矢先故《ゆえ》、喜んで御尋ねに御答えするとの返事だった。

「七月五日、つまり明日ですね、富士洋子さんの撮影のプログラムは極《きま》っているでしょうね」

電話口の挨拶が済むと、博士が尋ねた。

「四五人の俳優と一緒に、Oの山の手の森の中へロケーションに出掛ける予定です。遠出がしたいのですけれど、この際ですから人家の多い近くのOで我慢したんです。無論私もついて行きますし、外に護衛の者もいますし、警察の方にも御同行願うことになっています」

Oというのは、京浜《けいひん》間の鉄道に沿った、K撮影所から程遠からぬ街である。

「何時からですか」

「暑くならない間にと云うので、朝の八時にここを出ることにしています」

それ丈け聞くと、博士は「有難う」と云って電話を切った。殺人の予告のことには一言も触れなかった。そして、セカセカと外出の支度をしながら、野崎助手に、

「自動車を用意させて下さい。僕は一寸K撮影所まで行って来るから」

と命じた。

Kまで自動車をぶっ通しで往復して、三時間ばかりすると帰って来たが、直様《すぐさま》警視庁の波越警部に「すぐ来てくれる様に」と電話をかけさせた。

波越氏が駆けつけて来たのは、午後二時頃であった。

「愈々《いよいよ》御約束の時が来ましたよ、奴の方から接近して来た。そして僕に絶好の機会を与えてくれたのです」

博士は例の紙切を波越警部に示しながら、両手をこすり合わせて、さも嬉し相に云った。

「実に言語道断だ」警部は紙切れを読むと、真赤になって怒鳴った。「だが、これが絶好の機会だとおっしゃるのは」

「七月五日といえば明日です。奴がやると云ったら必ずやりますよ、それに丁度明日は、富士洋子はO町の森の中へロケーションに出掛けることになっているのです。奴にとっては一層好都合でしょう。無論僕も行きます。そして、今度こそ奴と対面です。きっと奴の

尻尾を摑んで御目にかけます」

「ですが、警察からも、撮影所からも数名の護衛がつき切っているのに、いくら奴でも、手出しが出来るでしょうか。奴のは殺す丈けでなくて、もう一つの目的を果さねばならないのですからね」

「奴は芸術家であると同時に、手品師です。手品師には不可能というものがありません」

「併し、若し奴に、衆人環視の中で、洋子を誘拐する力があるとしたら、明日のロケーションは危険じゃないでしょうか。知りながらそんな危険を冒《おか》すよりは、撮影所にこのことを知らせて、中止させた方がよくはありますまいか」警部は不安らしく云った。

「いや危険はありません。私を信用して下さい。今度こそ奴と一騎打の勝負です。長い間の恨みをはらす時です。断じて間違いはありません。よし又多少危険があった所で、それを恐れていては、永久に奴の尻尾を摑む折は来ませんからね」

「畔柳さん。これは重大問題ですよ。あなたは、あなたの探偵趣味の為に、人間一人の命を犠牲《ぎせい》になさる様なことはありますまいね」

「私を信じて下さい。人命を尊ぶことは、決して人後《じんご》におちない積りです」

「では御任せしましょう。その代り、私も明日は〇町へ出張します。又刑事の数を倍にして、万一にも危険のない様、充分警戒することにしましょう」

警部は従来の数多《あまた》の経験から、博士の手腕を信じていた。

「それは御随意です。ただ、固く御断りして置かねばならないのは、どんなことがあっても、私が御願いするまでは、積極行動はとらないことです。例えば洋子が危険に見えても、犯人が逃走しても、手出しをしたり、追駆けたりしないことです」

「つまり、明日はあなたが警官達の指揮者となられる訳ですね」

「まあそうです。併し、多分私は変装しているでしょうから、あなたにも、私がどこにいるか分らないかも知れません。ですから、私があなた方の前に現われて、こうして下さいと御願いするまでは、あなた方は、絶対に何等の行動をとらない様にして頂き度いのです」

「妙な御注文ですね。だが、万事変則ながら、あなたのことですから御言葉に従いましょう。ところで、K撮影所へは、この犯人の予告のことを一応通じて置いた方がよくはないでしょうか」

「いや、それは、僕がさっきK撮影所へ行って、所長のK氏丈けに話して来ました。外の者には、N監督にも、洋子にも、一切知らせてありません。知らせない方が僕の計画に好都合なんです」

結局博士の希望は容《い》れられ、波越氏は博士と別に、数名の刑事を伴って、ロケーションの現場へ出向くことになった。

その夕方、野崎助手が帰宅する時、博士は彼にこんなことを申渡した。

「君は幸いN監督を知っているんだから明日は撮影の場所へ行って、洋子に接近していてくれ給え。だが、君の用事は、洋子を保護することではないのだよ。刑事達や、撮影所の護衛者達を、さっきも云った通り、僕が指図するまで、積極的行動をとらない様に、注意することだ。彼等が若し何かしようとしたら君が極力防止しなければいけない。分ったかい。ところで、僕は明日は多分暗い内に家を出るだろうから、君には逢えまいと思う。君は直接K撮影所へ行って、そこからOへ同行する方がいいだろう」

裏の裏

翌日午前九時頃、O町山の手の森林中に、K撮影所の撮影隊の一行が休息していた。一行と云うのは、監督のN、カメラマンのS、主演女優の富士洋子、男女優五名（内護衛者を兼ねる者三名）、刑事六名、波越警部、野崎助手、外に助監督、カメラ助手、運転手等を加えると総勢二十数名である。内半数は電車で来たので、自動車は、撮影所のもの二台、警察のもの一台である。

O町も山の手を奥へ這入ると、鬱蒼《うっそう》たる巨木の森林があり、小さいながらも山らしいものもあり、小川もあれば、松並木といったものもあり、又ある所には広い畑に、藁葺《わらぶ》きの百姓家が、絵の様に点在して、撮影の技巧によっては、充分山奥や片田舎の感じを出すことが出来た。

波越警部とN監督はとある木蔭に腰をおろして、しきりと話込んでいた。

「昨日は畔柳博士から電話がかかるし、今日はあなた方がいらっしゃる。何か目星でもついた訳ですか」

監督はやや不安らしく尋ねた。

「いや、そういう訳ではないけれど、野外撮影となると、一層警戒を厳重にしなければなりませんからね」

波越氏は、博士との約束を守って、本当のことを云わない。

「出来ることなら、私も野外は止《よ》したかったのですけれど、実は一寸自動車を走らせなければならない場面があるものですから、こんな所へ来た訳です。しかし、正味三十分もあれば済んでしまいますよ。あとはセットで間に合わす積りですから」

「すると、その自動車に洋子が乗るのですか」

警部が一寸困った顔をした。

「ナニ、一町も走ればいいんですよ。それにいつもの護衛役の男優が一緒にのっているのですから、少しも心配はありません」

「自動車の走る道へ、部下を配置して置きましょう。用心に如《し》くはありませんからね」

「結構でございます。ただ、刑事の方がカメラに這入りません様に、木の蔭か何かへ隠れていて下されば。それから、御間違いのない様に申し上げて置きますが、これは悪漢劇でして、先ず最初あの大きな松の辺に、洋子の役の娘と、一人の紳士とが散歩している。洋子がある温泉へ保養に来ていたのを、この紳士が、うまく取入って、附近の山中へつれ出した体《てい》なのです。紳士というのが悪者の頭《かしら》なんです。一方、あのしげみの辺に一台の自動車があって、その中から紳士の子分の悪者が、覆面をして出て来て、二人の側へ窺いより、折を待っていると、紳士が何かに事よせて、その場をはずす。一人になった洋子を覆面の男が捉えて、手足をしばって自動車にのせ、自分が運転をしてあの道を逃出す。そして、あの一寸崖になった所がありますね。あの蔭へ曲る所までカメラに入れる訳です。そのあとは自動車の追駆けになるのですが、それは遠方から写すのですから、洋子さんでなく、外の女優に代りをやらせます」

「成程、よくある筋《すじ》ですね。では、あの崖の向側の、自動車の止まる辺へ、部下のものを配置して置きましょう。そうすれば別に心配はありません。それから、念の為に、洋子の相手の男優を見せて置いてくれませんか」

「承知しました」

そこで、N監督が二人の男優を呼んで、警部を紹介した。一人は中年の立派な紳士に扮し、もう一人は、労働服を着て、さも悪漢らしく装っていた。手には覆面の黒いマスクを持っていた。

二人とも長年K撮影所にいる男で、疑うべき点はなかった。

暫くすると撮影が開始された。

洋子と中年紳士に扮した男優と、監督と、カメラマンを取巻いて、物々しい警戒線が張られた。

波越警部と野崎青年とは、カメラの側に並んで立ち、男女優運転手等がその四方をとり巻き、一方自動車の走る道、それの止まるべき箇所にはそれぞれ刑事達が手分けをして、警戒についていた。

少し離れたしげみの所に、一台の自動車（K撮影所の車であった）が置かれ、その中に、悪漢に扮した男優が、出の来るのを待構えていた。

「畔柳さんはどこにいるんでしょう」

波越警部が小声で野崎青年に云った。

「この人数の中には見えませんね。併し先生のことですから、意外な所に隠れていらっしゃるかも知れません。何しろ森の中ですからね」

「畔柳さんが隠れている位だから、例の曲者《くせもの》もどっかに隠れているかも知れませんね。だが、大丈夫だ。これ丈けの人数で守っているんだからね」

警部は強《し》いて、自分を安心させようと力《つと》めているらしく見えた。

やがて、劇がある点まで進行すると、彼方の自動車の中で休んでいた悪漢が、そこを出て、カメラの方へやって来た。すでに黒い覆面をつけている。彼は警戒線を通過して、洋子等のうしろの木の蔭まで近づくと監督の指図に従って、そこへ蹲《うずくま》った。

　中年紳士はその場を立去った。

洋子の大写し、覆面の悪漢の大写し。

監督が一声叫ぶと、悪漢が躍り出して、いきなり洋子に飛びついた。格闘！

「うまいッ。その調子」

監督が満足らしく声をかけた。

格闘は一寸の間に済んだが、両優の呼吸がしっくり合って、その情景は真に迫っていた。殊にも、洋子の恐怖の表情が巧みだった。彼女は悪漢の手を逃れようと、叫び声さえ立てもがく所など、すばらしい出来だった。洋子はそこに倒れていた。猿轡《さるぐつわ》を嚙まされ、手足を縛られて。悪漢は傍に突立って犠牲者を満足そうに眺めていたが、やがて、彼女を両手で抱上げて、自動車の方へ歩いて行った。

　移動撮影。

　カメラが動くにつれて、警戒線も、しげみの側の自動車の方へ移って行った。

　洋子は車の中へ投込まれた。ピンと扉《ドア》がしまった。悪漢が運転台に飛乗った。そして、自動車は、所定の道を、いきなり走り出した。去り行く自動車の背後から、カメラがカタカタと廻された。自動車が段々小さくなって行く光景。

沿道には、しげみの間から、刑事の姿がチラホラ見えていた。車はその間を走って例の崖の所を曲り、その蔭に見えなくなった。崖の向側には、二名の刑事が張番しているのだ。

クランクの音が、パッタリ止った。

「サア、これで済みました」

N監督が警戒者達に向って云った。

一同はホッとした。その辺に腰を卸すものもあれば、お互に話し始めるものもあった。

だが、その時である。今自動車の消えた崖の向うから、二人の私服刑事が口々に何かわめきながら、こちらへ走って来るのが見えた。一同は最初の間、冗談をしているのかと思ったが、段々近づくのを見ると、そうでないことが分った。彼等は目の色が変っていた。

「何だ。どうしたんだ」

波越警部がびっくりして立上ると、彼等の方へ駆け出しながら、怒鳴った。

「自動車が止まらないのです」

「向うの方へ、全速力で行ってしまいました」

刑事達は口々に叫んだ。

「じゃあ今のは！」

N監督が信じられない様に云った。

「そうだ、役者じゃなかったのだ」

一人が甲高い声を出した。

「そんな筈はない。あれはB君に相違なかった」

監督はなおそれを固執《こしつ》した。

野崎三郎は、ふとあることに気附いて、最初自動車の置いてあった、しげみの所へ行って、木の枝をかき分けて覗いて見た。

案の定、そこに一人の男が、シャツ一枚にされて、死んだ様にぶっ倒れていた。それが男優のBであった。警戒が洋子の周囲に集中された為に、少し離れたしげみの蔭で、本物の悪漢がBを倒し、その身なりを奪って、Bの代役を勤めたことを、誰も気づかなかったのだ。

野崎の叫声で一同が集って来た。俳優達は朋輩を介抱した。

一方波越警部とN監督と刑事達とは、警察の自動車に乗って先の自動車を追跡しようとしていた。

野崎青年はそれを見ると、飛んで行って、波越氏に注意した。

「まだ先生の姿が見えません。それまでは積極行動をとるなということでした」

警部達は怒気を含んで叫び返した。

「馬鹿なッ、この際そんなことが云っていられるか。運転手、やれやれ、フルスピードだ」

車は矢の様に飛んだ。

崖の所を曲ると、二三町真直《まっすぐ》な道であったが、行手には已に自動車の影もなかった。道は又森に沿って急折した。そして少し行くと、二またに分れている所へ出た。

「オーイ、おじさん、今自動車が通っただろう」

波越氏が、田のあぜを直していた一人の百姓に呼びかけた。夏のことで、その辺には外に人の影もなかった。

「ハア、通ったよう」

農夫の返事が悠長に響いて来た。

「どっちの道を行ったかあ」

「右の方だよう」

「右だ、右だ」

車上の人々が異口《いく》同音《どうおん》に叫んだ。

自動車は右の道を曲った。

「見える、見える。あの自動車に違いない。サアもう一息だ。運転手、もう速力は出ないのか」

一直線の道が、遥《はる》かに延びていた、その二三町向うを、一台の自動車が走っていた。

「オヤ、どうしたんだ。あの自動車は、いやにのろいじゃないか。それに酔っぱらいみたいに、ひょろひょろしている」

一人の刑事が云った。

見る見る二車の間の距離が縮んで、遂に警察自動車は、悪漢の自動車に追いつき、已に並行して進んでいた。

「しまった。曲者は逃げた。この車は運転手なしで走っている」

見ると如何《いか》にも、運転台は空っぽで、客席に気を失った洋子が転っているばかりであった。

一人の刑事が車から車に飛び移って、酔っぱらい自動車を停車させた。警部を初め車を降りて問題の自動車の周囲に集った。

洋子が助け出された。彼女は気絶してぐったりしていたけれど、別段危害を加えられた様子はない。

「やっぱり追駆けた丈けのことはある。曲者をとり逃したけれど、この人の命はとりとめた」

波越氏は弁解する様に云っていた。

「オヤ、変ですぜ、あれ、あのクッションが動く様じゃありませんか」

一人の刑事が、頓狂な声を出した。

「クッションの下に誰か隠れているんだ。逃がすな」

誰かが怒鳴った。

クッションがじりじりと持上って、案の定中から変な奴が這い出して来た。クッションの下に細工をして、人間が這入れる程の空隙が出来ていた。

「ソレッ」と云うと、二三人が一度に飛びかかった。曲者は何の造作《ぞうさ》もなく捕った。見ると労働者風の汚い男だ。

「コラッ、貴様何者かッ」

警部がその男の洋服の襟《えり》を摑んで、こづき廻しながら怒鳴った。

「馬鹿野郎」

男が雷の様な声で警部を怒鳴りつけた。波越氏はびっくりして手を離した程であった。

「波越さん、奴を逃がしたのは君ですぞ」

男が又怒鳴った。彼は警部の名を知っているのだ。

一同あっけにとられて、茫然と妙な男を眺めていた。その内に波越氏には段々事の仔細が分って来た。

「すると、そう云う君は、若しや」

「若しやも何もあるものですか。私ですよ」

男はお釜帽子をとって顔の汚れを拭きとって見せた。

「ア、畔柳博士」

「そうです。畔柳ですよ。僕は昨日K撮影所の所長に逢って、今日のロケーションの筋書きを聞き、警戒の厳重な中で、たった一つ奴が手品の種に使えるのは、この自動車だと目星をつけたんです。そこで、所長と打合せて、今日使用する自動車に仕掛けをして、最初からクッションの下に隠れていたのです。身体の悪い僕には、随分骨でしたよ」博士は義足をさすりながら云った。

「こうして、奴が若しこの自動車で逃げても、ちゃんと行先までついて行ける様に目論《もくろ》んだのです。それが、あなたが僕との約束を無視した為に、オジャンになってしまった。だが、奴はまだ遠くは逃げていない。道で人に逢いませんでしたか」

「逢いませんよ」

「変だな、自動車が妙に揺れ出したのは、一二町向うからだから、それまでは奴が運転していた筈ですが。エエと、本当に一人の人影も見なかったのですか」

「百姓に道を聞いた丈けですよ。その外には……」

「百姓に、どこで」

「ついそこの曲り角の向うで」

「そいつが怪しい」

博士は不自由な足を引ずりながら、いきなり、来た道を引返そうとしたが、気ばかりあせっても、義足が思う様にならず、バッタリとそこへ倒れてしまった。

湧き起る黒雲

一同は博士を助け起し、さい前百姓のいた所まで引返したが、もうその時分には、百姓の姿はどこにもなかった。手分けをして、附近の百姓家なども充分探したけれど、何の甲斐もない。畑や森を通りさえすれば道は八方に通じているのだ。今更何と騒いで見た所で、もう手遅れである。

そこで、一同は洋子を介抱しながら、スゴスゴ引返すことになったが、手分けをして賊を探している内に、野崎助手の姿が見えなくなってしまった。先へ帰ったのか。それとも丹念に捜索を続けているのか不明であったが、まさか心配する程のことも起るまい。それよりも洋子の介抱が大切だというので、三台の自動車は出発してしまった。ナニ、自動車はなくとも、二十分も歩けばOの駅へ出られるのだ。

一同に置去りにされた野崎三郎は、一体何をしていたのかと云うと、彼は打続く奇怪事に少々頭が変になっていた。それに、江の島水族館の人魚になった里見絹枝のことが、どうしても忘れられぬのだ。恋人が人魚になった。人魚の美しい胸から、真赤な血のりが垂れていた。下手人は魔物の様な奴だ。すぐ目の前にいて、姿が見えない。野崎はそんなことを考えながら、昼近くの炎天の下をテクテクと歩いている内に、段々頭が空っぽになって行く様な気がした。

田の泥水は、ブツブツと湯の様にたぎっていた。その間をうねって行く田舎道は、セメントみたいに乾き切って、向うの百姓家の方の白壁や、鎮守の社《やしろ》ののぼりが、陽炎にグラグラと揺れていた。暑さの為に人通りは全くなかった。

野崎は仲間とはぐれたことも知らぬ体で、その道を訳もなく歩いて行った。

道の両側に、思い出した様に、ポッツリポッツリ百姓家が建っていた。犬が思い切り舌を出して、熱病やみの様に転っていた。鶏《にわとり》がだる相に餌《えさ》を拾っていた。

ふと見ると、一軒のみすぼらしい百姓家の、低い生垣越しに往来から見える納屋《なや》の中に、一人の男が蹲っていた。

野崎はハッとして立ちすくんでしまった。それが、さっき自動車の上から道を聞いた百姓に相違なかったからである。彼は偶然にも、遂に兇賊の隠れ家をつき止めたのであった。

野崎青年は、丁度蛇の前の蛙みたいに、身動きも、目をそらすことも出来なんだ。彼は心にもなくその百姓の顔を睨みつけたままじっとしていた。

百姓の方でも、薄暗い納屋の奥に蹲ったまま、不気味な生人形みたいに、身動きもせず、じっと野崎の方を見つめていた。ガラスで作った目玉の様に、彼の両眼は瞬《またた》きもしなかった。

二人は道で出逢った二匹の猛獣みたいに、いつまでも睨《にら》み合っていた。動いた方が負けだとでも云う様に。

そうしている内に、野崎は腹の底から、何とも云えぬ恐怖が込み上げて来た。頭がグラグラとして目の前がボーッとかすんで来た。もう辛抱が出来ないと思った時、相手の百姓がニヤニヤと笑った。……

半町ばかり向うにほこりっぽい駄菓子屋《だがしや》があった。野崎はそこへ駆け込むと、いきなり店番をしていたお婆さんに声をかけた。

「一寸伺いますがね。ホラ、向うに見える、生垣のある家ね。あの納屋の前に、アア立ってこちらを見ている、あの男を御存知ですか」

「へ、何だね」

お婆さんは、びっくりして、暫くの間野崎の姿をジロジロ眺めていたが、やがて相手の意味が分ると、こんな風に答えた。

「アア、あの父《とっ》さまかね。作《さく》と云いますだよ。知っていますとも、俺《おら》がとは親類筋だからね。作に御用でもありますだかね」

「あの男だよ。今生垣の所へ歩いて来て、私の方を睨みつけている」野崎が念を押しても、

「ハア、あれが、あの家の主でございますよ」と答える。

変だなと思って、見直しても、半纏《はんてん》の縞柄と云い、細帯の色と云い、第一顔付きが、どうしても、さっき畔を直していた百姓に相違なかった。

「あの人は、ずっとあの家にいるのかね」

「そうだとも、三代許《ばか》り前から、あの家にいますだ。父さま又何か御無礼でもしましただかね。ああ見えて、働きは一人前だが、少し心がうといのでね。嬶《かか》さまが苦労しますだよ」

野崎は意外な事実に、段々慌て出しながら、稲垣と自称する男が関東ビルに姿を現した日や、里見絹枝が偽手紙でおびき出された日に、この作という百姓がどこにいたかを尋ねて見たが、作はこの一月ばかり村を一歩も出ないことが確かめられた。

それにしても、さっき納屋の中から彼を睨みつけていた、あの目つきはどうした訳であろう。

「何の御用かしらねえが、俺らに聞くより、作に直々《じきじき》聞いて見なすってはどうだかね」

「そうだね」

野崎がボンヤリして考えを纏める暇《ひま》もない内に、婆さんは気を利かした積りで、生垣の所でこちらを見ている作を、大声で呼んで手招きした。

百姓は何故かモジモジしていたが、やがて思い切った風で、一度納屋の中へ引返し、何か一かたまりの黒いものを手にして、生垣をまたぎ越すと、ノロノロとこちらへやって来た。

「この旦那が父さんに御用があるとよ」

駄菓子屋の前まで来た時、婆さんが声をかけた。

「すまねえ。つい俺あ、捨てたもんなら構わねえと思ったもんだから。旦那はこれを探しに来なすったのだろうね」

作はいきなりそう云って、手に持っていたものを、野崎の方へ差出した。泥に汚れた皺《しわ》だらけの黒の洋服である。野崎はそれを受取って検べて見ると、まがいもなく、撮影の時、悪漢の着ていた洋服だ。何よりの証拠には、例の黒い覆面まで揃っている。その外に、もう一つ、これは心当りがないけれど、使い古した東京地図があった。

「すると、君はこれを拾って隠していたんだね」

「ハア、悪い事は出来ねえもんだ。さっきも俺あ家の前を、洋服の旦那が二三人、うろうろしてござったが、若しやこれを取返しに来たではねえかと俺あビクビクもんで、家の中にじっと縮こまっていただよ。そんな思いをして隠す程のもんでもねえ。サア返しますだ。受取って下せえ」

「イヤ、そんなことはいいんだよ。この服が欲しけりゃ取って置くがいい。それよりも僕は君に尋ねたいことがあるんだ。君の方じゃ覚えていまいけれど、君が田の畔《あぜ》を直している側を、多勢《おおぜい》乗った自動車が通って、君に先の自動車の行った方角を尋ねたね。僕はあの中にいたんだよ。ところで、その先の方の自動車だが、それに人殺しの悪人が乗っていて、僕等はそれを追駆けていた訳なんだ。分ったかい。これは大切なことだから、よく思い出して返事をしてくれ給え。その先の方の自動車が君の側を通った時だね。運転台に人が乗っていたか、どうだったかね」

「乗っていたとも、運転手なしで自動車が動くもんかね」

「理窟はそうだが、実際人のいたのを、君がその目で見たのかね」

「見たとも、それから、二三間向うへ行った時、この洋服なんかが、ヒョイと田の中へ落ちて来ただ」

「捨てたんだね」

「ハア、俺もそう思ったもんだから、勿体《もったい》ねえ事だと思って拾って帰っただよ」

「それはいいんだよ。ところで、君は定《さだ》めしその自動車のあとを見送っていただろうね」

「ハア、見えなくなるまで見送っていましただ」

「その間に、誰か自動車から飛び降りた者はなかったかね」

「インヤ、飛び降りた者なんてなかったでがす」

　それでもう尋ねることもなかった。

　暫くすると、野崎は駄菓子屋を出て、又炎天の田舎道をテクテクと歩いていた。洋服は作という百姓に預け、東京地図丈け取戻して、ポケットに入れていた。

　洋服については別に疑わしい点もない。最初洋子の相手役が着ていたのを、殺人鬼がはぎ取り、役者になりすまして洋子を自動車にのせて逃出した。そして、途中車上でそれを脱いで道端へ投げ捨てた。洋服から足のつくことを恐れたのであろう。

だが、不可解なのは、作という百姓が、自動車を飛び降りる曲者《くせもの》の姿を見なかった事である。成程二町ばかり向うに小山があって、その先は作のいた場所からは見えなくなる。だがそれから自動車の進んだ距離はほんの一町ばかりで、その間には人の隠れる様な所もない。若し飛降りたとすれば、追跡した野崎達に見つかっていなければならぬ。現に畔柳博士も百姓の作を疑った程ではないか。外には見渡す限り人っ子一人いなかったのだから。

地形から云っても、時間から云っても、曲者が追跡者の目に触れずして逃げおおせることは、全く不可能であった。曲者がこの作という百姓に化けたと考える外には。

だが、作はどう見直しても、少々薄馬鹿なお百姓以上のものではなかった。又、作はこの一ケ月一歩も村を出ぬという、あの駄菓子屋の婆さんがまさか殺人鬼の同類だとは考えられぬではないか。

「すると？　すると？」

野崎は歩きながら思わず口に出して云った。彼にはこの難題を解く力はなかった。けれど考えている中に、ふと何とも形容の出来ぬ恐怖に襲われ始めた。晴れ渡った青空が、見る見る黒雲に覆われて、耳の底にドドドという遠雷の様なものが聞えて来た。白昼の悪夢である。

彼は生れてから、こんな真底からの恐怖に出逢ったことがなかった。しかもその恐怖の正体をハッキリ摑むことが出来ない丈けに、恐ろしさが幾倍された。彼はもう考える力がなかった。このままどっか遠くの方へ逃出してしまい度い様な気持だった。畔柳博士の事務所へ帰って、この恐ろしい事実を報告するのがいやになった。探偵事務所というものが恐ろしくなった。

挑戦状第二

その翌日、畔柳邸の応接間では、例によって波越警部と博士とが密談を交わしていた。博士邸は、警視庁から波越氏の自宅へ帰る中間にあって、省線を途中下車すれば、何の造作もなく立寄ることが出来るので、波越氏は帰宅の途中、つい博士邸を訪ね訪ねするのであった。

前日の出来事について、博士が計画の齟齬《そご》したことを残念がれば、警部はあの場合追跡しないではいられなかったと弁明し、一渡りその話が済むと、博士は野崎助手の齎《もたら》した新事実、昨日の百姓は決して怪しい者でなかったことを報告し、それでは曲者はどこをどう逃げたのだろうと、主客共に首をひねるのであった。

「奴の身体はガラスで出来ているとでも考える外《ほか》はありませんね。野外で自動車の上から姿を消す位なんでもありませんよ。現にこの間の挑戦状なんか、密閉してあった僕の書斎

へ、奴はちゃんと持って来たんですからね」博士が云《い》うと、

「何という化物だ。僕の長い警官生活でも、こんな化物に出逢ったのは始めてですよ。イヤ、想像したことさえありませんよ」警部が相槌をうつ。

「化物と云えば、野崎君が怖がってしまいましてね。昨夜帰って来て、その事を報告すると、この事務所を引かせてくれと云うのです。どうしたのだと聞くと、何だか怖くて仕様がないというのです。彼にしては最初の経験ですから無理もありませんがね。それで今日も、野崎君は出て来ないのですよ」

「その気持は分りますね。古狸《ふるだぬき》の私でさえ、今度の奴は、何だかゾッとする様な所がありますからね。正直を云うと、私も怖いと思うことがありますよ」

波越氏は博士の前では、よそ行きの着物を脱いで、弱音を吐いた。

「ハハハハハ、あなたがそんなことを云い出しちゃ困りますね。戦いはこれからですよ」

と笑ったが、博士はふと話頭《わとう》を転じて、

「この地図は、その作という百姓が洋服と一緒に拾ったのだと云って、野崎君が持って来たのですが、これを何だと思います」

博士は例の東京地図をテーブルの上に拡げた。それには、各区に亙って、点々と赤インキで×印がつけられ、その一つ一つに、一から四十九までの番号がうってある。つまり東京中の色々な町に、四十九箇所の×印がつけてある訳だ。

「ホウ、妙なものですね。僕等の方では、よくこんな地図を作りますが、併《しか》しこれは警察用のものじゃありませんね」

「そうでしょう。と云って、例の悪漢に扮した役者が、衣裳のポケットへ入れていたのでもない。それは電話で当人に尋ねて確めたのです。すると、この地図は『奴』が不用の洋服を自動車から投げ捨てる時、うっかり一緒に放ってしまった。つまり、これは『奴』の所持品であったと見る外はないでしょう」

「フン、それで」

「とすると、この何でもない使い古しの地図が、非常に重大な意味を持って来る。これが例の青髭のものであり、この×印も奴がつけたのだとすればですね」

「成程、この地図が奴の計画を語るものとすると、非常に重大です。併し、この四十九の印は一体何を意味するのでしょう」

「それは僕にも分りません。だが、想像することは出来る。そんな恐ろしい想像が許されるものなら」

「それは、どういうことです」

「ごらんなさい。この印は同時に書いたものではない。一つ一つ順次に日をおいて記入して行ったものです。インキの色も違うし、手摺《てず》れで番号が消えかかっているのがあるかと思うと、一方には今書いたばかりの様に鮮かなものもある。奴が何事かを発見した度毎《たびごと》に、記入して行ったものに相違ありません。何を発見した度毎でしょう。さしずめ想像されるのは、例の奴の好みの型の女です。奴の殺人候補者です。それを発見した度毎に、何町の何番地に好みの女が住んでいると、この地図の上へ記入して行ったのです。多分これを始めたのは、関東ビルの女事務員募集よりあとのことでしょう。それで里見芳枝絹枝の住所は記してない。又富士洋子の住所はこの地図にはないので、これも除外例です」

「如何にも。それが一番適切な考え方の様ですね」

「奴のことだから、それ位のことは仕兼ないと思うのですよ。だが、若し僕の想像が当っているとすると、これは実に戦慄すべき殺人目録です。若し警察の力が及ばなければ、奴はこの後、まだ四十九人の人殺しをやる訳です」

「ハハハハハ、いくら何でも、まさか」

「イヤ、その軽蔑が大禁物です。これまでの奴のやり口をごらんなさい。『いくら何でも、まさか』と思う様な、大胆不敵、突飛千万なことを、易々《やすやす》と為しとげて来ているではありませんか」

博士は、寧ろ四十九人の殺人を信ずるものの如く、重々しい調子で云った。それを聞くと、波越警部も、博士にではなく、直接青髭の奴に云いこめられた様な気がして、ふと黙り込んでしまった。

暫《しばら》く沈黙が続いた。沈黙の間に、目に見えぬ強敵の恐ろしさが、ひしひしと二人の胸に迫って来る様に思われた。

畔柳博士は、考え事をしながら、無心で、テーブルの上に置いてあった、波越警部の制帽を弄《もてあそ》んでいた。それには金モールの鉢巻と金モールの徽章《きしよう》とが美々《びび》しく輝き、鏡の様なひさしの革に部屋の半分が小さく映っていた。

博士は、やはり無心のまま、帽子を裏返しにして、中の鬢革《びんかわ》をめくって見た。すると、その革の間から、小さくたたんだ紙切れが、ポロリと落《お》ちた。

「ヤ、失礼、つい考え事をしていたものだから」

博士は詫言《わびごと》をしながら、紙切れを元に戻そうとしたが、警部はその手を止めて云った。

「一寸《ちよつと》それを見せて下さい。私はそんな所へ物をはさんだ覚《おぼえ》はないのだが」

紙切れを受取って開いて見ると、それは案の定、警部に覚のない一通の手紙であった。

彼はそれを一瞥《いちべつ》したかと思うと、思わずピョコンと立上って叫んだ。

「やられた。又しても奴の挑戦状です」

文面は左《さ》の通りであった。


親愛なる畔柳博士、余は貴下の明察に敬意を表せんとするものである。貴下は見事に余の計画の裏をかいた。警察の諸兄の追跡により、余が自動車を捨てたるは、今にして思えば実に幸運であった。さはなくて、若しあのまま自動車を余の秘密の邸に乗入れんか、余は已にして唯一の根城を失わねばならなかったであろう。

好敵手畔柳博士、だが、余はこの一些事《さじ》に意気沮喪《いきそそう》するものではない。元気百倍立《たち》所《どころ》に第二段の計画を廻《めぐ》らし、今やその実行に移らんとしている。勝算歴々、此度《このたび》こそは、如何なる強敵も恐るる所ではない。

来《きた》れ畔柳博士、明七日こそは、両雄相闘うべき日である。場所は富士洋子の居所に従って変るとも、余は断じてこの日限を延期することはない。来れ好敵手。

青髭《ブリユーベアド》より

「けしからん。奴は私の帽子を文函《ふばこ》にして、あなたに文通しているのだ。実に言語道断《ごんごどうだん》だ」

波越警部は、真赤になって怒り出した。曲者は一石にして二鳥を射た。この奇妙な文通は、一方博士を愚弄《ぐろう》すると同時に、鬼警部と云われた波越氏を、文使いの奴《やっこ》に見立てて、侮蔑《ぶべつ》することが出来たのであるから。

「だが、一体全体、どうして、何時《いつ》の間に、こんなものを僕の帽子の中へ入れることが出来たのでしょう」

警部はやっとそこへ気がついて、びっくりして云った。今朝からの行動を思い出して見ても、彼の帽子が賊の手の届く様な場所へ持去られたことは、無論一度もなかった筈《はず》である。

「魔術師の様ですね」

博士は何故かニヤニヤ笑いながら、低い低い声で云った。

撮影中止

七月七日、K撮影所の門衛は、朝っぱらから、見慣れぬ来訪者に驚かされねばならなかった。

それらの人々は、出勤して来る俳優や技師や道具方に混って、さも映画国の人類らしい風体で、あとからあとからやって来た。彼等は入口の柵を通過する時、所長K氏の名刺を門衛に示すのだが、その名刺には『入所を許す』と所長の筆跡で認め、印まで捺《お》してあった。

門衛は前日「こういう名刺を持って来たら門を通して上げてくれ」と所長から申し渡されていたから、そのことには驚かなんだけれど、こんなに多人数だとは、まるで想像していなかったので、少からず面喰った。数えて見ると、三十人からのお客さまである。

云うまでもなく、これは富士洋子護衛の人数である。前日畔柳邸で博士と波越警部が協議の結果、この方法を採ったのだ。五日の事件でこりているので、護衛の人数を数倍にしなければならぬと主張したのは警部であった。だが、制服巡査では、却《かえつ》て賊に用心させていけない。凡て映画関係者の扮装で撮影所へ入ることにしよう。と提議したのは博士であった。博士も警部も平服で、出来るなら、道具方かなんかに変装して行こうではないかと、二人の間に相談がととのった。

それ故、門衛は少しも知らなかったけれど、所長の名刺で門を通過した人々の内には、有名な畔柳博士も、波越警部も混っていた訳である。

気丈者《きじようもの》の富士洋子は、昨日一日休養したばかりで、今日はもうカメラの前に立つのである。畔柳博士に当てた挑戦状のことを話して、所長を始め、せめて今日丈《だ》けは撮影を休む様に勧めたけれど、洋子は、「あんな悪魔みたいな奴にかかっては、どこにいたって同じ様に危険だから、一層皆の前で仕事をしていた方が淋しくなくっていいし、それに、今日休めば、敵に後《うしろ》を見せる事になるのが、あんまりくやしいから」というので、押し切って撮影を続けることになったのだ。

午前十時頃、場内グラスステージの一隅に、撮影圏内丈け、いやにけばけばしく、その外の部分は、毀《こわ》れた椅子や小道具類が転がっていたり、バックの張りぼてが縦横に立てかけてあったり、ひどく殺風景な、天井も何もない、一種異様な、洋風大食堂の道具立が出来上り、監督もカメラも俳優も揃い、今や撮影を開始するばかりになっていた。

「洋ちゃん大丈夫かい。ここはウンと明るい表情なんだが、この際少し無理じゃないかい。

何なら延ばしてもいいんだよ」

　監督のNの方が、当人よりも心配相な顔つきで云った。

「大丈夫よ。あたし覚悟を極めているんだから。殺さば殺すがいいさ。何だか、一ぺんあいつとさし向いで話し合って見たい位のもんよ」

　洋子は平気で冗談を云った。

「それに、随分厳重に護衛してて下さるんですもの」

　それは小声で云って、チラと、舞台のうしろにうろついている太っちょうの道具方の方を眺めた。

　太っちょうの道具方というのは、外ならぬ波越警部の変装姿で、彼はそうして、撮影の邪魔にならぬ、大道具のうしろをブラブラと歩きながら、一人の、これも監督助手といった風体の男と、ひそひそ話をしているのであった。

「あんたは、もう博士の事務所を引いたのかと思っていましたよ」

　太っちょうの道具方が云った。

「エエ、僕は何だか変になってしまったんです。飛んでもない恐ろしい妄想を描いたりするんです。あいつが怖くなったのです。でも、家に帰ってじっとしていると、耐らなくなって来る。怖いもの見たさですね。とうとう、又出て来てしまいましたよ」

　そう答えたのは、野崎三郎であった。彼は先日来、ハッキリしない、もやの様な恐怖に悩まされているのだ。

「先生はどこにいるんでしょう。来る時は一緒だったのですけれど」

野崎は最前から博士を探していたのだ。

「さっきまで門の所でがんばっていましたが、どうせ又、不自由な足で、場内を隅から隅と嗅《か》ぎ廻《まわ》っているのでしょう」

三十名近くの刑事は、広い場内の要所要所に、まんべんなく配置され、蟻の這《は》い入《い》る隙《すき》もない厳戒である。だが、それは撮影所のあまたの所員にまぎれて、外部の者には、どこに刑事がいるのだかまるで見当もつかぬ。その間を、畔柳博士は、シナリオ書きといった風体で、ステッキを力にノソノソ歩き廻っているのである。

セットでは已に撮影が開始されていた。

大宴会の光景である。あまたの椅子テーブル、純白の卓布《テーブルクロス》、匂《にお》やかな花飾り、天井なしでブラ下ったシャンデリヤ、そこにタキシード、モーニング、夜会服、裾模様、とりどりの紳士淑女に扮した俳優が、杯を上げて歓談している。

カメラは間断なく位置を変え、ライトは彼方此方《あっちこっち》に持ち運ばれ、撮影はドンドン進行して行った。

さて、富士洋子の扮した女主人公の大写しである。

給仕に扮した俳優が、彼女のうしろから、葡萄酒の瓶をさし出して、彼女のグラスに、紫色の液体をなみなみとつぐと、純白の夜会服の胸もあらわな洋子は、傍《かたわ》らの紳士とにこやかに談笑しながら、それを口へ持って行った。

道具方に変装した波越警部は、この時野崎青年や他の二三の刑事達と、カメラの側《そば》に立って、洋子の身辺を見守っていたが、彼女が杯を口へ持って行くのを見ると、変な顔をして、小声で監督に尋ねた。

「あれを本当に呑むのですか」

「エエ、グラスの液体が半分程に減る所を写すのです。ナニ、お酒じゃありませんよ。色をつけた水なんです」

監督は平気な顔で答えた。

「だが、それは」

警部がなおも何事か注意しようとしている内に、洋子の方では、その液体をガブガブと呑んでしまっていた。

「お見事お見事」傍らの中老紳士の大写し。

それから、カメラは、少しあとじさりをして、別のテーブルの一組の男女へレンズを転じた。

極り切った場面と見えて、監督は声に出して指図するでもなく、目と顎でうなずいていると、カメラマンが心得て場面を転じて行った。俳優達も何かに圧しつけられる様におとなしく、無駄口を叩く者もなかった。真のパントマイムである。クランクの音丈けが、無言の、黄色い顔の俳優達を、機械仕掛けで動かしてでもいる様に、カタカタと単調に響いていた。

「いけないいッ。中止だ。カメラ中止ッ」

波越警部は、演説の中止でも命じる様な口調で、突然怒鳴った。

ハッと一同の顔が、監督も、カメラマンも、俳優も、助手も、変装刑事も、悉くの顔が警部の方に振り向いた。クランクが止まった。その中で、たった一人、警部の方を見ないで、あらぬ空間を見つめてじっとしている人物があった。富士洋子である。

彼女はテーブルに両肘をついて、放心した様に一つ所を見つめていた。化粧の為に黄色い顔が、だんだん土色になって行く様に見えた。目の色も普通ではない。

一同はそれに気づいて、彼女の方に視線を移した時、洋子の目がつむって、グラグラと首が揺れたかと思うと、いきなりテーブルの下へくずれおれてしまった。

無言劇が一瞬にして混乱、騒擾《そうじょう》の場面に変った。人々は口々に何か叫びながら洋子の周囲に集った。彼女の隣席にいた中老紳士に扮した俳優（Iという映画界の大先輩である）が洋子の肩をゆすぶって怒鳴った。

「洋ちゃん、洋ちゃん、どうしたんだ。エ、どうしたんだ」

だがいくらゆすぶっても、洋子の身体《からだ》は水母《くらげ》の様にグニャグニャして何の手答えもなかった。

波越警部は、早くもセットの中へ飛び込んで、さっき洋子に葡萄酒の酌《しゃく》をした男ボーイを、捕えていた。

「貴様、その酒をどこから持って来た」

男優はしきりに何か弁解した。傍らの二三の俳優も口添えをした。

「その男は怪しいものじゃございません。以前から私共の仲間内でございます」

警部はやがて、その俳優に酒瓶を渡したという小道具方を探し出し、二人をつれて食堂（そこで瓶の中味が用意されたのだ）の方へ急いで行った。云うまでもなく、何者がこの液体の中へ毒物を混じたかを調べる為である。

一方N監督は、洋子のことはI俳優に頼んで置いて、所長室へかけつけると、居合わせたK所長の袖を摑《つか》んで、あわただしく椿事を報告した。

「毒薬だね」所長も唇の色を失っていた。「だが絶望ではなかろう。医者は、医者は」

「H病院へ電話をかけましょうか」

「無論、それを第一にしなくちゃ」

所長は叱る様に云った。N監督はいきなり卓上電話を摑んで、交換台へ怒鳴りつけた。

「H病院だ。毒を呑んだものがあるから、大急ぎで来て下さいと云うんだ」

白髪の老医

間もなく、K撮影所の門前に、自動車が着いて、中から白髪白髯の医師が降りて来た。待構えていた助監督の青年が、老医の手をとる様にして、洋子の倒れているセットの方へ走った。まだ五分とはたっていないので、洋子を部屋に運び入れる間もなかったのだ。

老医は腰を曲げて、ダブダブの背広を波うたせ、白髯を風になびかせながら、ヨチヨチと走った。

セットには、洋子をとり巻いて俳優、道具方などが、黒山の様に群がっていた。医師の姿を見ると、刑事達が、彼等を制して、洋子の側から遠ざけた。

老医は何も云わず、手提鞄の中から様々の器具薬品を取出して、洋子を叮嚀に診察した。十分程かかった。

「麻酔剤の様です。恐らく命はとりとめるでしょう」白髪の老人は、大きな老眼鏡越しに、所長とN監督の方を見上げて云った。「併し、なおよく検《しら》べて見る必要もあるし、手当てをするにも、ここでは何ですから、病院へ運んだ方がよろしいですな」

「是非そう云うことに願います」所長のK氏が答えた。「だが、どういう風にして運びますかね」

「イヤ、訳はない。門の所に病院の自動車が待たせてあるから、誰かそこまで抱いて行って下さればよろしい」

「それじゃ、早く、誰か洋子さんを運んでくれ給え。早くしないといけない」

所長は慌だしく群る青年所員達の方を見て叫んだ。三人の青年が倒れている洋子の側へ寄り、夫々《それぞれ》頭部と胴と足とを持って、静かに抱き上げた。

だが、丁度その時、変なことが起った。

少しの間姿を見せなかった野崎三郎が、やっぱり監督助手といった風体で、突然N監督の側へ寄ると、さも撮影の打合わせでもする様に、ヒソヒソと何事か囁《ささや》いた。

N監督の顔は、見る見る驚愕《きょうがく》の表情となり、思わず大きな声で聞き返した。

「エ、何ですって？」

何事が、かくも監督を吃驚《びっくり》させたのであるか、野崎青年は一体何を彼の耳に囁いたのであるか。その次第を少し語らねばならぬ。

野崎三郎は、洋子が気を失って倒れた時、已にある疑いを抱いた。青髭が目的を果さぬ前に、大切な洋子を毒殺する筈がない。これが彼奴の仕業だとすれば、多分麻酔剤で一時失神させたに過ぎないのであろう。だが、失神させてどうしようと云うのだ。若しかしたら、そのどさくさまぎれに、失神した彼女をここから盗み出そうとするのではあるまいか。では、如何なる手段によって。

彼はその心配の為に、畔柳博士を探しに行く余裕もなく、じっと洋子の身辺を監視していた。

そこへ、白髪の老医が到着した。白髪《はくはつ》、白髯《はくぜん》、大きな老眼鏡、それが何かしら彼をハッとさせた。彼は咄嗟に思いついて、近くにいた古顔《ふるがお》の一俳優の肩を、ソッと叩いて尋ねて見た。

「あれは確かに、H病院の医者ですか」

俳優はけげん相に答えた。

「無論左様《そう》でしょうよ、併し、見かけない医者ですね」

「あなた、つい近頃H病院へ入院なすっていたのでしょう。新聞で見ましたが」

「エエ、ですが、病院であんな医者に逢ったことありませんよ」

それ丈け聞くと、野崎はいきなり事務所へ飛んで行って、そこに居合わせた人に事の仔《し》細《さい》を告げて、H病院へ電話をかけた。

「私の方からは誰もそちらへ行きませんよ」病院の事務員が電話口へ出て答えた。「尤《もっと》も一度お電話があって、用意までしたんですが、直ぐあとから、あなたの方で取消しの電話をかけて来たじゃありませんか」

彼は直様セットへ取って返し、N監督にその次第を耳打ちして、暫らく老医を止めておいてくれる様に頼むと、今度は畔柳博士と波越警部を探す為に、何気なくその場を去った。

N監督は、半信半疑であったが、兎も角野崎の言葉に従って、白髪の老医に声をかけた。

「先生、一寸御尋ねしたいのですが」

洋子を抱えた三人の所員の先に立って、もう二三間《げん》向うへ歩いていた老医は、この声にヒョイと振返った。

「何ですね」

彼はまん丸の眼鏡越しに、ジロリと監督の顔を見た。監督は次の言葉に支《つか》えて、一寸ためらった。ほんの五秒か六秒の間、二人の間に、一種異様な沈黙の睨合《にらみあ》いがあった。

監督の表情は、迂闊《うかつ》にも凡《すべ》ての事を語っていた。老医が……あの稀代の殺人鬼が、それを読み得ぬ筈はなかった。

危険と見ると、今まで曲っていた腰がしゃんとした。つぼんでいた肩が開いて、白髪白髯の大きな顔が、いかめしい肩の上で真直ぐに正面を切った。よぼよぼの老人はどこかへフッ飛んでしまって、そこには、筋骨たくましき一人の見知らぬ男が突立っていた。

アッと思う間に、曲者はもう駆け出していた。長い足が目に見えぬ早さで土をけった。見る間に、彼の姿は、グラスステージと門との間に聳《そび》えている、場内一の大建築ダークステージの中にかくれてしまった。

やっと事の次第を悟った、変装の刑事達が、何かわめきながら、曲者のあとを追って駆け出した。血気の俳優、道具方なども、そのあとに続いた。

ダークステージの内部は、昼間でも薄暗かった。それに種々雑多の大道具小道具が、丁度芝居の舞台裏みたいに、所狭く立ち並んでいた。何のことはない。非常にでかい物置の様な場所である。いやそればかりではない。そこには、撮影の準備に、セットの小市街さえ出来上っていた。表側丈けの家並みが両側に続いて、曲りくねった路地を作っていた。背景の立並んだ間に、自働電話の作りものが突立っているかと思うと、模型の軍艦を浮べる、大きなタンクには、真黒な水がダブダブしていた。ここへ逃込んだ小さな人間一人を探し出すのは、叢《くさむら》で虫を探すようなものであった。

追撃隊は、ダークステージの入口で、先ず立往生をしてしまった。曲者がどこの隅へ這入り込んだか見当がつかぬのと、それよりも、見通しの利かぬ夜の様な建物の中が、何となく薄気味悪く感じられたからである。

一同が躊躇《ちゅうちょ》している所へ、波越警部と野崎青年と他に十数名の刑事が駆けつけた。追撃隊はこれに勢《いきお》いを得て、建物の中へなだれ込んだ。手分けをして、四五名ずつの一団が、右から左から中央からと、迷路の様な大道具の隙間を縫って進んで行った。警部の命令で、凡ての出入口には刑事達が二三人ずつ張番《はりばん》をした。

「アア、とうとう袋の鼠だ。今度こそ彼奴《きゃつ》を引《ひっ》くくってやる。いくら魔術師の様な彼奴だって、まさかこの包囲を逃れる術はあるまい」

波越警部は最初の入口にがんばったまま、舌なめずりをして、満悦の体であった。

袋の鼠

だが、この捕物は警部が考えた程容易でなかった。

捜索隊のあるものは、さっき云《い》ったセットの市街の両側を、隈《くま》なく探し廻って、段々奥の方へ進んで行った。進むに従って、幾重《いくえ》にも立並んだ大道具が光線をさえぎって、段々暗くなった。思い出した様に天井から下っている、蜘蛛の巣だらけの乏しい電燈が、却って不気味な陰影を作った。

最初はひどく勇敢に見えたスポーツ青年の俳優が、先ず尻ごみを始めた。商売人の刑事さえ、何となく気味が悪くなった。大道具と大道具の合せ目の、まっ暗な隅っこが所々にあった。おじけづいた人々は、そんな隅っこに出会う度に、その闇の中に何かしら蠢《うごめ》いている様にも、そこから二つの目を光らせて、こっちを睨《にら》んでいる者がある様にも、感じられ、足がすくんだ。

彼等がそうして、真暗な迷路を、おずおず歩いていると、突然、うしろの方から異様な光線が射して、人々の大きな影法師を、前の大道具に投げた。

一同はギョッとして、振り向くと、ギラギラとまぶしい光線のうしろで、人の声がした。

「驚かんでもいいよ。僕だよ。僕だよ」

それは聞き慣れたカメラ助手の声だった。彼は丁度そこに線をつないだスポットライトがあったので、気を利かせてそれのスイッチをひねったのであった。

このスポットライトの外にも、ステージの中には、撮影の為に用意された種々のライトがあった。一助手の気転によって、外の捜索隊の人々も初めてそこへ気がついた。あちこちに、青白い、或は紫色の、異様な電光が点じられた。これで誰かカメラを廻しさえすれば、誠に物凄い、真に迫った、現代捕物劇の映画が出来上ろうというものである。

カメラ助手は、彼自身の気転に得意になって、更に光線の偉力を発揮《はっき》させる為、そのスポットライトの頭を、ぐるぐると廻して、まるで探照燈の様に、出来る限り方々を照らして見た。

正面を照らし、右を照らし、左を照らし、次に徐々に光りを上げて、天井に及んだ時、突然鋭い叫声が起った。

「アッ、あすこに……」

そこの天井には、カメラをぶら下げて上方から移動撮影をする為めのレールの様なものが出来ていた。そのレール(鉄板を組合わせたもので、幅が一尺程もあった)の上に、さき程の老医の白い頭が覗いていた。彼は出来る丈け身を縮めていたけれど、全身を隠すことは出来なんだ。

捕物自慢の兵隊上りの一刑事が、「よし、俺がつかまえてやる」と云いながら、レールを支えてある鉄の柱の所へ走って行ったかと思うと、猿《ましら》の様にそれを駆昇った。

白髪の怪物は、レールの上を逃げ出そうか、下へ飛び降りようかと、暫く躊躇する様に見えたが、レールの向う側の柱には、已に他の一隊が蝟集《いしゅう》して待構えていたし、飛び降りれば、追手の真中へ転げ込む様なものであった。

進退谷《きわ》まった殺人鬼は、大胆にも元の場所に踏み止まって、昇って来る刑事と戦う身構えをした。

綱渡りの様な危い捕物である。

柱を昇り切った刑事は、死にもの狂いの怪物の身構えに一寸たじろいだが、「ナニくそッ」と叫んで、レールの上を、怪物目がけて突進した。

怪物はソロリソロリとあとじさりを始めた。刑事は、角力《すもう》の身構えでジリジリとそれを追った。二人の姿は、大道具の向う側に隠れて、最初の捜索隊には見えなくなった。その代りに、別の捜索隊が、大道具の向う側で、かたずを呑んで天井を見つめていた。

レールの上では、危いとっ組み合いが始まった。そこでは、力よりも、身体の重心をとる事の方が大切であった。機械体操の上手な刑事は、巧に身をひねって、相手をレールの上から転落させようと力《つと》めた。だが、曲者は軽業《かるわざ》にかけては刑事よりも一枚上であった。

彼はハッと同体に落ると見せかけて、両足でレールにぶら下った。相手も落るものと思い込んだ刑事は、何の用意もなく、手足を離したので、ひどい音を立てて、丁度その下にあった模型海戦用の大タンクの中へ落込んでしまった。見事な水煙が上った。

刑事が濡れ鼠になって、タンクを這い出す頃には、白頭《はくとう》怪物は已に、レールから一飛びに屋根裏の一本の梁《はり》へ飛び移っていた。

彼は鳥か獣みたいに、梁から梁を伝って、建物の隅の方へ移って行った。

下では追手の連中が、マゴマゴする許《ばか》りであった。天井には何の障害物もないのに反して、下には至る所にセットや大道具が立並んでいた。曲者が一尺進む所を、下では大迂回《うかい》をして、十間も二十間も走らねばならなかった。

だが、何と云っても追手の一団は多人数である。それに、四方の入口には張番がいて、賊はこの建物の外へは絶対に出られぬという気安さがあった。彼等は申し合わせて、気長に賊の疲れるのを待った。波越警部や野崎青年も、今は天井の賊を下から追い廻す一団に加わっていた。

十分二十分、屋根裏の怪物は、追いつめられた鼠みたいに、悲惨な努力を続けていたが、遂に力尽きたのか、梁を摑んだ手を離したかと見ると、追手の人々から遠くもない地上へドサリと落て、そのまま気を失った様に動かなくなってしまった。

波越警部の歓喜は絶頂に達した。今こそ敵を討つ時が来たのだ。

「縄《なわ》をかけろ」

命に応じて一人の刑事が、捕縄《ほじょう》片手に、怪物に近づき、馬乗になって、今や縄をさばこ

うとした時、

「パシーン」という異様な音がしたかと思うと、怪物の上にのしかかっていた刑事が、人形でも放り出した様に、うしろざまに投げ出され、その辺に白い煙がパッと拡がって、煙《えん》硝《しょう》の匂いが人々の鼻をうった。

見ると怪物が、白髯をゆるがして、煙の向う側から、ゲラゲラと笑っていた。手には小型の銃器が光っている。

刑事は肩先をうたれて、気を失ったのだ。

ピストルを見ると一同思わずあとじさりをした。

怪物は一人も身辺に近寄らぬ様、油断なく筒先をさし向けながら、ゆっくりと向うの隅の薄暗い所へ歩いて行った。

「こういう場合、皆さんは両手を上にあげるのが礼儀ですよ」

彼は殊更《ことさら》丁寧な言葉で云って、又ニヤニヤと笑った。

人々は不承々々手を上げた。

その隙に賊は、背景の大道具の立並んだ間へ辷《すべ》り込んで、一枚の大きな背景を引寄せると、それを屏風《びょうぶ》にして姿を隠した。だが、不気味なことには、背景と背景との合せ目から、じっと筒口が覗いて、まだ薄い煙を吐き出していた。

「少しでも身動きをすれば、この筒口が煙をはきますよ」

中から怪物の鄭重《ていちょう》なおどし文句が聞えて来た。

追手はどうすることも出来なかった。傷ついた刑事を介抱する元気もなく、長い間、一同手を上げて突っ立ったままであった。賊の方も用心をして動かなんだ。いつまでもいつまでも、例の気味悪い筒口が、人々をねらっていた。

そうしている所へ、待兼ねた畔柳博士が、人々のうしろからやって来た。それを見ると、人々の後方の薄暗い所に隠れる様にしていた波越警部はやっと少しばかり元気を出して、併し両手を上げたまま、博士に囁いた。

「とうとう奴をあの背景のうしろまで、追いつめました。併し、畔柳さん、見えるでしょう。ホラ、あの隙間からピストルが覗いている。迂闊に手出しをしちゃ危いですよ」

「分ってます」博士もなるべく身体を動かさぬ様にしながら、低い声で云った。「僕はあなた方が賊を包囲したと聞いたから、奴の乗って来た自動車の運転手を捉えるつもりで、門の所へ駆つけて見ましたが、影も形もない。早くも悟って逃げてしまったのです」

警部は本人を追駆るのに夢中で、自動車には気がつかなんだ。やっぱり博士は抜け目がないと感心した。

「僕が何故こんなに遅れたかというと」博士はこの危急の場合にも拘らず、賊を呑んでかかった調子で話しつづけた。「やつに一杯食わされたのです。つまらないトリックに引かかって、向うの空部屋にとじ込められていたんです。ドアが頑丈でね。打破るのにひどくたので、さすがのあいつも、骨を折りましたよ」

道理で博士の姿が見えなかったのである。

「それはあとで伺いましょう」警部はもどかしげに、「それよりも、目前の大物です。こいつを逃がしては取り返しがつきません。飛道具を持っているので仕末《しまつ》が悪いのです。何か名案はありませんか」

「ナアニ、ピストルの弾丸《たま》なんて、少し用心すれば当るもんじゃありませんよ。だがこんなに密集していちゃ危い、君達もっとあとへさがり給え」

博士は呑《の》ん気《き》なことを云いながら、人々をかき分ける様にして、賊の筒口に向って進んで行った。

首を伸ばし腰を引き、ステッキを杖に不自由な義足を引きずって、ゴタゴタした小道具類の間を縫いながら、一歩一歩敵に近づいて行く博士の姿は、蛙を狙う蛇の様に見えた。

アア、待ちに待った時は来たのだ。恨み重なる殺人魔は、今こそ博士の眼前数尺の所に、身動きもならず、蹲《うずくま》っている。博士の眼は歓喜に燃えた。彼の手は戦闘の予感に震えた。

誰も、博士の無謀を止めだてするものはなかった。あまりの大胆不敵に、あっけに取られ、手に汗を握るばかりである。

荘厳とも形容すべき、深い深い沈黙が続いた。

背景のうしろの兇賊は、今、彼の所謂好敵手の出現を見て、如何に感じているのであろう。不気味にも、彼はただ黙々として、暗闇の中に蹲っていた。

博士のハッハッと云う、呼吸の音が聞える様に思われた。

蛙を狙う蛇は、一飛びで敵を捕える自信がつくまでは、動くか動かぬか分らぬ程の速度で、ジリジリと迫って行くが、一度びここと思う箇所に達すると、電光の早さで、相手の頭に飛びつくものである。

博士が丁度それであった。腰を曲げ息を殺してある地点まで近づくと、健康な方の足を使って、弦《つる》を離れた矢の様に、敵の隠れがに向って飛びかかって行った。

最後の一秒まで

その瞬間一同はピストルの音を聞き、打倒れる博士の姿を見た様に思った。だが、それは一刹那の幻聴幻覚でしかなかった。

ひどい音がしたにはしたけれど、それは賊の姿を隠していた、張子《はりこ》の大道具が破れ倒れる音であった。意外にもピストルは発射されなかった。博士は生きていた。生きて怒鳴っていた。

「しまった。諸君、探すんだ、まだ外へは出ていないだろう」

見ると、大道具のうしろは、もぬけの空《から》であった。だが、今の今までピストルをつきつけていた彼が、どうしてそんなに早く逃げ出すことが出来たのであろう。

「これだ。諸君は奴のトリックにかかっていたのだ」

博士は大道具の端に紐でぶら下げられた、主《ぬし》なきブローニングを、指先でブラブラさせて見せた。賊はそうして、大道具の隙間から筒口丈けを出し、さも狙いを定めている様に見せかけて置いて、一同のたじろぐひまに、後方からソッと逃げ出してしまったのであった。

だが、各出入口には厳重な見張りがついている。外へ出られる筈はない。彼奴《きやっ》め、ステージの中の、どこかの隅に、身をひそめているに違いないというので、又しても家探しである。二十名余りの刑事、青年所員などが、手に手に棒切れなどの獲物を持って、手分けをして、あの隅この隅と叩き廻った。

畔柳博士と波越警部とは、元の場所に残って、賊の隠れていたあたりを調べたが、暗い隅っこにしゃがみ込んでいた博士が何かを発見して叫んだ。

「奴、変装をといて行ったのですよ」

博士が隅っこから引張り出したのは、賊のつけていた、ダブダブの背広一揃、白髪の鬘《かつら》、白髪の眉、つけ髯、大きな眼鏡などであった。

博士と警部とは、暫く目を見合わせて、黙り込んでいたが、やがて、博士が妙な表情をして、ゆっくりした口調で、

「やられたかな？」

と云った。

「何をです」

警部はその意味を察し兼ねて聞き返した。

「逃げられたかも知れないと云うのです」

「エ、ここの外へですか」

「そうです。兎も角検べて見ましょう」

言葉が終らぬ内に、博士はもう入口の方へ、杖を力に勢よく歩き出していた。警部もそれに続いた。

四つの入口を大急ぎで尋ねて廻った。第一、第二の入口は別条なかったが、第三の一番門に近い入口で、とうとうそれにぶつかった。

「ここから、誰も出なかったろうね」

博士が尋ねると、張番の刑事が答えた。

「ハア、怪しい奴は誰も」

「では、出た者はあるんだね」

「エエ、道具方らしいのが一人、駆け出して行きましたけれど」

「顔を見覚えてますか」

「別に気にも留めなかったものですから。それに非常に早く駆けて行きましたので、エエと、確か洋服の上衣らしいものを小脇に抱えてました。そのうしろ姿が記憶に残っている位のものです」

「何故引捉《ひっとら》えなかったのだ」

警部が怒鳴った。

「併し、道具方ですから」

刑事はあっけにとられて、警部の顔をまじまじ眺めていた。

「この人は、白髪のお医者を見逃さなければいいと思っていたのです」

博士が皮肉な調子で云った。

「馬鹿ッ、君達はあの賊が変装の名人だということを知らないのか。あいつが道具方に化ける腕もないと思っているのか」

警部が部下を叱《しか》りつけている間に、博士はびっこを引きながら門の方へ走っていた。

博士のせき込んだ質問にあって、門衛は目をパチクリさせた。撮影所の構内は一万坪に近く、ダークステージから門までは、半町もあるので、まだ門衛は騒ぎを知らぬらしかった。

「ハア、さっきから二三人ここを出て行った人がございます。併し、それはこの撮影所を見物に来た連中だということでしたから」

「その内に、労働者はいなかったかね。例えばここの道具方といった風体の」

「イイエ、皆洋服の紳士体の人でございました。……アア、そうそう、そう云えば、一番あとから出た人は鳥打帽なんか冠《かぶ》って、少し風采がよくなかった様です……その人が、畔柳博士とかいう方に渡してくれと申しまして、手紙を置いて参りましたが、若しやその博士を御存知の方ではございませんか」

「ナニ、手紙？　見せて下さい。私がその畔柳です」

手紙と云っても、それは手帳の紙を破って、三つにたたんだもので、拡げて見ると、中は鉛筆の走り書きで、左の様に記してあった。

> 約束は約束だ。七月七日と云ったら七月七日だ。余の名声にかけて、違約はせぬ積りだ。今日という日の最後の一秒まで、油断する勿《なか》れ。
>
> 青髭《ブリューベアド》

賊は道具方に化けてステージを逃げ出し、門までの間に上衣をつけ鳥打帽をかぶって、姿を変えたものであろう。

「畜生、やっぱり左様《そう》だ」脇から覗いていた警部が叫んだ。

「そいつの出て行ったのはいつ頃だ」

「十分程前です、でも、ひどく急いで行きましたから、今からではとても。……」

門衛は薄々様子を悟って云った。

併し、波越警部は、兎も角も部下を集め、撮影所から停車場に至る沿道は勿論、八方に手分けをして賊の行衛を探させることにした。だが、若し賊の自動車が、どこかに彼を待受けていてそれで逃走したとすると、無論捜索は徒労に終らなければならないのだ。

又、撮影所の内部も、賊の同類が潜伏しているかも知れぬという博士の意見で、隈なく捜索することになったが、この捜索も何の甲斐もなかったことが、じきに分った。

刑事達が立去るのを見送って、警部はくやし相に云った。

「余の名声にかけてか。人を食っていやあがる。だが、この手紙は、無論負け惜みでしょうね。実際もう一度襲う積りなら、こんな馬鹿なことを書く筈はないから」

「イヤ、奴のやり方は反対です」畔柳氏は厳粛な調子で答えた。「奴に限って常規《じょうき》で律《りっ》することは出来ないのです。奴は自分の犯罪行為に、非常な誇りを感じている。英雄気取りなんです。こういう無謀な予告をして、敵に充分警戒させて置いて、敵の面前で目的を果そうというのが、奴の虚栄なんです。奴の心願なんです。それが証拠に、一昨日でも今日でも、予めちゃんと警告状を送ってから、仕事に着手しているではありませんか」

「すると、今日再び、奴が洋子をさらいに来るとおっしゃるのですか」

「無論です。奴は来ると云ったら来ます。僕はそれを固く信じています」

「あなたは、奴を崇拝《すうはい》していらっしゃる」

警部は皮肉に云った。

「ハハハハハ、そんな馬鹿なことはありませんよ。ただ、奴の心理状態をよく理解している積りなんです」

「イヤ、いずれにもしろ、警戒するに越したことはありません。仮令《たとえ》これが一片のおどし文句であったとしても、我々は充分洋子の身辺を護衛する必要があります。洋子と云えば容体はどうかしら」

「イヤ、それは心配ありません。もうとっくに部屋へ入れて、所長とN監督と女優部屋の連中などで看病していました。今時分は意識を取戻しているかも知れません。ところで、警戒の方法ですがね。我々は今日は、非常な失敗を演じました。と云うのは、警戒の人数が多過ぎたのみならず、刑事諸君に、技師、道具方などの変装をさせたのが飛んだ考え違いでした。それが、本物の俳優、技師、道具方と混って、賊を追ったのですから、追手同士顔を知らない。その虚に乗じて賊が道具方なんかに化けて、うまく逃れてしまったのです。若しこれが、刑事ばかりか、ここの所員ばかりで追ったら、あんなへまはやらなかったと思います。又、刑事が多過ぎた為に、例えば僕が賊のトリックにかかって、空部屋に監禁されていても、仲間が多いので一人位どこへ行っても、気がつかない。若し二人か三人だったらお互によく気をつけているでしょうから、そんな馬鹿なことは起りませんよ」

「成程、大きにそうでしたねえ。何しろ、ああゴタゴタと色んな連中が飛び出しちゃ邪魔になるばかりですからね」

「そこで、今度は一つ、全然方針を変えたらどうかと思うのです」

「といいますと」

「あなたと僕と二人っ切りで、洋子を護《まも》るのです。目的はあの女なんだから、洋子を見張ってさえいれば間違いはありません。それに賊は多人数というのではないから、僕達二人で充分ですよ。僕達なら、まさか刑事諸君の様に賊にだまされることもないでしょうからね」

「それもそうですね。ナアニ、仮令賊が何人連れで来ようと、ビクともするこっちゃありませんがね」

警部は剣道二段の腕っぷしをさすって、カラカラと豪傑笑いをした。

幽霊部屋

洋子は（やっと意識を恢復《かいふく》していた）態《わざ》と病院を避け、撮影所から程遠からぬ、所長K氏の邸宅へ運ばれ、賊の弾丸に傷いた刑事は、早速H病院へ担ぎ込まれた。無論命にかかわる程の重傷ではない。

洋子をのせた自動車は病人と所長K氏とN監督と、運転台に乗った一刑事とで一杯だったので、博士と波越警部と野崎三郎とは、一台別に自動車を呼んで、少しおくれてK氏の邸宅に向った。

K氏の邸は最近出来たばかりの、立派な洋風建築で、K町ではH病院に次ぐ大建築物であった。階上の来客用寝室が、洋子の病室に当てられた。

H病院の院長が来診した。K氏もN監督も院長は見知り越しであったし、態々K氏の自動車で迎えに行ったのだから、今度は間違いの起る筈はなかった。

院長は同伴して来た病院の看護婦を残して帰って行ったが、この看護婦については、院長が保証を与えた。

病室にはK氏、K氏夫人、N監督、S女優、畔柳博士、波越警部、右の看護婦の七人の外は、何人《なんぴと》も立入ることを禁じられた。

K氏の邸宅は、高いコンクリート塀に囲まれ、塀の頂上には一面ガラスの破片が植えつけてさえあった。警部は信用の出来る三人の刑事に表門と裏門の張番を命じた。野崎三郎も、博士と相談の上、その仲間に加わり、結局表門裏門に二人ずつの番人が出来た訳である。

洋子の病室では、洋子が大きなベッドの純白のシーツの中に埋もれた様になって、青ざめた顔丈けをこちらに向け、ウトウトと眠っていた。枕もとの小卓の上には、今病院から届いたばかりの薬瓶やコップや清水の入ったフラスコが並び、別の小卓には大きな金盥《かなだらい》に柱の様な大きな氷が立ててあり、その前で扇風器がゆるく廻転していた。広い裏庭に面した二つの窓は、一杯に開かれ、立並ぶ樹木が青々と見えていた。

洋子の容体が心配する程でもないことが分ったので、安心したK氏とN監督とは、撮影所へ帰り、残った五人の人々も、楽な気持ちになって、雑談などを始めていた。

「さっきあなたは、賊のトリックにかかって、空部屋へとじこめられたとおっしゃいましたね。さっきはゆっくり御聞きしている暇がなかったが」

警部が畔柳博士に尋ねた。

「ナニ、つまらないトリックなんです。併しあいつは実に人の心を摑むことがうまい。あれは僕の様な男でなけりゃ引かからないトリックです。それを奴はちゃんと心得ている。全く恐ろしい奴ですよ」

博士の興味ある話題に、人々は雑談をやめて聞き耳を立てた。ベッドの洋子も時々眼を開いてそれに聞き入っている様に見えた。

「僕はその時、撮影所内に、何か賊の悪企みが隠されてやしないかと思ったものだから、隅から隅と検べて歩いていたのです。すると、ずっと奥の隅っこの方の、ヒルムの焼きつけだとか現像だとかをする、技術部の建物の外側の、青いペンキを塗った板の上に、白墨で小さな矢の印が書いてあるのを発見しました。極く小さな物で、僕みたいな男でなけりゃ、見つけもしないし、見つけた所で気にもしない様なものなんですが、その矢の印の下に三という数字が書いてあるのです。これは何か悪人同士の目印ではないかと思って、なおその辺を歩き廻って検べて見ると、便所の外の壁だとか、場内の電柱だとか、樹の幹だとか、人目につかぬ場所を選んで、沢山同じ矢の印が書いてあることが分りました。印の下には皆数字がある。それを123と順にたどって行くと、確かに一定の方角を指していることが分った。決して出鱈目《でたらめ》の落書ではないのです。都合十三ありました。一から十三まであったのです。だが十三の所には矢印はなくて、丸が打ってある。つまりそこが目的の場所だという意味に違いないのです。その印がどんな所に書いてあったと思います」

博士はここで一寸言葉を切って、一同の顔を見廻した。

「あとでNさんに聞いて分ったのですが、K撮影所内では有名な幽霊部屋の扉なんです。その建物は元俳優の部屋だったのが、自殺者があって、幽霊の出る噂が立ってから、誰も怖がって近よらず、建物全体が物置になって仕舞い、殊に印のついていた幽霊部屋は、明かずの部屋同様、長い間扉を開けたこともないと云うのです」

「マア、あの部屋ですの？　私達の仲間には本当に幽霊を見たっていう方もある位でございますわ」

S女優が、真面目な調子で、相槌を打った。

「誰かにそのことを話してからにすればよかったのです。併し、まさかあすこへとじ籠《こ》められることとは気がつかぬものだから、僕は何気なく扉をあけて、その幽霊部屋へ這入って行った。中には一杯がらくた道具が入れてありましたが、そこに何か怪しいことでもないかと、検べている内に、うしろの扉がバタンと締《しま》った。変だなと思って、引返して開けようとすると、いつの間にか外から鍵をかけて了った者があるのです。しまったと思って窓から出ようとしたが、窓の前にでかい機械の様な物が置いてあって、迚《とて》も一人の力では動かぬ。仕方がないので、扉を叩いて大声に呼んで見たが、人の住んでいない建物だから、誰も助けに来てくれる者はない。そこで僕は、有合せた棒切れで、扉の鏡板を打ち破って出て来たのですが、随分骨が折れましたよ」

「すると、あの白髪の奴の外に、賊の仲間が撮影所へ這入っていたのですね」

波越警部の言葉に、博士はうなずいて、

「無論そうです。でなければ、例の酒の中へ麻酔剤を入れることも出来なかった筈です。それで、僕は刑事諸君に、撮影所内を捜索して貰った訳ですよ」

「それは無論そうですが」警部は一寸間の悪い顔をして、「麻酔剤と云えば、その方は私が充分調べて見ましたが、結局何者の仕業とも分りませんでした。詳しいことはいずれあとで御話しましょうけれど」

警部は持前の官僚気質《かたぎ》から、K夫人やS女優などの素人の前で、犯罪捜索の話をすることを好まぬ様に見えた。

魔術師の怪技

何事もなく夜が更《ふ》けて行った。

S女優は帰宅し、K夫人も別室へ退いた。K氏は撮影所から帰ると、暫く病室へ顔出しをしていたが、これも居間へ立去った。

洋子は向うをむいてスヤスヤと寝入っていた。何の用事もない看護婦は、椅子にかしこまったまま、時々舟を漕いだ。置時計の針が十一時を指していた。部屋の隅では蚊遣《かや》り線《せん》香《こう》が細い煙を立てていた。

「オイ、君々、用事があったら起してあげるから、君は次の部屋へ行っておやすみ」

畔柳博士が見兼ねて、居眠り看護婦の肩を叩いた。彼女は遠慮をして、仲々立去ろうとしなかったが、「明日があるから」と云われて、遂に次の間へ引下った。そこにはK夫人が看護婦の為に、ベッドを用意して置いたのであった。

「奴さん、約束を果し相もありませんね」

波越警部はそんなことを呟きながら退屈そうに立上って、一つ大きく伸びをすると開け離《はな》った窓の所へ行って、闇の中へ首をつき出し、暫く外を眺めていたが、

「下からこの窓へは、とても昇れませんよ。手掛りも何もない。樋《とい》も遠くだし、先ずこの

方面は大丈夫ですよ。……すると、唯一《ただひとつ》の通路は、そのドアだが、ドアの中には我々のピストルが待構えていますからね。畔柳さん、これでも奴は奴の名声をかけた約束を、果し得るというのでしょうかね」

警部はポケットのピストルを叩きながら、馬鹿馬鹿しいという調子であった。このピストルは博士の注意で、K町の警察署から取りよせ、二人が一挺ずつポケットにしのばせていたのである。

「まだ約束の時間までは一時間あります」

博士は無愛想に答えた。

誠に波越警部の云う通り、賊の侵入は全然不可能であった。彼等は一瞬間と雖《いえど》も部屋を空にして置く様なことはなかった。二人共、K夫人心尽しの冷い飲物を、退屈まぎれにガブガブやったので、度々洗面所へ降りて行ったが、その僅かの間さえ、博士と警部は必ず代り合う様にして、少しの油断もしなかった。

暫くすると、警部は、「一寸又」と笑って立上ると、「序に門番の先生達を見廻って来ますから」と云い残して、洗面所へ降りて行った。

それは階下の反対の端にあって、廊下を随分歩かねばならなかった。警部は用を済ませると、玄関の締りをはずして、門の方へ出て行った。夜気が冷々として、快かった。

忠実な刑事は門外のしげみの蔭にうずくまって蚊にせめられながら職務を果していた。

「野崎君は？」

警部が尋ねると、刑事は立上って、

「今し方裏の塀外を見廻って来るといって、向うの方へ行かれました」と答えた。

警部は一同の熱心に感心しながら、塀の角を一曲りして、裏門の所へ行って見た。そこにも、二人の刑事が忠実に職務に服していた。

警部は元の病室に立帰って、この由《よし》を博士に報告した。博士は満足らしく肯《うなず》いて、

「だが、あいつにかかっては、どんなに用心しても用心し過ぎるということはありません」と答えた。

警部は心の底では、博士のそうした態度を馬鹿馬鹿しく思っていた。けれど、口に出しては何も云わなんだ。

退屈し切った警部には、時計の針の進むのが方外《ほうがい》にのろい様に感じられた。やっとして、十一時五十分になった。

「もうあと十分で十二時です。まさかその十分の間に、洋子を盗み出しに来ようとも思えませんね」

警部はあくびをしながら云った。

「あなたは奴を軽蔑《けいべつ》し過ぎている。それは、あいつの性質を本当に理解していないからです。あいつが一度でも約束を実行しなかったことがあるでしょうか」

博士は警部のあくびが癇《かん》に触った様子であった。

「併し、今まではこちらに油断があったからです。それに、野外だとか、撮影所のあけっぱなしな多人数の間で起ったことです。まるで事情が異《ちが》うじゃありませんか。今夜こそは全く不可能です。我々が洋子のベッドから一間も離れぬ所に、武装をしてがんばっている。絶対に見知らぬ人物の侵入を許さない。どこに隙があるでしょう。不可能です。不可能です」

警部は、無理にもそう信じ度いのである。

「不可能でしょうか」

博士が相手の目を凝視して、押えつける様に云った。

警部は黙っていた。彼は博士の様子に何かしら動かし難いものを感じて、少し自信を失った様に思った。

「例えば賊の挑戦状について考えてごらんなさい。一度は密閉された部屋の中に、絶対に這入ることの出来ない部屋の中に、置いてあった。もう一度は、よく御承知の通り、警視庁警部のいかめしい制帽の鬢革《びんがわ》の間にはさんであった。両方とも、普通の考えでは全く不可能なことです。だが、あいつはその不可能事を、何の苦もなく実行しているではありませんか。又、洋子さんに対するやり口をごらんなさい。ちゃんと予告をして置いて、我々の面前で、兎も角もあれ丈けの手品をやって見せた。奴は何にでも化ける。俳優にもなったし、白髪の老医にも扮した。そしてそれが常識では考えられない、非常に意表外な手段であった為に、我々は一時はまんまとだまされてしまったではありませんか。今晩だって、奴の方にはどんな意表外な手段があるか分ったものではありませんよ」

博士は警部の油断をたしなめる様に、説き聞かせるのであった。

「あなたは、何だか賊の来ることを信じていらっしゃる様に見えますね」

警部は何故ともなく幽《かす》かな恐怖を感じて、真暗な窓の外を見ながら云った。

「信じないではいられぬのです」

博士は厳粛な調子で云い切った。

「あと五分間しかなくても？」

「十二時がうつ瞬間までは油断が出来ません」

警部は思わず、洋子の寝姿を見つめた。彼女は相変らず、純白のシーツの中からうしろむきの頭丈けを見せて、身動きもしないでいた。

時計の秒を刻む音がハッキリ聞えた。それ程夜は静かであった。

一分間経過した。

警部は腋下《わきのした》に冷汗がにじみ出て来るのを感じた。あとのたった四分間が、待ち切れぬ思いであった。

彼は我にもなく慌て出していた。彼は立って行って、二つの窓を閉め、掛金をかけた。

それでも安心が出来なくて、今度は入口へ行って、扉の鍵穴にさしてあった鍵を廻し、内側から締りをした。こうして置けば扉を打破りでもしない限り、誰も部屋へ這入ることは出来ぬのだ。

あとになっては、恥かしくて仕様がなかったけれど、その時は、この子供らしい用心を彼は本気でやっていたのである。

博士は彼の仕草を、別に不賛成も唱えず見守っていた。

締切ったので、部屋の中が俄かに蒸し熱くなった。熱さと緊張との為に、じりじりと汗がにじみ出して来た。

あと三分。

あと二分。

博士も警部も、鼻の頭に汗の玉を浮べて、ベッドの上を凝視していた。この緊張が二三十分も続く様だったら、二人とも気が違ってしまったかも知れない。

だが、幸にも、何事もなく、十二時が来た。

「アア、やっと助った」

緊張をとかれた警部が先ず立上って云った。無事に済んだのが、何だかあり得ないことの様に思われた。

彼はふとある事に気づいて、一寸ドキンとした。この置時計が手品の種ではないかと思ったからだ。態と時間を進めて置いて、十二時が済んでから油断を見すまして、仕事をするのではないかと思ったからだ。

彼は胸の懐中時計を出して見た。正に十二時である。

「まさか、奴の時計が遅れているという訳でもありますまいね」

警部はやっと安心して、冗談が云える程に、心の余裕を取返した。

だが、不思議なことに、畔柳博士は少しも緊張を解かれていない様に見えた。彼は前にもました厳粛な調子で云った。

「あなたは、奴が約束を守り得なかったと信じますか」

警部は、これを聞くと、ギョッとして博士の目を見つめた。博士の目に、えたいの知れぬ不思議な意味が籠っている様に思われた。

二人は長い間、お互の目を睨み合っていた、何とも形容の出来ぬ不気味な数秒間が続いた。

洋子はベッドの上に寝ている。約束の十二時は済んでしまった。賊が約束を履行《りこう》しなかったのは余りにも明白な事実ではないか。博士は一体全体何を恐れているのであろう。

だが警部にも、何かしら、薄々と分って来た様に感じられた。「若しや、若しや」氷の様な予感がゾッと彼の背筋を這い上った。

彼は恐る恐るベッドの方を見た。そして、ひどくどもりながら低い声で云った。

「あれは、まさか洋子の死骸ではありますまいね」

彼にはベッドに近づいて、洋子の生死を確める勇気がなかった。

「目的も果さぬ前に、殺してしまう筈はありません。だが……」

博士は云いさして、ツカツカとベッドの向側に廻って、洋子の寝顔を覗き込んだ。

その瞬間、非常に変なことが起った。どうしたというのであろう。博士は、「畜生ッ」と叫ぶといきなり、洋子の肩を掴んで、ベッドの中から引ずり出し、軽々と一振り振ると、ヤッとばかり床の上に投げつけたのである。

警部はまっ青になってしまった。博士が狂気したかと思ったからである。彼は博士の側へ飛んで行って、うしろから抱き止めた。

「どうしたんです。どうしたんです」

彼はおろおろ声であった。

「ごらんなさい。洋子は盗まれてしまった」

博士は立腹の余り、警部の手を叩きのけて、叫んだ。

波越氏は、床の上に倒れている婦人に近づいて、その顔を見た。

「ヤ、これは人形じゃありませんか」

そこには生人形《いき》の女の首が転っていた。後頭部を見せて向うむきに寝ていた為に、長い間人形とは気づかなんだのだ。拾い上げて見ると、胴体はなくて、首から下は白い布ばかりであった。ベッドの中には、敷蒲団が丸めて、人の寝た姿に見せかけてあったのだ。

「僕達は長い時間、人形の番をしていたのです」

興奮からさめた畔柳博士は、くずれる様に元の椅子につくとガッカリして云った。

警部は矢庭《やにわ》にドアの鍵を廻すと、部屋を飛び出して、片っぱしからドアを叩き廻って家人を呼び起し、そのまま、門前の部下の所へ駆け出して行った。

意外の人物

さて、お話を前に戻して、野崎三郎のその夜の行動を、少しく記《しる》して置かねばならぬ。彼は夜の更けるまで、刑事と雑談を交しながら、忠実に門番を勤めていたが、彼も亦《また》畔柳博士と同様に、賊の実力を充分信じていたから、七月七日が残り少なくなって行くに従って、どうにも出来ぬ不安に襲われ始めた。

「仮令《たとえ》博士と波越警部とが、どんな厳重な見張りをしていようとも、魔法使いみたいな奴のことだから、何等かの手段によって必ず洋子を連れ出すに相違ない」

野崎青年は、殆《ほとん》どそれを確信していた。

「何者かが門内に這入るであろう。見張りの刑事が決して疑わぬ種類の人物が、何食わぬ顔をして、この門を通過するであろう。その少しも疑わしくない人物こそ、とりも直さず賊である。郵便配達夫か、H病院からの使いか、K氏への来客か、それとも、K警察署の刑事か、仮令何者であろうとも、一歩でも門内に這入ったなら、それが賊であると思え」

彼は探偵小説の知識から、この様な仮説を設け、それに従って見張番を勤めていた。裏門の方の刑事達にも、そのことを告げて、どの様な人物で、仮令K氏邸の女中にもせよ、門を通過するものがあったら、必ず知らせてくれと頼んで置いた。

昼間、表門から二三の来客があったけれど、主人が不在の為（撮影所へ行っている間の出来事であった）玄関で帰ってしまった。彼はそれを門前から見守っていたが、何の疑わしい点もなかった。

又、病院の小使が洋子の薬を持って通ったが、これも玄関でそれを女中に渡すと、すぐ帰って行った。

郵便配達夫は、郵便物を門前の受函へ投込んで、門内に這入ろうともしなかった。

裏門の方は、女中が二回外に出たが、一人の刑事がつけて行くと、一度は氷屋、一度は食料品屋へ使に行ったので、何の変てつもなく邸に帰った。氷屋の若者が大きな氷を配達して来たが、これも別条なく勝手元丈けで立去った。

夜に入っては、淋しい場所なので、来客もなく、外出する者もなかった。そして、十時十一時と夜が更けて行った。

野崎は、だんだんイライラして来た。今頃は賊が洋子の部屋へ、抜き足さし足忍び寄っているのではないかしらと思うと、その光景がありありと闇の中に浮んで来る様であった。

裏の方は大丈夫かしら、高いコンクリート塀の上にガラスのかけらまで植えつけてある。そんな難儀な所から忍入る様な、普通の盗賊ではない。奴のやり方はもっと大胆でズバ抜けている。とは信じるものの、表門裏門を何者も通らぬのが変である。ひょっとしたら、と考えると、もうじっとしてはいられない。

「一寸、裏の方を廻って来ます」

彼は刑事に断って置いて、愈々《いよいよ》塀外を一巡して見ることにした。

表門を右折した所に裏門があるのだが、彼はそれとは反対の側へ歩いて行った。その辺は一面に最近水田を埋立てて宅地にした所で、K氏の邸を取り巻いて、雑草の生えた広い空地が横わっている。闇夜ではあったが、その代りに梨地の星が、美しく輝き、夏の夜は、どことなくほの白く、足元が見えぬ程の暗さではなかった。

高い塀の内側には、繁った木の葉のすき間から、チラチラと洋館の二階のあかりが隠顕《いんけん》していた。

「洋子の部屋は多分あの辺だろう」

などと考えながら、彼はなおも先へ進んで行った。

又一曲りすると、邸の真うしろに出たが、その辺も同じ広っぱであった。彼は前方をすかし見ながら、ゆっくり歩いて行った。

少し行くと、彼はギョッとした様に、立止まってしまった。行手に変なものを発見したからである。

始め彼は、小屋かと思ったが、よく見ると小屋ではなくて、一台の自動車であることが分った。ヘッドライトその他凡ての明りが消してあった。

「今時分こんな所に自動車が置いてあるのは変だな」

と思って、暫く立止まっていると、今度は別の場所に、もっと変なものを発見した。自動車から遠くない塀の上に蠢《うごめ》くものがあるのだ。しかも、それが猫やなんかではなくて、人間に相違ないのだ。

野崎はす早く地上にひれ伏して、相手に悟られぬ様に、じっとその蠢くものを窺っていた。

目の位置が低くなった為に、塀の上の人物は、星空を背景にクッキリと黒く浮出して見えた。彼は何か縄の様な塊を小脇に抱えて、塀の上に立上ったかと思うと、ヒョイと、音もなく、地上へ飛び降りたが、彼がいなくなっても、塀の上には、まだ何かかさ高いものが残っていた。

「若しやあれが洋子ではないか」

と眼を皿の様にしていると、黒い影の人物は、棒みたいなものを持って来て、下からその塀の上のものを、つき落した。ザクッと云う音がして、塀のこちら側へ落ちると、黒影は、重そうにそれを抱えて、自動車の方へ動いて行く。

分った分った。成程うまい事を考えたものだ。今のは大きな砂嚢《すなぶくろ》なのだ。それを塀の上に置いて、ガラスの破片で怪我をせぬ用心をしたのだ。ガラスをくだけば音がする。と云って、そのまま昇ったのでは手足に傷がつく。そこであの砂嚢を考案したものに相違ない。泥棒なんてうまいことを考えるものだ。

洋子の姿は見えぬけれど、もうとっくに自動車の中へ運ばれているのかも知れない。そして、賊は今洋子の部屋へ忍び込んだ道具類を、片づけに戻っていたのかも知れない。砂嚢も道具だしそれから、あの縄の様なもの……そうだ、あれは縄梯子に極っている。洋子の部屋は二階なのだから。

野崎がそんなことを考えている間に、もう曲者は自動車の運転台へ昇ろうとしていた。飛び出して組みつこうか。だが、とても叶《かな》い相もない。賊の力は昼間のダークステージの中の働き振りで分っている。野崎に勝てる気遣いはない。それに相手は又飛道具を用意していまいものでもない。犬死にするのはいやだ。では、邸の人々を呼ぼうか。それも駄目である。仮令ここから邸の中へ声が届いたとしても、賊の方で気づいて逃げてしまっては何にもならぬ。相手は自動車を持っているのだ。

唯一の方法は、どこまで走るのか知らぬが、自動車のうしろへつかまって、奴の行先を見届けることだ。野崎はそのやり方を、活動写真で度々見て知っていた。

そう決心がつくと、彼は地上を這いながら、大急ぎで自動車に近づき、車が動き出さぬ先に、やっとそこまでたどりつくことが出来た。

薄くヘッドライトがつき、ハンドルの前の豆ランプも点火していた。野崎はうしろへ飛び乗る前に、横の窓からチラと内部を覗いて見たが、クッションの上には、確かに一人の人物が、それも若い婦人らしいのが、グッタリと横わっていた。

車は矢の様に走り出した。野崎はその後部に瘤《こぶ》みたいにしがみついていた。

闇を闇をと選んで、車は京浜国道の坦々たる大道に出た。人通りは殆どなかった。まれに自動車がすれ違うばかりである。品川まで約三十分でカッ飛ばした。途中二箇所ばかり交番の前を通ったけれど、幸か不幸か誰何《すいか》されることもなかった。何しろ夜更けである。車内の異常など分る筈がないし、後部の瘤《こぶ》だって注意して見なければ、気はつかぬ。と云って、野崎の方から巡査を呼びかけていては、事情を説明する間に賊は逃げてしまう。兎も角行先を確める丈けで満足する外はないのだ。

それでも、東京市中に這入ってからは、淋しい町を選び、交番の前を通らぬ様に用心しているらしく見えた。速力もやや遅くなった。

だが、夜更とは云え市中である。全く人に出合わぬという訳には行かぬ。中には野崎の異様な姿を怪しむ者がないとも限らぬ。そうして、別の自動車がこの自動車を追っかけてくれたらしめたものだが。

それもそれだが、野崎は数十分の軽業《かるわざ》に、手足がしびれてしまって、苦痛を通り越して、もう無感覚になっていた。賊なんかどうでもいいとさえ思った。ただ自動車を離れて長々と寝そべりたかった。

もう迚《とて》も辛抱が出来ないと思った時、偶然にもすれ違った一人の通行人が、野崎の姿を認めてくれた。

「オーイ、うしろに人が乗っているゾー」

その男は怒鳴りながら、五六間自動車を追って走って来た。

それを聞くと、賊は何を思ったか、非常な速力で逃げ出した。町角を曲る時、野崎はもう少しで振り落される所であった。

そして、人通りの途絶えた所で車を止めると、彼は運転台から降りて来る様子だった。野崎は地上に飛び降りて、思わず身構えをしたが、場所が悪かった。大きな工場の塀外である。一方は川だ。彼に力を貸してくれる人がある筈はない。

彼はそこで、咄嗟《とっさ》の思案で、運を天に任せて、平蜘蛛の様になって、自動車の下へもぐり込んだ。そしてじっと息を殺していた。

「オヤ、何もいないじゃないか。さっきのは俺の聞き違いかな」

賊は車のまわりを一巡して、不思議そうに独言《ひとりごと》を云っていたが、やがて、運転台に帰ったと見えて、スターターの震動が始まった。

野崎は遅れては大変と、車の下から這い出して、又もとの場所へへばりついた。

それからは、もう何事もなかった。車は目的の場所に着いた。

停車がごく自然だったので、野崎にもここが目的の場所だと分った。彼は大急ぎで車を離れ、広くもない町だったので、反対側の軒下へ身を隠した。賊の方では止ってからも、運転台を降りる暇がある故、尾行者は非常に楽であった。

あとで分ったことであるが、そこは麴町区R町であった。野崎は無論それを知らなんだけれど、読者諸君は記憶されるであろう。最初賊が、里見芳枝を事務員に採用して、その晩彼女を連れて行ったのが、やはり同じR町であった。そればかりでなく、今自動車の止った所は、あの晩賊と芳枝とが這入った、小ぢんまりした門構えの、例の空家に外ならぬのであった。賊は野崎の為に、遂にその巣窟《そうくつ》をつきとめられてしまったのだ。

野崎が向う側の軒下にいるとも知らず、運転台を降りた曲者は客室の扉を開けて、中から女の身体を引出し、両手に抱えて車を一廻りすると、その家の門内に消えた。

だが、その時、賊がうっかりヘッドライトをつけたままにして置いたので、その光の中を通る時、被害者の顔を野崎に見られてしまった。一瞬間ではあったけれど、野崎はハッキリ見て取ることが出来た。それは、確かに富士洋子であった。猿轡《さるぐつわ》をはめられ、グッタリ死んだ様になった富士洋子の顔であった。

同時に、野崎はもう一つの発見をした。

彼は運転していた男を、当の青髭だとばっかり思い込んでいたが、それが、昼間ダークステージであばれた大男とは、全く別人であることが分った。彼はずっと小柄で、痩せていた。年も余程若い様に見えた。

顔はハッキリ見なかったけれど、彼が青髭の本人（稲垣と自称した男や今日の白髪の老医をその本人とすれば）でないという丈けではなく、その上に、野崎は丁度これと同じ格好の歩きつきの男を、どっかで見た記憶があった。確かに知っている奴だ。

彼は相手が家の中に消えてしまっても、じっと元の場所に立ったまま、「誰だったろう。誰だったろう」とそのことを考え続けていた。

やがて、意外な発見に、彼はハッと飛上った。

「分ったゾ。分ったゾ。あいつはいつかの不良青年だ。たしか平田東一《ひらたとういち》とかいう奴だ」

読者は記憶されるであろう。里見芳枝の片腕が、石膏細工になって、神田の額縁屋に陳列された時、博士と野崎とをそこへ案内した青年、同じ日、異様な叫び声を残して博士邸の一室から煙の様に消え失せた怪青年、彼は一体全体、この事件にどの様な役割を勤めていたのであろう。あれ以来青髭の手下となって悪事の加担をしているのか、それとも又、彼こそは、幾人の女をほふり、かくまでも世を騒がせた、青髭その人であったのであろうか。

畔柳博士の負傷

この物語には、繁雑を嫌って、一々世上の騒ぎを誌《しる》さぬが、『鬼熊』とか、『説教強盗』とかいう程度の騒ぎではないのだ。彼等には悪人ながら、どこかしら同情すべき点がないでもなかった。それ故彼等に対する世上の騒ぎは、謂わば彼等の『人気』だと云ってもよかった。ところが蜘蛛男の場合は、全く反対で、彼にはこれっぱかりも同情すべき点はない。唾棄《だき》すべき惨虐、戦慄すべき冷酷。人間ではない。えたいの知れぬ獣《けだもの》だ。しかも彼奴《きやっ》、太刀山みたいに勝《かち》っぱなし、土つかずである。不死身である。

世人の恐怖と憎悪は極点に達した。新聞は日一日と見出しを大きくして、人類の敵の悪《にく》みても足らぬ行動を報じた。

娘持つ親、若き妻持つ夫は、彼等の娘や妻が、悪魔の好みの容貌に、少しでも似ていはしないかと、それのみ心配した。当の若き女性達が悩々《きょうきょう》として安き心もなかったのは勿論《もちろん》だ。銀座のペーヴメントにさえ、一人歩きの女が跡を絶ったと云われた程だ。

それはさて置き、曲者は、病める富士洋子を、生人形と置き換えて、見張りの博士達の目をくらまし、本物の洋子を約束通り盗み去ったのであるが、だが、一体全体何時の間に、本物と偽物の人形とをすり換えたか、という点が問題になった。博士も警部も所長のK氏も、この不可解なる幻術の種を見破らんとして、頭を悩ました。

主なき病室には博士の外に、呼立てられたK氏もK氏夫人も召使達も駆けつけていた。驚き呆れた人々の前に、彼等の失策を嘲笑うかの如く、肉色の生人形の首がころがっていた。

「今、外を見張っている刑事達に、お邸のまわりを調べて見る様に命じて来ました。無論もう手遅れではありますけれど」

波越警部が室に戻って来て報告した。額に一杯汗をかいている。

「そりゃ駄目ですよ。すり換えは余程前に行われていたんだ。我々は若《も》しかすると最初から、うしろ向きの人形の首の髪の毛を、一生懸命見張っていたのかも知れません」

博士も、鼻の頭に汗の玉を浮べていた。暑さの為ばかりではない。

「併しおかしいですね。洋子さんをここへ運び入れてから、一秒だって部屋を空にしたことはない。いつの瞬間にも、一人以上の確かな見張り番がついていた。それに、窓の外は高くて迚も昇れないし、入口からこの廊下を通って、運び出すなんて、全く不可能ですからね。どっかにトリックがあるんだ。併しさっぱり分らない。畔柳さんあなたはどう御考えになりますか」

警部が眉をしかめて、博士の智恵にすがった。

「病院の医者が来た。あれは本物の医者でしたね」博士がK氏夫婦を見ると、彼等は断じて間違いはないと肯いて見せた。

「そして、あの医者が帰った時には、洋子さんはまだこちらを向いていた。まだ生人形ではなかった。ここを出発点にして、一つ目録を作って見ましょう。書いて見ると存外ハッキリするものです」

そこで、博士は考え考え、手帳に次の様な表を書いた。

（読者よ、この表をよく注意して下さい）

医師退去ヨリ夕食マデ	K氏、K夫人、看護婦、波越氏、畔柳
夕食中　波越氏、畔柳	K氏、看護婦
夕食後	波越氏、看護婦、畔柳
看護婦退去ヨリ誘拐発見マデ	波越氏、畔柳

「外に撮影所の人や、洋子さんの友達の女優さんなどもいたけれど、中途で帰ってしまったから、正確に見張りの役を勤めた人の時間表は、こんな風になります。尤もこの間に波

越さんと私と交替で下の洗面所へ、二度宛《ずつ》行っています。ところで波越さん。あなたは私と交替で一人切りになられた場合、どうかして席をはずす様なことはありませんでしたか」

「断じてありません」

警部は少しムッとして答えた。

「私も同様です。仮令少し位席をはずした所で、生きた人間を運び出すには抵抗をするから随って物音もしましょうし、それに仲々そんな短時間で出来る仕事ではない。……残念ながら、結局不可解と申す外はありません」

「第一、運び出した方法が分らん」警部がやっきとなって云う。「廊下でないことは、そこを通れば必ず人目に触れる筈だから、分り切っている。とすると、庭に面した窓の外《ほか》に通路はないが、こんな高い足場も何もない窓へ、どうして昇ることが出来たか。又どうして人間一人を連れて降りることが出来たかです」

「縄梯子を使ったとしか、考え方がありません」

「縄梯子ですって。馬鹿な」警部は癇癪《かんしゃく》を起して、「私は多年の経験で知っているが、この下から、ここの窓枠へ縄梯子の鉤《かぎ》を投げて、うまく引懸ける様な曲芸が出来るものではありませんよ。若し出来たとしても、ヒドイ音がします。人のいない部屋ではありませんからね。不可能ですよ」

それは確かに、警部の云う通りであった。だが、読者は已に知っている。洋子は明かに縄梯子で運び出されたのだ。では、曲者は警部の所謂《いわゆる》不可能事をよく為しとげたのであろうか。イヤイヤ、いくら怪賊だとて、不可能なことは出来ない。警部は思い違いをしていたのだ。彼の考えにはどこかしら足らぬ所があったのだ。……だが、それは後のお話である。

彼等が小田原評定《おだわらひょうじょう》をしている所へ、一人の刑事が飛込んで来た。

「どうだった」

と警部が気ぜわしく尋ねたけれど、無論今時分、賊がその辺をウロウロしている筈はない。

だが、全く収穫がなかった訳でもない。刑事は此の様な報告をしたのだ。

「野崎さんがいなくなりました。裏の方を見廻って来るといって行ったまま帰らないのです。今私達が裏の方へ行って見ても、どこにも姿が見えません。で、若しやと思って懐中電燈で裏の地面を検べて見ましたところ、変な所に新しい自動車のタイヤの跡があるのです。あれが賊の自動車で、野崎さんは、それを発見して跡を追ったのではありますまいか。それとも、ひょっとしたら……」

「野崎君まで、彼奴にさらわれたとでも云うのか」

波越氏は、今宵は無闇に癇がたかぶっていた。

兎も角現場へ行って見ようというので、博士と警部とK氏とが、懐中電燈の外に提灯《ちょうちん》を用意して、今の刑事の案内で、邸の裏手へ出て行った。

成程タイヤの生々しい跡がある。靴の足跡もある。刑事達の足跡の外に、塀沿いに表の方から来ているのは野崎の足跡であろう。もう一つの足跡は、どうやら自動車と裏の土塀の間を往復したらしい様子だ。

「賊はやっぱり塀を乗り越えたんだな」

警部がそれを見て判断した。彼の命令で一人の刑事が表門から廻って、庭内を検べて見たが、庭には芝が生えていて、残念ながら足跡は分らない。

「野崎君が賊の虜《とりこ》になったとすると、猶更《なおさら》うっちゃっては置けない。無駄にもせよ、このタイヤの跡を追える丈け追って見よう」

博士は誰にともなく、そんなことを呟いて、片手にはステッキ片手には提灯を持ち、腰をかがめて歩き出した。今朝からの活動で、義足の足が痛むのか、ヒョコンヒョコンとびっこを引いている。気丈の博士は口には出さぬけれど、余程苦し相だ。

「賊を捕えたい一心だな」

と思うと、波越氏はどうやら涙ぐましくなって来た。

「畔柳さん、無理をしてはいけません。ここは僕等に任せて置いて、少しお休みなすったらどうです」

「イヤ、何でもありませんよ。こういう時に、片輪者は歯痒《はがゆ》くてね」

博士は負け惜みを云いながら、強情に進んで行った。

だが、云わぬことか。そう云って二三歩も歩いたかと思うと、彼は「アッ」と小声に叫んで、転がってしまった。荒地のこと故、所々に思わぬ窪《くぼ》みがある。博士はその一つに足を踏込んで、ぶっ倒れたのだ。提灯が投出されて消えてしまった。

警部達が駆けつけて、提灯をさしつけて見ると、博士は倒れたまま義足の方の足を抱えて、歯を食いしばっている。余程こたえたものと見える。

「大丈夫ですか、お怪我はありませんか」

「ナアニ、大したことはない」

だが、やっと立上った博士は、一足歩くと痛みに耐えかねて、又パッタリ倒れてしまった。非常に顔色が悪い。

そこで、賊の追跡は一時中止となって、警部はあとは部下に任せて置いて、K氏と共に博士を介抱して、邸に戻らなければならなかった。

兎も角病院へと云うK氏の言葉を、博士は強情に辞退した。

「私も医者のはしくれですから、ナアニ、自分の足位、自分でどうとも出来ますよ。だが、残念ながら、今夜はもう捜索の御手伝いは出来ません。御手数ですが、自動車を拝借させて下さい」

そこでK氏は運転手を呼んで、車の用意を命じたが、ヘマなことに、自動車のタイヤが何時の間にかパンクしているという騒ぎだ。仕方がないので遠方からタクシーを呼んで、急場を間に合わせなければならなかった。K氏などが送ろうというのを、博士は、「これしきのことに」といって固辞《こじ》した。

だが、畔柳氏は無事帰宅した。呼んだタクシーが賊の自動車で、博士までが難に逢う。という程賊の方も手が廻らなんだものと見える。とは云え、賊難こそなかったが、足の傷が存外重くてその翌日から、博士はどっと床についてしまった。最も肝腎の場合に、この有力な味方を失った波越警部こそみじめである。

野崎青年の危難

話は戻って、麴町R町の賊の本拠(嘗《か》つて里見芳枝の連込まれた空家)をつきとめた、我が勇敢なる野崎青年は、あれからどうなったか。彼についても亦《また》、甚だ奇怪なる一条《じょう》の冒険談があったのである。

曲者が青髭自身でなく、嘗《か》つての不良少年平田東一であったことは、甚だ意外だったが、考えて見ると、賊が彼をさらったのは、若しかしたら初めから、この心利いた小悪党を手下にする積りであったかも知れぬ。又そうでなくても、彼《か》の不良のことだから、命が危いと見れば、賊に取入って、進んで味方になる位朝飯前の仕事だ。その方が彼にとっては、面白くもあり、利益にもなることだ。

とすると、ハハア分った。いつか江の島の長橋の上を、絹枝の死体を担いで通った二人連は、青髭と新弟子のこの平田の奴だったのだ。

それは兎も角、死体の様な富士洋子を、空家の中へ運び入れた怪青年は、向側の塀下の闇に野崎が窺っているとも知らず、間もなく単身戻って来て、再び自動車に飛乗ると、いずこともなく馳《は》せ去った。

野崎は、又その車の後部へとり縋《すが》って、尾行を続けようかと、一寸迷ったけれど、肝腎の洋子が空家の中へ運込まれたのだから、当の青髭でもない平田青年を、追っかけて見た所で仕様《め》がないと思い直して、元の場所に止まった。

「青髭奴、きっとこの家の中にいるのだ。平田が洋子を連れて来るのを、首を長くして待構えていたのに相違ない」

と考えると、無性に洋子の身の上が心配になった。今頃は、ボツボツ例の断末魔の舞踏というのが始まっているのではないかと思うと、気が気ではなかった。

野崎青年は、犯人捜査と絹枝の復讐に燃えていたとは云え、非常に大胆な男と云うではなかったから、流石に、何者が潜んでいるとも知れぬ、不気味な空家へ飛込んで行くには、やや暫《しば》し躊躇しないではいられなかった。

ところが、彼がそうして躊躇している所へ、どこか近所に置場があるものと見え、自動車を仕末した平田青年が、単身急ぎ足で元の空家へ戻って来た。

音もなく格子戸が開いて、平田の姿が屋内に消えると、野崎青年はもうじっとしていられなかった。首領の外に、平田が加わって、相手は少くとも二人以上であることなど、考えている暇もなく、ただ一途《いちず》に洋子の生命が気遣われ、何の思案もなく、フラフラと怪青年のあとを追って、空家の中へ忍込んで行った。

若しこの時、彼が単身敵地に入る無謀をせず、一たん引返して附近の警察へこの由を知らせ、警官の応援を乞うたならば、あんな恐ろしい目に合わずとも済んだのである。だが、R町は麴町区内でも最も不便な場所で、警察へは可也《かなり》距離があった。そんな事で手間取る間に、洋子が殺されてしまっては、折角の彼の苦心も水の泡である。とまで明瞭に考えた訳ではないが、野崎は賊の毒牙にかかろうとする、気の毒な犠牲者の事を思うと、正義観念にカッと取りのぼせて、あとさきを考える余裕もなく、敵の中へ飛込んで行ったのである。

空家の中は真暗であった。用心の為か電燈は皆消してある。で、平田青年は玄関を這入ると、用意の懐中電燈で足元を照らしながら、奥へ奥へと進んで行く。野崎は、その畳に落ちる楕円形の光を目当てに、ついて行けばよいのであった。

暗闇のせいか、事実そうなのか、この空家は、入口の貧弱な割には、非常に奥深い建物の様に思われた。部屋から部屋へ折れ曲って、ある時は縁側の様な所を土間へ降りて、又別の座敷へ昇ったり、何かしら普通の住宅という感じがしなかった。ひょっとしたら賊がこの空家に手入れをして、彼等の悪事に都合のよい構造に作り変えた。という様なことかも知れぬ。

その間、野崎は幸にも、敵に見とがめられることもなかった。一度、うっかり、小さな音をたてて、平田が懐中電燈をうしろへ向けたが、ハッとして立ちすくんでいると、都合よく光の輪が、彼を除けて通ったので、相手はそのまま又前方へ進んで行った。まさか二間と隔たぬ背後に敵が迫っていようとは、思いも及ばなかったのであろう。

最後に地中に向って、窮屈な階段を降りた。降りた所に、非常に頑丈らしい引戸がある。怪青年は重そうにそれをあけて中へ這入って行った。オヤオヤ、この空家には地下室があるのだ。こいつ油断がならぬぞと思っていると、その時突然懐中電燈の光が見えなくなってしまった。あとには墨の様な暗闇と静寂だ。

怪青年が懐中電燈を消したのであろうか。という意味は、彼等は今目的の場所へ、洋子惨殺の場所へ到着したのであろうか。それとも、懐中電燈を手にした彼が、単に何かの物蔭へ曲ったのであろうか。

丁度その時、野崎は窮屈な階段の中途にいたので、ともかくそれを降り切って、引戸の中のさい前光の射していた方角へ、手さぐりで進んで行った。

五六歩も歩いた時、サッと、何か黒い風の様なものが、彼の脇を掠《かす》めて、うしろの方へ飛去った感じがした。

「オヤ」と思って、立止ると、うしろに当ってガラガラと大きな物音。……重い引戸をしめた音だ。

「ざまあ見ろ、青二才。貴様のつけて来るのを、俺が感じなかったとでも、思っているのか。お目出度い野郎だな。マア、そこでゆっくり休んで行くがいいや。そこには沢山お友達もいることだから」

引戸の外で、平田青年の声である。同時にピンと錠前のしまる音がした。

一杯喰わされたのだ。さっき懐中電燈をうしろへ振り向けた時、野崎はそれに直射はされなかったけれど、機敏な相手は、もうちゃんと感づいてしまったのであろう。そこで、何食わぬ顔で、この地下室までおびき寄せておいて、まんまと敵を監禁してしまった訳である。

平田が安心して毒口を叩いたのを見ると、ここは一方口の密室に相違ない。しかもその入口の戸は、蔵の戸前みたいに厚い頑丈《がんじょう》な奴だ。迚も一人の力で破れることではない。

「やられたな」

と思うと、冒険慣れぬ野崎は、唇がカラカラに乾いて、胸が変に苦しくなって来た。

暫くの間、茫然と佇《たたず》んでいたが、弱る心を励《はげ》ましながら、善後《ぜんご》の処置を考えた。兎も角こう暗くては仕様がない。もう誰に遠慮も要らぬのだから、部屋を明るくして検べて見ようと、ポケットへ手をやると、しまった、懐中電燈がない。自動車飛乗りの曲芸の際落してしまったのであろう。

煙草を吸わぬものだから、燐寸《マッチ》の用意とてもない。

仕方がないので、彼は闇の中を手さぐりで、壁を伝って歩いて見た。厚い壁は叩いた位でビクともしない。恐らく漆喰《しっくい》かコンクリートだ。その外がすぐ土になっているのであろう。

野崎は視覚のない獣みたいに、壁から壁へと歩き廻った。非常に広い。それは四角な室ではなく、七角八角と、沢山角がある、八角時計みたいな奇怪な構造の、途方もなく大きな部屋だ。

「変だな。こんな所に、こんな広い地下室が出来ているなんて。俺は夢でも見ているんじゃないかしら」

妙に不気味な感じである。

だが、やがて事の仔細が分った。闇中の錯覚に過ぎなかったのだ。視覚を失った人間には、真四角な小さな室が、七角も八角もある、べらぼうに広い室に思われる。善光寺の戒《かい》壇廻《だんめぐり》の錯覚と同じものだ。ポオの『陥穽《かんせい》と振子《ふりこ》』という小説に、この闇の錯覚の恐怖が巧みに書かれている。探偵小説好きの野崎はそれを読んでいて、今思い出したのである。

それは小さな普通の地下室でしかなかった。土蔵の下の物置といった場所である。併し入口はたった一つ、しかもそれが野崎の腕力では迚《とて》も破れぬことも、想像の通りであった。叫んで見た所で聞えよう筈もない。アア、彼は遂に、繁華な東京の真中の、妙な地下室で、餓死《うえじに》しなければならない運命なのであろうか。

「だが、あれはどういう意味なんだろう」

野崎はふとそれに気がついた。そして、余りの不気味さにゾッと立ちすくんでしまった。外でもない。さい前平田の捨《す》てぜりふに、

「そこには沢山お友達もいることだから」という一句があった。一体あれは何の意味だ。人っ子一人いないじゃないか。それとも、……それとも若しや、この暗闇の部屋の中に、野崎の外に何者かが潜んでいるのだろうか。その者等が、野崎の動くに従ってジリジリとあとじさりをしながら隅っこにかたまって、じっと彼の挙動を窺っているのではなかろうか。それは人間か？　もっと別の生物《いきもの》か？

彼は非常な恐怖に襲われて立ちすくんでしまった。光も音もない数分間。妙だ。コソリとも音がしない。相手の呼吸も聞えぬ。

野崎は思切って、壁を離れ、両手を前に差出しながら、室の中央へ進んで行った。ぶつかった。だが、別に異形《いぎょう》のものではない。四斗樽《しとだる》が一つ二つ三つ合計五つだ。触って見ると、ジトジトと塩の手ざわり、分った分った。ここは漬物を貯蔵して置く穴蔵なの

だ。最初から、何だか変な物の腐った様な匂がすると思ったが、漬物の匂だったのだ。

「漬物にしろ、ここに食料がある。先ず餓死の心配はないて」

野崎はふとそんなことを考えた。冒険小説に教わった智恵である。

だが、そんな風に考えたというのは、彼が冷静を失っていた証拠である。漬物屋ではあるまいし、しかも空家同然のこの家に、四斗樽に五杯もの漬物を貯蔵してあるなんて、変な話だ。

さて、平田青年の所謂『友達』なるものが、どんな異様な『友達』であったかは、やがて分る時が来た。併し、それまでに、たっぷり一時間の余裕がある。その間を利用して、同じ空家の別の部屋には、どの様なことが起っていたか、それを読者に御知らせして置こう。

桁《けた》はずれの悪計

野崎が地下室に監禁されて、三十分もたった頃、同じ家の奥座敷（嘗って里見芳枝と稲垣と自称する青髭とが対座した座敷）に、二人の人物が、ヒソヒソ話をしていた。

一人は平田青年、一人はまるで見覚えのない洋服姿の中年の男であったが、云うまでもなくこれが怪賊青髭である。

「青二才、おとなしくしているかね」

青髭のだみ声である。物云う度にキラキラ光る大きな眼鏡、半面を覆った異様に黒い髭、嘗ての稲垣氏と全く同じ容貌である。

「騒いで見たところで、あいつの力で穴蔵が出られるものですか」

平田青年が答える。

「だが、拙《まず》い所へ入れたね。丁度あの穴蔵の上の土蔵の中に、例のが寝かしてあるんだろう。ひょっと、上と下で感づき合って、話でもされちゃ困るんだが」

「ナアニ、大丈夫ですよ。洋子はまだよく眠ってます。眼を覚ます迄《まで》に、湯殿の方へ運んでしまえば、そんな心配はありやしません」

「それにしても、例の漬物の樽がある」

「アア、あれですか。でも、あいつもう生涯あの穴蔵を出られやしませんよ。あすこでひぼしになっちゃうんです。何を見たって構うもんですか」

「ウフフフフフ。成程成程。君は野崎をあすこで餓死させてしまう積りか。フフフフフ。君も近頃いい度胸になったたね」

「ほめちゃいけません。お前さんがついていて下さるからでさあ。お前さんの側にさえいりゃ、何をしたって大丈夫だと思っているのです。見捨てちゃいやですよ」

「フフフフフ、心配しないがいい。俺はね、最初君を見た時から、ひどく虫が好いているんだよ。仲間なんか作らない俺が、君丈けは仲間にしたんだからね。見捨てるものかね」

青髭は気味悪く笑って、平田青年の、まだ成熟し切らない、きゃしゃな肩を叩いた。

「ところで、愈々洋子も手に入れたから、今度は最後の大芝居だ。俺達はひどく忙しくなるんだよ」

「四十九人一網《ひとあみ》て奴ですね。考えた丈《だ》けでもゾクゾクしますね。僕は世の中が、こんな面白いものだとは知らなかったですよ」

「君の仲間の連中は大丈夫だろうね」

「大丈夫ですとも、不良少年というものは、こうした仕事には持って来いですよ。中でも、僕が以前団長をしていた、アウル団の奴等《やつら》と来ちゃ選《え》り抜きの腕っこきばかりですからね」

「感づかれる様なことはあるまいね」

「お前さんの正体をですか。御安心なさい。奴等は訳を聞いたり、金主《きんしゅ》を疑ったりしないのです。ただ命じられた通り実行する。そして、間違いなく礼金をせしめりゃ、それで文句はないのです。そこが団長の権威でさあ。それに礼金が一人頭百両。悪かあありませんからね」

この会話の様子では、畔柳博士の想像通り、青髭は四十九人の理想の娘を、しかも一挙にして誘拐せんと企らんでいるのだ。成程大芝居である。だが、四十九人もの女を、一度に誘拐して、どうしようと云うのだろう。いくら青髭だとて、一日の内にそれ丈けの人数を、殺してしまう精力なり惨虐性なりがあるだろうか。あんまり桁はずれな計画ではなかろうか。

又、その誘拐の手段としては、平田青年の部下であった、アウル団の不良少年共を使う手筈らしいのだが、仮令選り抜きの不良少年にもしろ、四十九人もの女を、うまく誘拐することが出来るだろうか。余りにも向う見ずな、危険千万な企らみではなかろうか。だが、悪智恵にかけては底の知れぬ青髭のことだ。どんな奇抜な、どんな巧妙な腹案があるか分らぬ。

二人はそうして、長い間、ボソボソと悪事の相談を続けていたが、やがて青髭がふと気づいて云った。

「ボツボツ蔵へ行って見なけりゃなるまい。もう目を覚ます時分だ」

そこで、二人は立上ると、ガランとした空家の中を、縁側伝いに、裏の土蔵の方へ出て行くのであった。

ポスター美人の眼

富士洋子は、細い虫が、ウジャウジャと、腿や乳の辺に押寄せてくるので、余りの気味悪さに、キャーッと叫声を立てたと思うと、それは麻酔の夢で、丁度悪夢から覚めた時と同じ感じに、ポッカリと目を開いた。

だが、あたりは真暗闇である。一体どの位眠っていたのか、ここはどこなのか、さっぱり様子が知れなんだ。

触って見ると、身体の下は、さっきまで寝ていたベッドではなくて、冷々と固い板の間である。しかも、幾月の間掃除もしない様な、ひどいほこりだ。その上、部屋一杯に、何かの腐った匂が満ちている。

「では、やっぱり青髭の奴にさらわれたのかしら」

このいやな気持は、恐らく麻酔剤を呑まされたのであろうが、いつ呑まされたのか、どうしてこんな所へ連れて来られたのか、少しも覚えがない。

「それにしても、ここは一体どこだろう」

暗闇の中に横わったまま、そんなことをまじまじと考えていると、どこからともなく、妙な声が聞えて来た。

「そこにいるのは誰です」

確かに聞覚えのある声だ。併し、誰とも分らない。返事をしないでいると、続いて、

「若しや、……若しや富士洋子さんではありませんか」

悪人ではない様だ。だが、迂闊に返事は出来ぬ。声はどうやら床の下から響いて来るらしい。して見ると、ここは二階なのかしら。

「あなたは、どなたですの」

「アア、やっぱりそうだ。あなた洋子さんですね。僕は畔柳博士の所の野崎ですよ」

丁度洋子のいる土蔵の床板一枚を隔てて、例の穴蔵になっている。野崎は洋子が夢から醒めた唸り声で、そこに彼女のいることを悟り、声をかけたのである。

「ここは一体どこですの。私ちっとも様子が分らないのですが」

「青髭の巣窟《そうくつ》です。あなたは奴の為にここに連れて来られたのです。そのあなたの後を追って、僕まで監禁されちゃったのです。今僕のいる所は地下室ですよ」

「マア、それじゃ私もここへとじこめられているんだわね」

気丈な洋子は、それと聞くと、矢庭に立上って、まだフラフラする身体で、めくら滅法に部屋の中を駆け廻った。だが、どこにも出口はなかった。いや、出口はあっても、外から錠がおりていて、女の力にはビクとも動かなんだ。

失望の余り、グッタリと元の場所に横たわってしまった。

「駄目だわ。とても出られやしないわ。私どうなるんでしょう」

「失望しちゃいけませんよ。ここに味方がいます。何とか抜け出す手段を考えて見ましょう」

野崎の声が力づける様に云った。併し、野崎とても別段名案のあろう筈がないことは、洋子にも分っていた。

暫くすると、突然部屋が明るくなった。頭の上の五燭《しょく》の電燈がついたのだ。洋子は、誰がその電燈をつけたかという様なことは考えなんだ。ただ明るくなった嬉しさに、思わずあたりを見廻した。

何の装飾もない。厚い壁の土蔵らしい部屋である。一方が板張りになっていて、そこにドアが附いている。木口の新しい所を見ると、この板張り丈けはあとで作ったものらしい。つまり土蔵の中を、板で仕切った形である。

妙なことに、その板壁に、郵船会社の大きな美人画のポスターが張りつけてある。この殺風景な部屋に、美人画というのはおかしい。しかも印刷のポスターである。

洋子はポスターの美人をじっと見ていた。美人の方でも洋子を見つめている。

洋子はゾッとして、寝ていたのを思わず起直った。美人の目は生きている。しかも、目丈けが生きているのだ。

何ということもなく、身構えをした。すると、手が胸の固いものに触った。短刀だ。彼女は青髭の予告を受けてから、小道具の古風な短刀を、護身用に隠していた。それがまだ内ぶところにあったのだ。(撮影所には射てるピストルなんてないものだから)

短刀があると分ると、少し気強くなった。彼女は夜会服の胸からそれを出して、ギラギラする奴を引抜いた。そして、きっとポスターを睨みつけた。

だが、美人の目はもう生きていなかった。顔も目も、凡《すべ》て平凡な印刷美人でしかない。

さっきのは思い違いだったのかしら。でも確かに生きた目で、私の方をジロジロ見ていた様に思ったのだが、アア、まだ麻酔から醒め切らないのだ。

だが、ポスターのことは兎も角、今に悪人がここへやって来るだろう。こんな短刀なんか振り廻した所で、迚もかなうものじゃない。結局は私も、あの里見姉妹と同じ運命なのだ。いっそ、あいつにひどい目に合わぬ先に、この短刀で自殺してやろうかしら。

彼女が短刀をひねくりながら、そんなことを考えていると、カチカチとドアの鍵《かぎ》を廻す音がした。愈々敵の襲来である。

洋子は咄嗟に短刀を膝の下に隠して、身構えをした。

音もなくドアが開いて、二人の男が這入って来た。洋子は知らなかったけれど、青髭と平田青年である。

「あぶない玩具をこちらへ御出しなさい」

年長の男が彼女に近づいて、片手を前に出した。

「あなたは誰です」

洋子は気丈に聞返した。

「君のよく知っている男です。それは兎も角、その玩具をこちらへ御渡しなさい」

「玩具なんてありませんわ」

「ハハハハハ、隠したって駄目です。さっきいじくっていた短刀を御出しなさい」

男は執拗に迫って来た。彼は見もしない短刀のことをどうして知っているのだろう。アア、分った分った。ポスター美人の眼は本当に生きていたのだ。美人の目の所に仕掛けをして、外から覗く様になっていたのだ。用心深い青髭は、一応相手に気づかれぬ様、室内を覗いて置いてから犠牲者に近づくことにしていたのだ。この部屋で幾人の女が、ポスター美人の目に驚かされたことであろう。

「このお嬢さん、仲々手強そうだね」青髭は平田青年を顧みて苦笑したが、「ではこうして」と云いながら、洋子を抱きすくめようと、飛びかかって来た。

それを見ると、洋子はす早く短刀を握って飛びのいた。

それから暫くの間、猫と鼠の惨酷な追駆けっこが始まった。相手は二人だ。洋子の敵《かな》う道理がない。青髭にしては、面白半分の遊戯なのだ。それが証拠に、平田青年は手出しもしないで、入口の所に立ったまま、笑って見物している。

だが、その時、突如として、実に異様な物音が起った。

ガタンという何かが落ちた音、続いて、「ギャッ」という様な、何とも形容の出来ない、物凄い叫声。それを聞くと、追駆けっこの二人が、思わずゾッとして、立ちすくんでしまった程である。

その叫声は地下室から響いて来た。地下室と云えば野崎青年の監禁されている所だ。では、野崎の方にも、何か異常が起ったのであろうか。我々は再び、地下室に目を転じて見なければならぬ。

滴《したた》る血潮

野崎は闇の中で、頭の上の洋子と言葉を交わした。暫くすると、洋子の部屋と同時に、地下室にも五燭の電燈がついた。スイッチが共通なのであろう。それから又暫《しばら》くして、洋子の部屋に何者かが這入《はい》って来た様子。彼等と洋子との会話。つまり前章に記した出来事を、彼は凡て聞いていたのである。

やがて追駆けっこが始まった。ドタバタと云う足音。洋子が危い、助けなければならぬ。だが助ける方法がないのだ。

彼は地下室の中を駆け廻った。最後には、少しでも上の部屋に近づく意味でか、おろかにも、例の漬物の樽の上に乗って、天井に向って手を伸ばした。何の効果もない、馬鹿馬鹿しい仕草である。併し、彼のこの仕草が、計らずもこの事件について、ある重大な結果を齎《もたら》したことが、あとで分った。

それは兎《と》も角《かく》、彼の乗った樽は、蓋《ふた》が完全にしまっていなかったと見えて、その上で手を伸ばしている内に、身体の重味で、一方の隅がめり込んで、片足が樽の中へズブズブと這入って行った。

ハッと立直ろうとしたが、おそかった。彼は足を踏込んだまま、樽と一緒にドッと転がってしまった。

足を抜くと、蓋がとれて、ドロドロと中味が流れ出して来る。塩《しお》のとけたものだ。塩の中に固形物がある。それが大根や茄子《なす》ではない、もっと外のものだ。

そんな際にも、余り変なので、彼はその漬物を手にとって見た。だが、取ったかと思うと、ポイと投《ほう》り出した。そして前章にも記した。ギャッという、不気味な叫声を発した。

そのヌルヌルした固形物に、五本の指がついていたからである。腐りかけた人間の片腕の外のものではなかったからである。

よく見ると足がある。腸《はらわた》がある。髪の毛がある。

もう叫声を立てる様なことはしなかったが、彼は吐き相になって、部屋の隅へ飛びのいた。

バラバラに切断した人体の塩漬けだ。外の樽も同じものに相違ない。五人の犠牲者が、この地下室に漬物にされているのだ。平田青年が『お友達がいる』と云ったのは、この塩漬けの女共を指したのであろう。何と云う『お友達』だ。

思当ることがある。嘗つて畔柳博士は、里見芳枝以前にも、青髭の餌食となった婦人があるに相違ないと云った。そして波越警部に勧めて家出女の身元を検べさせた。博士の推察は的中したのだ。

だが、その時上の部屋では、騒ぎが大きくなっていた。バタンと人の倒れる音、ウームという唸り声、ワッと云う悲鳴、バタバタと死にもの狂いの足音。

そして、突然静かになってしまった。

不気味な静寂の数秒間。

ポトリ、聞耳を立てている野崎の頰へ、天井から何か落ちたものがある。

それが、涙みたいに、頰を伝って顎へ。

手でこすると、指が真赤に染った。血だ。

思わず見上げた天井の、板の隙間から血潮がにじみ出している。見る見るそれが大きくなって行く。そして、ポトポトポト、赤い雨滴となって、急調子に滴って来る。

「洋子さん」

野崎はハッとして、頓狂な声を立てた。

アア、とうとうやられてしまった。人気女優富士洋子の最期だ。この生温い血潮は、幾万の恋人を持つ、あの張切った美しい肉体から、ほとばしっているのだ。

野崎はそう信じ切ってしまった。そして、見す見す知りながら、助けることも出来なかった、我身の腑甲斐なさを恥じた。

だが、果して富士洋子は殺されてしまったのであろうか。

深夜の電話

畔柳博士を見送った波越警部は、撮影所長K氏の勧めで、部下の刑事と共に、同氏の家に泊ることにした。今更賊のタイヤの後を追って見たところで、迚も好結果を得ることは難しいし、それに、夜も更け、一同の疲労もひどかったので、取調は朝のことにして、一先ず寝《しん》につ いたのである。

ところが、その夜の三時頃、K氏邸の電話のベルがけたたましく鳴り出した。電話の主は女で、K氏にすぐ電話口へ出てくれとの事であった。

K氏が受話器を取ると、

「K先生ですか。私洋子です」

富士洋子の声である。

「洋子さんか。心配していた。無事か。どこにいるんだ」

K氏は慌てて怒鳴り返した。

その声に波越警部が、床を蹴って起きて来た。そこで、二人が受話器を奪い合わんばかりにして、洋子の報告を聞いた。

洋子は読者の知っている顛末《てんまつ》を手取早く報告したあとで、左の様につけ加えた。

「その地下室の叫声に、あいつが気を取られている隙に、私目をつむって、短刀を持ったまま、相手にぶつかって行ったのです。どこを突いたか分りません。兎も角あいつはアッと云って倒れました。若い男がびっくりして、うろたえている隙に、私は開いたドアの所から、めくら滅法逃げ出しました。どこをどう通ったのか、首尾よく表に出ました。無論若い男が追駆けて来ましたけれど、表へ出たらもう大丈夫です。大きな声を出して走ったものですから、相手は恐れて引返してしまいました。

ここは麴町区K町の自働電話です。その空家から五六町しか離れていません。すぐ御出で下さい。賊は傷《きず》いてあの家に倒れています。それに野崎さんが地下室に監禁されていらっしゃるのです。早く助けて上げて下さい。私はこれから東京駅のホテルへ行って、お待ちしていますから」

アア、賊は痛手に身動きもならず、土蔵の中にうめいているのだ。何と云うことだ。畔柳《しゅ》博士、波越警部を始め、全警察を愚弄し、全市民を戦慄せしめた兇賊、遂に一女優の繊《せん》手に倒れたのだ。富士洋子の大手柄《おおてがら》だ。その手柄をさせたものが、野崎の叫声であったとすれば、彼が漬物樽の上に乗った、愚かな仕草も決して無駄ではなかった。彼が洋子の血潮だと信じ切っていたのはその実青髭が流したものだった。

波越警部は直様、警視庁へ電話をかけ、洋子から聞いた麴町R町の空家へ手配をする様に頼んで置いて、自分も部下と共に、K氏の自動車で現場に急行した。K氏の自動車はとっくに故障が直っていた。

車は深夜の京浜国道を矢の様に走った。冷い風が快く警部達の耳に鳴った。

走れ走れ、兇賊逮捕の勇ましい首途《かどで》だ。

今度こそ間違いはない。奴は傷いているのだ。身動きも出来ないのだ。どこに青髭を入院させる病院がある。仮令一時その空家から逃れることが出来たとて、病院なり医者なりから足がつく。千に一つ、彼に逃れる見込みはない。アア、とうとう青髭の顔が見られる。待ちに待った時が来た。

波越警部は、焦れ焦れた恋人に逢いにでも行く人の様に、走る自動車ももどかしく、ただもうワクワクと胸を躍らせていた。

失望した波越警部

警部は数名の部下と共に、自動車を飛ばして問題の空家にかけつけた。K町からだから、急ぎに急いでも、五十分はかかった。着いて見ると、空家の前には、已に二人の制服巡査が物々しく立番していた。

「捕まえましたか」

波越警部は、車を飛降りると、立番巡査に声をかけた。

「駄目です。ずらかった様です。併し、まだ屋内捜索中ですが」

「ずらかったって？　だが君、奴はひどく負傷していた筈なんだよ」

云い捨てて警部は門内へ駆け込んで行ったが、玄関を上ると奥から出て来た、警視庁の同僚M警部補にぶつかった。

「アア、波越さん。どうも不思議です。あれ程出血した犯人が、どうして逃出すことが出来たか」

M警部補が叫んだ。

「ホウ、そんなにひどい出血かね。で、附近の医者を調べさせて見ましたか」

「麴町署のU君に一通り電話をかけて貰いましたが、麴町区内の外科病院では、奴らしい負傷者を収容した所は一軒もないのです。共犯者が自動車で区外に運んだとしか考えられませんね」

そこへ奥の方から、気違いの様に服装を取乱した、青ざめた青年が、ヨロヨロと出て来た。

「野崎さんじゃないか」

波越氏が驚いて呼びかけた。

「アア、波越さん、残念です。又逃がしてしまいました」

「富士洋子から電話で大体のことは聞きました。君はひどい目に会ったのですね。だが、賊の巣窟をつきとめたのは大手柄でしたよ」

「うっかり深入りしたのが失敗でした。この家をつき留めて、直ぐあなたに報告すればよかったのです」

と、野崎三郎は前章に記した事実（死体塩漬けの五つの樽のこと、洋子との会話のこと、天井の血潮のことなど）をかいつまんで説明した。

「で、僕はてっきり洋子さんがやられたものと見込み、兎に角地下室を抜出さねばならぬと、その辺にあった棒切れで、入口の厚い板戸を滅茶苦茶に叩き続けていたのです。その音が警察の方々の耳に入って、僕はやっと助け出された訳でした」

波越氏はこの驚くべき報告を熱心に聞取った。殊に五つの漬物樽の話には、異様なうめき声をさえ発した。

「賊の遺留品という様なものは？」

波越氏がM警部補に尋ねた。

「それが皆無なんです。実に用心深い奴だ。併し、一応あなたも現場を見て置いて下さい」

そこで、改めて波越警部が先頭に立って、部屋から部屋へと綿密な検査が行われた。殊に兇行のあった土蔵とその地下室は入念に取調べられたが、賊の身柄を説明する様な遺留品は、何一品発見されなかった。

異国風の怪人物

それから一週間ばかり何事もなく経過した。賊の手掛りは皆無であった。市内のどの病院にも彼らしい患者は発見されなかった。

青髭はまだ生きているのか若しや死んでしまったのではないか。それさえ曖昧《あいまい》だった。ある新聞は、青髭の死を誠しやかに報じさえした。だが、若し死んだとすれば彼の死体はどこにあるのか。共犯者平田青年はどうしたのか。それは真暗な謎であった。

問題の空家の持主が検べられたことは申すまでもない。検べた結果、その家はある信託会社の管理していたもので、依託者の住所姓名は分っていたが、そこへ行って見ると、依託者の家そのものが、已に空家になっていた。信託会社でも今更驚くという始末だった。

樽漬けの五つの死体の身元調べも行われた。腐りただれた肉体の外には、着物の切れっ端さえなかったので、鑑別が非常に困難だったけれど、義歯とかヘヤピンとか、僅かの手掛りによって、嘗つて畔柳博士の指摘した家出娘の内の五人に一致することを確め、夫々親元へ死体を引渡すことが出来た。

畔柳博士は足の傷の為に、その一週間ばかり、訪客を避けて寝室に引籠っていたが、やっと元気を恢復《かいふく》して、野崎助手や、波越警部や、富士洋子などの見舞を受ける様になった。だが、まだベッドを離れることは出来ず、青ざめた顔で、やっと見舞の礼を述べる程度で、蜘蛛男捜索の相談などは思いもよらなかった。

その様なある日のこと、畔柳邸の門前を一人の妙な男がうろうろしていた。

詰襟の麻の白服に白靴、真白なヘルメット帽、見慣れぬ型のステッキ、帽子の下からは鼻の高い日にやけた顔、指には一寸も幅のある大きな異国風の指環、それに大豆程の石がキラキラと光っている。背が高くて足の格好がよいので、一寸見るとアフリカか印度《インド》の殖民地《しょくみんち》で見る英国紳士の様でもあるし、又欧洲に住なれた印度紳士と云った感じもするが、その実日本人であることは間違いない。今し方通りがかりの郵便夫に、「この家は有名な犯罪学者の畔柳さんのお住いですか」と、ハッキリ日本語で尋ねた程だから。

彼は併し、博士を訪問する積りはないらしく、門標を眺めたり、一寸門内を覗き込んだり、何か人待ち顔にその辺をうろうろしているばかりだ。

暫くすると邸内から書生が出て来た。どこかへ使いに行くのであろう。

「君、一寸頼まれてくれませんか」

白服の紳士が声をかけた。

「ここに野崎三郎という人が来ているでしょう。友達が表に待っているからと云って、一寸ここへ呼んでくれませんか」

書生はけげんな顔をしたが、相手の身なりや態度に圧倒された感じで、変な伝言を伝える為に玄関の方へ引返して行った。と、間もなく野崎助手が書生と一緒に門の所へやって来た。

「この方です」

書生はそう野崎に云って置いて、サッサと使いに出て行った。

「若しや人違いではありませんか。僕が野崎ですけれど」

野崎は待受けていた紳士を見ると、変な顔をして尋ねた。全く見知らぬ人物であったからだ。

「突然失礼しました。決して人違いではありません。僕はね……」

紳士はそこまで云うと、いきなり野崎の側近く寄って、口を耳につけんばかりにして、何かボソボソと囁いた。

「エ、あなたが？　日本にはいらっしゃらないと聞いてましたが」

野崎助手は眼を見はって聞返した。

「最近帰ったばかりです。東京へは今朝ついたのです。併し僕は一つの事を思立つと、その日の内にすっかりかたをつけてしまい度い病でしてね。で、あなたに実は一寸御願いがあるのですが……」

と今度は五分間ばかり内密話を続けた。

聞くに従って、野崎青年の顔に驚愕の表情が浮んで来た。そして、それが非常な速度で拡大して行った。

紳士はポケットから小さな瓶を取出して野崎に渡し、「絶対に悟られぬ様に。分りましたか」と繰返し念を押して置いて、分れを告げると、向うの町角に待たせてあった自動車の方へ、大股に歩いて行った。

あとに残った野崎助手は見るも哀れな有様であった。顔は青ざめ、息使いは荒く、玄関の方へ戻る足どりも、ヨロヨロして、今にも倒れ相に見えた。

彼は応接室と書斎とを通って、畔柳博士の寝室のドアまでたどりついた。そして、そこで立止ってしまった。青ざめた額にビッショリ汗の玉が浮んでいる。

彼は喉《のど》につまった痰《たん》を切る為に、軽く咳払《せきばら》いをした。ハンカチを出して額をこすった。それから、顔の筋肉を無理に動かして、ニヤッと笑って見た。だが、それは決して明るい笑いにはならなかった。まるで、断末魔の死人の笑いであった。

さて、彼はやっとドアのノッブに手をかけた。そして、まるで泥棒の様に、一分間もかかって、漸《ようや》く身体を入れる丈け、それを開いた。彼は一体畔柳博士に何を告げようとするのであろう。

刑事部長の旧友

丁度その頃、警視庁の総監室では、蜘蛛男逮捕に関する密議が開かれていた。たった一人の蜘蛛男は、各新聞社の社会部を、鼎《かなえ》の如く沸き立たせ、日々の社会面の大半を彼自身の記事で埋めさせた。従って、帝都三百万の住民は、寄ると触ると蜘蛛男の噂である。彼等は嘗って経験した大地震よりも、あらゆる天災地変よりも、たった一人の蜘蛛男に恐れ戦《おのの》いた。

警察無能の声は、不吉な地鳴りの様に帝都に瀰漫《びまん》した。在野政党は得たりかしこしと、これを政府攻撃の方便とし、『蜘蛛男』の名前は、閣議の席上、国務大臣の口にすら上るに至った。

「昨夜僕はある席上で内務大臣に逢ったが、大臣もこの事件については、大分頭を悩まして居られる。それとなく注意を受けて、僕は返答に困った。愚図愚図してはいられない。最早単なる犯罪事件ではなくして、一個の政治問題であると云ってもよい。僕等は、ここの凡ての機関をこの事件に集中し、草の根を分けても悪むべき兇賊を逮捕しなければならんのです」

赤松《あかまつ》警視総監はこう云って、前の大デスクをドンと叩いた。

そのデスクを取囲んで刑事部長を初め各課長、特に智能犯係長、当面の責任者波越警部など数名の首脳者が、渋面を作って控えていた。

一番つらいのは波越警部である。彼は寝不足の為に充血した眼を、無念に見開いて、蜘蛛男追跡の経過を逐一説明した。

「不肖《ふしよう》ながら、私としては全力を尽した積りでございます。いや、私ばかりではありません。民間の名探偵と云われる畔柳博士も、事件最初の発見者という立場から、寝食を忘れて活動してくれました。しかも、あの犯罪学者が、事毎に犯人の為に出し抜かれているのです」

それを聞くと赤松総監は一寸眉をしかめて、

「君は民間の一犯罪学者に責任を転嫁《てんか》しようとするのかね」

と不快らしく云った。

波越警部は云われて見れば一言もなかった。一座が白け渡った。

「イヤ、責任問題を論じている場合ではありません」

刑事部長のO氏が助け船を出した。

「責任は責任として、我々は今賊の逮捕について、最善の手段を研究しなければなりません。アア、それにしても、こんな時思い出されるのはあの男です。総監は御存じありますまいが、我々の旧友に明智小五郎《あけちこごろう》という奇人がありました。波越君、君は覚えているかね。

僕が捜査課長をやっていた時分、百貨店のマネキン人形に女の生腕がぶら下っていた事件があった。犯人は奇怪な一寸法師だったが、君はあの事件に関係しなかったかしら」

「覚えています。名探偵でしたなあ、明智小五郎という人物は」波越氏は回顧的《かいこてき》になって、「あれは明智氏が取扱った最後の事件でした。その後又、あの人は外国へ行ってしまいました。何でも支那から印度の方へ旅をしていると聞きましたが、あれからもう三年にもなるでしょうか」

一座には明智小五郎を記憶している人が多かったので、自然彼の思出話がはずんだ。ある人は、「今明智小五郎が日本にいたら、何の苦もなく蜘蛛男を逮捕することが出来たに違いない」とまで極言した。赤松総監さえ、明智という奇人の噂に興味を持って、何かと口をはさんだ。そんな訳で肝腎の会議の方は一時御留守になったが、一通り回顧談が行渡ると、刑事部長の注意で再び真面目な協議が進められた。

暫くすると、給仕が一枚の名刺を持って、次の間から這入って来た。

「このお方がOさんにお目にかかり度いと申して居られます」

刑事部長O氏は面倒臭そうに名刺を受取ったが、一寸それを眺めると、非常に驚いた様子で、

「これは不思議だ。これは不思議だ」

と呟いた。

鑑識課長が不審そうに尋ねた。

「イヤ誰でもない。たった今噂をしていた明智小五郎君がここへやって来たのです」

O氏はそう云って、名刺を総監の方に向けてデスクの上に置いた。それには印刷した名前の横に鉛筆の走り書きで、

「所謂蜘蛛男事件に関し」

と記してあった。

「一層明智君をここへ呼んで見てはどうでしょう。何か意見を持っているかも知れません」

O氏は総監の顔を見て云った。

「それもよかろう。諸君がそれ程信頼する人物なれば」

総監は明智という男に興味があった。それに、彼は政党出身のザックバランな政治家であった。

「その方をここへ案内し給え」

刑事部長が給仕に命じた。

ズバ抜けた偽瞞《ぎまん》

やがて、詰襟の白服に白靴の、日本人離れのした明智小五郎の姿が、総監室のドアを開いて這入って来た。

「ヤア、明智君、暫く。いつ御帰りでした」

O氏が立って行って、旧友の肩を叩いて挨拶した。

「今朝東京へ着いたばかりです。併し、新聞記事で今度の事件のあらましを承知して居ります」

明智小五郎はそう答えて、総監室の主人に向き直り、正しく会釈《えしやく》した。

一座の人々の簡単な引合せが済むと、O氏は早速用件に取りかかった。

「ところで君はこの事件について何か意見を持って来られたのでしょうね。実は今総監などと、そのことについて協議をしている所なんです」

「御参考位にはなるかと思います。併し、私の材料は新聞記事によっているのですから、重大な思い違いがないとも限りません。それに確かなことを申上げるまでには、少し時間もありますから、ここで波越さんに二三質問させて頂き度いと思うのですが」

「時間が問題なのですか」

Ｏ氏は不審らしく聞き返した。

「エエ、ホンの二三十分お待ち下さればよいのです。それまでは断定的なことは申上げられません」

「何を待つのです」

「ある人からの電話を待つのです。実はここの刑事部長室へ電話をかけてくれる手筈になっているのです」

「面白い、では我々も待ちましょう。どうぞ遠慮なく波越君に質問して下さい」

警視総監は、明智の異様な物の云い方を面白がって、非常に打《うち》とけた態度を取った。

明智の明快な質問に応じて、波越氏は流石《さすが》にテキパキと答えて行った。里見芳枝の石膏像事件、同じく絹枝の水族館事件、富士洋子の映画喀血《かっけつ》事件、同じくＯ町のロケーション中の誘拐《ゆうかい》未遂事件、同じくＫ撮影所内誘拐未遂事件、同じくＫ氏宅の人形置換事件、麴町区Ｒ町空家内の椿事等々、やがて明智小五郎は蜘蛛男に関する一切を、明確に把握《はあく》することが出来た。波越氏は四十九人の殺人候補者の住所を印した東京地図のことも話した。又、Ｋ氏宅で書留めた人形置換前後の同室者の表も、手帳の間から取出して示した。

「この事件は最初から怪談に満ちて居ります。人智では解き難き不可思議が続出して居ります」

明智は警視庁のお歴々を前にして、アメリカ人の様に快活に、彼の意見を語り始めた。

「例えば、平田東一は如何にして博士邸から姿を消したか、賊の予告状がどうして密閉された部屋や、波越警部の帽子の中に存在し得たか。O町のロケーションでは、俳優に変装した賊が、いつの間に自動車から消失せたか。白髪の老医に化けた賊がどうしてダークステージを抜出すことが出来たか。絶えず見張りのついている室内で、如何にして富士洋子が人形に変ってしまったか。最後に、傷ついた賊がどうしてあんなにも完全に姿をくらますことが出来たか。これらは凡て、あり得《う》べからざる事柄の様に思われるではありませんか」

明智は一寸言葉を切って考えを纏《まと》めていたが、皮肉な微笑を浮べて続ける。

「我々は怪談を認めることは出来ません。摩訶《まか》不思議を信ずる訳には行きません。この世に『あり得べからざる事柄』は、存在しないのです。若しその様に見える出来事があったならば、その裏には必ず手品師の巧みな偽瞞が隠されていなければなりません。警察の方々は一寸した偽瞞に慣れていらっしゃる。併し、ズバ抜けて大きな偽瞞になると、却《かえ》って目に入らぬものです。例えば船室の中で、荷物のゆれるのは見えるけれど、船そのものの動揺は見ることが出来ない様なものです。今度の事件の偽瞞は思い切り大胆で、開けっ放しで、しかもその技巧は馬鹿馬鹿しい程単純なものでありました。それ故却って物慣れた、犯罪だこの入ったあなた方を欺《あざむ》くことが出来たのです。まさかそんな馬鹿なことがと、それについて考えて見ないからです。若し警視総監が例えばピストル強盗であったとしても、誰がそれを疑いましょうか」

この不作法な比喩《ひゆ》には、流石磊落《らいらく》な赤松氏もあっけにとられ、思わず口をはさんだ。

「オヤオヤ、君は一体全体何を云おうとしていられるのか」

「兇賊が同時に名探偵である場合を云っているのです。これ程単純でしかも安全な偽瞞はないのだと申上げ度いのです」

「すると、君は……」

一座の視線が明智の顔面に集中した。彼が余りにも驚くべき意見を吐こうとしていたからである。

「無論御想像の通りです。私はそれを殆ど信じております。併し、まだ断言は出来ません。アア、失礼ですが、その電話は私にかかって来たのではありませんか」

ベルが鳴って、総監自身受話器を取っていた。

「ナニ、刑事部長に？　そうじゃない、明智さんに？　誰から？」

総監が交換手に確めているのを、明智はもどかし相に、

「分りました。先程御話した私への電話です。どうかその受話器を」

と言って、デスクに近寄り、総監の手からそれを受取った。

「野崎さんですか。私明智です。さっきの二つのこと分りましたか。……フン、腹部に……それから……アア、足は、別状ない……で先方に悟られる様なことはなかったでしょう

ね。大丈夫ですか。では、すぐそちらへ参ります。あなたはよく見張っていて下さい。異状があったら、こちらへ電話をして下さい。では、後程」

カチャリ、受話器をかけた明智は、デスクに白服の長い両手をついて、一同を見廻《まわ》しながら、ハッキリした口調で報告した。

「皆さん、もう一点の疑いもありません。私の想像は適中しました」

偽瞞の数々

併し、一同にはまだ本当の意味が呑込めなんだ。総監を初め、特に波越警部は、かたずを呑んで明智の説明を待った。

「説明するまでもないことですが、先ずこういう点を考えて見て下さい」明智が始めた。「O町のロケーションで、賊が富士洋子を自動車にのせて逃げた。波越さんがそれを追跡なすった。ある地点で賊の姿はかき消す如く無くなってしまった。これは不可能な事柄です。併しこの場合賊の代理を勤め得た人物がたった一人あります。又、K氏のお宅で富士洋子がベッドに寝ていたのがいつの間にか人形に変った。波越さんの表を見ると、一度も見張りのついていなかったことはない。いつの瞬間にも二人以上の人が附添っていた。併し看護婦を立去らせてからは、波越さんと畔柳博士の二人になり、交替で階下の洗面所へ降りられたのですから、その間に限って附添人は波越さんか畔柳博士かどちらか一人だけになった。疑えば、この一人になった時を疑う外はありません、その一人が窓から縄梯子をおろしてやれば、相棒が洋子さんをつれ出しに昇って来るのは訳ないことです。だが、波越さんは蜘蛛男ではあり得ない。とすると、あとにはたった一人の人物が残ります。賊の予告状にしても同じことです。密閉された部屋の中にどうしてそれを置くことが出来たか。発見者自身が予めそれを机の上に置いて、それから部屋を密閉したと、逆に考える外は、全く不可能な事柄ではありませんか。この考え方は、今度の事件の凡ての出来事に応用することが出来ます。一々私が説明するまでもないことです。あらゆる場合、そこにはたった一人の人物がいた。そして、それを行い得たものは、その人物の外にはなかった。と考えることは出来ないでしょうか。その人物とは、云うまでもなく、畔柳博士その人であります」

「では、あの人は自分で犯した罪を、自分で探偵していた。自分を自分で追駆けていたと云うのですね」

刑事部長O氏が、困った様な顔をして、ややこしい云い方をした。一座はドッとどよめいた。形容し難き不思議な笑い声が総監室に溢れた。

「滑稽《こっけい》です。非常な錯誤や思い切ったトリックは、いつも滑稽なものです。だが、何という戦慄すべき滑稽でありましょう」

明智が一同の笑いを押えて云った。

「併し、私には理解の出来ない点があります」波越警部は独り笑わないで抗弁した。「畔柳博士は、世間でも知っている義足の不具者です。ところが、賊は韋駄天《いだてん》のように走りました」

「サア、そこです。そこに前代未聞の巧妙な偽瞞があるのです。世間は彼を不具と信じている。彼の方でも出来る丈け義足を見せびらかす様にした。彼が対談中義足をコツコツ云わせる癖は有名なものです。これが義足の吹聴でなくてなんでしょう。そうして置いて、彼は一方では犯罪学者、素人探偵としての名声を高めることに努め、他の一方では、その名声を保護色にして、あらゆる悪事を働いていたのです。犯罪学探偵学の研鑽《けんさん》は、同時に犯罪そのものの研鑽ではありませんか。名探偵の頭脳で悪事を働けば必ず大犯罪者となることが出来ます。

数年もの間、どうしてそんな偽瞞を続けることが出来たでしょう。

強烈な精神力です。恐るべき天才です。併し、その大犯罪者も今こそ我々の手中のものとなりました。彼は自宅の寝室で昏々《こんこん》として不自然な眠りに陥っているのです。数時間の間は絶対に覚めることのない眠りに陥っているのです」

成程、成程、それで明智が犯人逮捕を急がぬ理由が分った。

「もう一つ御尋ねしたいことがあります」波越氏は更《さら》に追及する。「畔柳氏は今度の事件で私と行動を共にした外は、殆ど終日書斎にとじ籠って、滅多に外出しない人でした。これは博士邸の召使達も野崎もよく知っている事実です。然《しか》るに蜘蛛男は、絶えず諸方を飛廻っていた。そうでなくてはあれ丈けの悪事を働くことは出来ません。一例を云いますと、蜘蛛男は里見絹枝の死体を運んで江の島へ行ったことがあります。ところが、野崎君の話では、その夜畔柳氏は浴室（と云っても博士の冥想室なのですが）から一歩も外に出なかったと云います。あなたはこの点をどう解釈なさるのでしょうか」

「その浴室のことも、私は新聞で読みました。実を云うと、私の推理は、この不思議な浴室が出発点になっていると云ってもよいのです。博士はそこを彼の夢殿と称している様ですが、如何にも一世の名探偵にふさわしい思いつきです。素敵もないカムフラージュです。彼はその巧みな口実で、浴室に鍵をかけて、入浴中の健全な両足を他人に見せまいとしたのです。と同時に、彼の所謂夢殿には、もう一つの、もっと重大な意味がありました」

明智は一方の壁にかけてあった、大型の東京地図を眺めながら、

「ここに明細な東京市地図がありますね。併し、こうして目の先へ地図を懸けて置いても、我々はある未知の町名番地を検べる時の外は、余り利用しない。已に知っている町について、地図の上で、もう一度その正確な位置を確めるという様なことは、誰もやって見ないものです。ところが、場合によっては、それが我々にとって非常に必要なことがあります。例えば畔柳博士邸の麹町区G町と問題の空家のある麹町区R町との関係の如きは、どうし

ても地図によってでなければその正確な意味が分りません。僕は新聞記事で博士邸と例の空家との町名を知り、それが同じ区内の余り遠くない場所であることを確め、ハテナ、ここに何か特別の意味があるのではないかと疑って見たのです。

東京駅で下車すると、売店で東京地図を買求め、待合室でそれを拡げて、G町とR町の関係を検べました。御承知の通りこの二つの町は、N町を中にはさんで背中合せに並行しています。G町からR町へ行くにはN町を通って、グルッと一廻りしなければなりません。道のりにして四五町もありましょう。この四五町という観念が錯覚の元なのです。誰しもG町とR町は四五町も隔っていると思込んでしまうのです。然るに地図によって正確に検べて見ますと、二つの町はある地点では四五町どころか一尺も一寸も離れてはいない。つまり、全く相接しているということが分ります。ごらんなさい。これです」

明智が指さす箇所を見ると、彼の云う通り、丁度博士邸の辺で、G町が凸字形にR町の方へ細く出張って、裏側からR町に接している地点がある。真中のN町がそこで一寸中断された形だ。

「これは恐らく、昔町名を定めた時、今畔柳博士の住んでいる邸が、奥行深く他の邸よりも後方へ突出していた為に、一つ邸に二つの町名をつける訳にも行かず、こんな不規則な形の町が出来上ったものでありましょう。つまり、博士邸の裏庭は、細長く飛出して、R町のある家の裏に接していることになります。僕はそのR町の家がどれだかを確める為に、駅から真直にそこへ行って見ました。すると、果して僕の想像が適中したのです。その博士邸と背中合せに接している家というのが、問題の空家に外ならぬことが分りました」

聞手の一同は今日東京へついたばかりの明智の、微細な、しかもす早い観察に感歎の声を上げた。

「とすると、畔柳氏が若し例の空家の隠れた家主であったならば、博士邸から空家への秘密の通路を作ることは、至極容易であります。それは或は地下道かも知れません。今に検べて見れば分ることとです。つまり、犯人は、邸内に蟄居《ちっきょ》すると見せかけて置いて、裏の空家から自由自在に外出し、千変万化《せんぺんばんか》の悪業を働いていた訳です。その秘密の通路の関所として、犯人は特別の浴室を作り、夢殿などと称して、数時間もそこにとじ籠る口実を案出したのです。そして、彼は昼間はその浴室から、夜は寝室から、秘密の通路を通ってR町の空家へ出て行きました。玄関から浴室へ室内電話が引いてあって、急用のときは書生がそれで主人に告げる仕掛けになっている相ですが、僕が想像するのに、その電線は、浴室から更に例の空家まで延びていて、犯人は空家で悪事を行いながら、浴室からの様に、書生に答えたり命じたりしていたのかも知れません。若し僕が犯人であったら、そうするに違いないのです。

こう考えて来ますと、例えば平田青年の不意の消失についても、造作なく解釈がつきます。平田はあの時博士邸内をさまよい歩いている内に、偶然隠し戸を発見して、秘密の通路を見たのかも知れません。或は何か犯人の見られたくない——変装道具といった様な——品を見たのかもしれません。恐らくそれが鋭敏な不良青年をびっくりさせ、あの奇妙な叫声を立てさせたのでしょう。博士はそれと悟ると、独りでそこへ駆つけ、平田の自由を奪い、隠し戸の中へとじ籠めてしまったのです。そしてあとからゆるゆると利を説いて彼を腹心の配下にしたのでしょう。

さて、空家の秘密を確めると、僕は再び博士邸に引返し、野崎助手を門外へ呼出して、僕の名をあかし、僕の考えを説明して、博士と青髭とが同一人であることを確証する為の、一つの策を授けました、と云うのは、僕の用意していた麻酔薬の瓶を野崎君に与え、それをソッと病床の博士の飲物に混ぜ、博士が眠っている隙に義足の真偽を確めて貰うことにしたのです。いや義足ばかりではありません。もっと明白な事実があった。畔柳氏が若し単に畔柳氏であるならば、彼の傷は足にある筈です。併し、彼が若し青髭と同一人物ならば、傷は足よりも腹部か胸にある筈です。なぜと云って、富士洋子は例の空家で青髭の胸を目がけて短刀を刺したと語っているのですから。

僕は野崎君からの知らせを、ここで待つ手筈にしました。そして、今この電話でその重大な報告を聞いたのです。想像にたがわず、畔柳博士は本当の義足ではなく、ただ義足の形を模した道具を健全な足の上からかぶせていたに過ぎないこと、又博士の腹部に短刀の突き傷のあることが、明かになりました。即《すなわ》ち、天下を騒がせた蜘蛛男は名探偵畔柳博士その人に外ならぬことが、ハッキリと証明された訳です」

蜘蛛男対明智小五郎

直接事に当った波越氏は勿論、総監も刑事部長も、一国の警察力が、旅行帰りの一市民の、たった一日の労力にも及ばなかったことを知って、今彼等の目の前ににこやかに控えている明智小五郎に合わす顔がなかった。聞いて見れば、何という単純な、子供だましな、分り切た事実であったろう。だが、単純で子供だましであったからこそ、彼等はまんまと一杯食わされたのだ。

畔柳博士は一人芝居をやっていた。一方では本物の博士であり犯罪学者でもあった。そして、自分の罪業を犯すそばから曝露して行った。名探偵な筈である。だが、どこの世界に、自分の犯した罪を、自分で探偵する奴があるだろう。これが物慣れた警察諸公の錯覚となった。彼等は、いくら何でもまさかと、その方へは一度も考をむけようとはしなかったのである。

「えらい。流石は明智さんだ」

磊落《らいらく》な赤松総監は、一同の気拙《きまず》い沈黙を破って、トンとデスクを叩いて叫んだ。

「若《も》しこれが名もない一市民の申出であったならば、所謂警察の威信《いしん》という奴の為に我々は大いに頭を悩ますのだが、明智君なればその必要はない。僕等は明智君の明察を天下に公表しても、少しも恥る所はないのだ。ところで、それはそれとして、相手が分ったからには、又失敗を繰返さぬ様、一刻も早く引括ってしまわにゃならん。波越君、これはさしずめ君の責任だろうじゃないか」

「イヤ慌てることはありません。麻酔薬の効力は数時間は続くでしょう。それに仮令犯人が目覚めたとしても、非常に衰弱しているといいますから、す早く逃げることは出来やしません。今迄は博士邸という都合のよい隠れ場所があったけれど、その秘密が曝露してしまった上は、どこにも逃げる先がないのですからね」

明智は落ちついて云った。併し、如何なる名探偵にも全く錯誤がないとは云い切れぬ。彼は何かしら大切な事柄を忘れていたのではないかしら。成程当の畔柳博士は病体である。だが、敵は博士一人ではないのだ。不良少年とは云え、悪事にかけては、生れつきの小悪魔、機敏で悪がしこい平田東一という手下がいる。こいつが何事か企らむ様なことはないだろうか。作者は読者諸君と共に、我が明智小五郎の為に、その点を甚だ気遣わしく思うのだ。

それは兎も角、やがて、波越警部指揮の下に、十数名の警官隊が組織され、彼等は即刻自動車、オートバイを飛ばして、蜘蛛男逮捕にと出発した。明智も許しを得て、その一行に加わった。

一台の自動車には、波越警部と明智小五郎と三名の私服刑事が同乗していた。

「平田の奴、用事のない時には、いつもその秘密通路に潜んでいたんだな。今日こそはあいつも一緒に引括ってやらねばならぬ」

波越氏は昂奮の為に、真青な顔をして、震える唇でそんな独言を云った。

それを耳にはさむと、明智がビックリして振向いた。

「アア、平田。……僕は非常な失策をやったのじゃないかしら。……波越さん。あなた博士邸の電話の置き場所を御存知でしょうね。特別の電話室があるのですか」

「イヤ、電話室はありません。書斎の卓上電話が一つあった切りだと思います。だが、なぜですか」

「書斎と寝室とは無論隣あっているんでしょうね」

「そうですよ」

「野崎君の声が大き過ぎたかも知れない。……若し何かあれば電話をかけてくる筈だけれど、電話がなかったからと云って、必ず何事も起らなかったと断言出来るかしら。……運転手さん。急いでくれ給え。二十哩《マイル》？　規定速力じゃ仕様がない。警察の御用だ。構わない三十哩四十哩、フールスピードだ」

自動車は矢庭に速力を増した。

お堀端の大道を、二台の自動車と、数台のモーターサイクルが、砲弾の様に飛んで行った。

明智の注意で、一隊は念の為R町の空家に廻り、波越警部を始め腕利きの連中が博士邸に乗込んだ。と、これはどうしたことだ、玄関脇の書生部屋に書生がいない。女中部屋に女中の姿が見えぬ。広い邸内はひっそりとして空家の様だ。

「寝室はどちらです。寝室へ、寝室へ」

流石の明智もこれにはひどく狼狽して叫んだ。

一同博士の寝室へ殺到した。

先頭に立った波越警部は身構えをして寝室のドアを開いた。

純白のベッド。そこに曲者はスヤスヤと眠っている。

だが、この孤立無援の敵に対して、波越氏は足がすくんだ。昨日までは唯一の味方として事を共にした畔柳博士、そして今は、正体曝露した兇悪無残の蜘蛛男、そいつがこの白いシーツの下に、熟睡しているのかと思うと、何とも形容出来ぬ感情が、彼の身体をしびれさせてしまった。

人々をかき分ける様にして、明智が飛出して行った。一飛びでベッドの枕下《まくらもと》に立った。パッとシーツがのけられた。

「しまったッ」

明智の叫声に、一同の視線がベッドの上の人物に凝集した。

そこには畔柳博士も蜘蛛男もいなかった。その代りに、身動きも出来ぬ様に縛りつけられ、猿轡をかまされた野崎三郎が、グッタリと転がっていた。

しかも、彼の上衣の胸には、一枚の紙片がピンで止めてある。例によって蜘蛛男の嘲《ちょう》笑《しょう》だ。

野崎の命を助けてやったのをお慈悲と思え。いくら貴様たちがジタバタしたって、その手は食わぬよ。蜘蛛男はどんなことがあったってやる丈けのことはちゃんとやるのだ。用心するがいい。
明智の野郎、今に見ろ。

文句も筆蹟もいつものとは違っていた。明智が推察した通り、平田青年が隠し戸の向うに潜んでいて、野崎の電話を聞き、早くも様子を察して睡眠中の博士をどこかへ運んだものだ。そして、博士の日頃のやり方を真似て、この置手紙を残したものに相違ない。

猿轡や縄を解いて貰って、やっと人心地のついた野崎が説明した。

「あなたへ電話をかけて受話器を置くと、矢庭《やにわ》にうしろからやられたのです。油断をしていたものですから、抵抗する間もなく、みじめに縛られてしまいました。そいつは平田東一でした。云うまでもなく平田が博士をどっかへ連れて行ったのです」

さて読者諸君、物語はこれより第二段に移るのだ。蜘蛛男の正体は明かになった。だが、秘密が曝露したからとて、争闘が終ったのではない。彼は見事名探偵明智を出し抜いて、いずれかへ姿をくらましてしまった。しかも「やる丈けのことは、ちゃんとやるのだ」と広言している。それはつまりかの四十九人の殺人候補者に関する、恐るべき計画を意味するのではあるまいか。

蜘蛛男対明智小五郎、一方は前代未聞の学者殺人狂、一方は稀代《きだい》の素人名探偵、この両人によって演ぜられる大争闘こそ見ものである。

M銀行麹町支店

召使達は外から錠をおろした一間《ひとま》の内に監禁されていた。

「先生が一同この部屋に集る様にと御命じになりましたので、その通りにしますと、いきなり誰かが外から錠をおろしてしまったので」

波越氏の質問に応じて、書生がさも間抜けた顔で、こんなことを申立てた。彼等はそれ以上何事も知らなかった。

間もなく明智が秘密の通路を発見した。一同蠟燭を手にして、その暗闇の細道へ這入って行った。行き抜けた所は案の定R町の例の空家だった。無論、秘密の通路にもR町の家にも、猫の子一匹いなかった。曲者達は警官の一隊がR町の方へ到着するまでに、どこかへ逃去ったものに相違ない。充分それ丈けの時間はあったのだから。一同は空しく元の博士邸へ引返さねばならなかった。

「僕の手柄は帳消しになりました」明智はこの大失策に真赤に上気して怒鳴った。「蜘蛛男の正体をつきとめたのも僕でした。併し、平田東一の存在を無視し、野崎君の電話の声を、秘密の通路に潜伏中の彼が聞きつけるかも知れないという大切な点を忘却していたのも僕でした。僕があいつらを逃がした様なものです。だが……」

明智は両手の指をモジャモジャした頭髪の中へ突込んで頭を抱える様にしながら、部屋を隅から隅へと、忙しく往復した。

「併し、併し」

彼は目の前の空間を睨みつめて、頭の底から、何かの考えを引出そうと苦悶した。

波越警部を初め警察の連中は、為す所を知らず、動物園の熊みたいに歩き廻る明智の姿を、ぼんやり眺めていた。

「アア、そうだ、若しかしたら」明智は突然ある考えを捉えた。

「書生はいませんか。ここの家の書生を呼んで下さい」

一人の刑事が玄関の方から書生を引っぱって来た。

「アア君、銀行へ使に行った事はないかね。畔柳博士の取引銀行を知らないかね」

たと思います」

「使に行ったことはありませんが、先生はいつもM銀行麹町支店の小切手を使用されてい

書生が答えた。

「すぐその銀行へ電話をかけて、当座係を呼出してくれ給え。大急ぎだ」

明智は足踏みして命じた。

書生は手早く番号を調べて、卓上電話の受話器を摑んだ。だが、電話という奴は、ひどい天邪鬼《あまんじやく》で、急ぎの場合に限ってお話中が続くものだ。待ち切れないで、殆ど三十秒毎に受話器を取るのだが、その度毎にジージーと意地悪くお話中である。

「銀行は遠いのかね」

「じき近くです。十町あるかなしです」

「じゃ、自動車だ。その方が早い」

明智は書生から麹町支店の所在を確めると、いきなり玄関へ飛出して行った。

波越氏と二三の刑事が、そのあとを追って、門前に待たせてあった警視庁の自動車に飛乗った。明智が行先を怒鳴った。

一足違いに

お話は二十分程前に戻る。

野崎を寝台の上にしばりつけ、召使達を一間にとじこめた平田青年は、麻酔薬の為夢心地の畔柳博士を抱いて、R町の空家の一間へ運んで置いて、附近のガレージから彼等の悪事丈けに使う秘密の自動車を引出し、博士をそれに乗せると、長い間の古巣を見捨てて出発した。だが、博士にとって、この古巣は何の未練もなかったのだ。何故と云って、それらの土地も家屋も、已に二重三重の担保物となって、莫大な現金に変っていたからである。そして、その現金は凡てある大掛りな事業に投資されていた。どんな事業だかは間もなくお話する機会が来るであろう。

「畜生とうとう感づきやがった。だが、遅すぎた位だ。何てのろま揃いなんだ」

平田は車を走らせながら呟いた。

併しどこへ逃げたらいいのだろう。肝腎の博士が眠っているので相談することが出来ない。奥底の知れない博士のことだから、どこかにもっと別の隠れがが、用意してあることは疑いなかった。だが、平田はまだそこまで打開けられてはいないのだ。

「先生、先生、しっかりして下さい」

彼は車を徐行させたまま、度々うしろへ手を延ばして博士の身体をゆすぶったが、博士はグッタリと正体もない。

「チェ、仕様がねえなあ。兎も角行ける所まで行って見よう。その内には大将も目を醒すだろう。ところで、肝腎なのはお小遣だ。こんな時には何よりも金だ。それに手が廻ってからじゃあ一文にもならねえからな」

もうそこがM銀行麹町支店だった。平田は車を止めると博士を残して置いて、銀行の石段を昇って行った。抜目のない不良青年は、博士の手文庫から、預金通帳と博士の印形を持出すこと丈けは忘れなかった。先に云ったある事業の為に、預金の大部分は引出されていたけれど、それでも残高が一万円に手の届く程はあった。

幸い客が少なかったので、現金支払口に紙幣《しへい》の束が積まれるまでに僅か十分余りしかかからなんだ。でも、その十分間が、平田にしては気が気ではなかった。

彼は窓際のベンチに腰をおろして、絶え間なく外の往来に注意していた。若しや車の中の死人の様な博士の姿が、通行人の疑いを招きはしないか。追手の警官達が町の向に現われはしないかとそればかり気にしていた。

又、銀行にかかって来る電話も心配の種であった。まさかそんなに早く手が廻ろうとは思わぬけれど、でも、ベルが鳴る度毎、電話の話声に聞耳を立てないではいられなかった。

ふと気がつくと、金筋の這入った制服の、刑事上りの守衛がじっと彼の方を見ていた。

「オヤオヤ、こいつは危いぞ。ビクビクしちゃ疑われるばかりだ。落ちついて、落ちついて」

彼は自分に云い聞かせて、強いて平気を装った。

「畔柳さん」

突然行員に呼ばれた時、うっかり外のことを考えていた彼は、ピョコンと立上って、いきなり入口の方へ逃出しそうにしたが、やっと気附いて踏止った。

支払口の百円紙幣の束を受取ると、無論数えもしないで、内ポケットへ押込み、あたふたと外に出た。

何の異状も起らなんだ。うしろから彼を呼止めるものもなかったし、自動車には、畔柳博士が呑気らしく寝込んでいた。

彼は一渡りあたりを見廻した。彼の車の外に二台の空自動車が停っていた。運転手達は日蔭の軒下に腰をおろして、煙草を吸ったり舟を漕いだりしている。何の事もない。

丁度そこへ、向うから一台の大型自動車がやって来て、ピッタリ停車した。そして、中から数人の洋服紳士が現われたかと思うと、何か非常に急いで、銀行の石段を駆け上って行った。

平田は明智小五郎は勿論波越警部の顔さえ知らなかった。併し、制服こそ着ていないが、今の数人の紳士が警察の人々であることは一目で分った。

「ワッ、一足違いだ。だが、うちの大将は何て悪運が強いんだろう」

彼は已にハンドルを握っていた。車は風を切って走り出した。

振返って見ると、さっきの紳士達が銀行の入口に顔を並べてこちらを見ていた。制服の守衛が指差しをしている。

「サア、命がけだぞ。今にあの警察自動車が追駆けて来る。ガソリンが切れるまでの勝負だ」

離れ業

世界の終りかと思われる、大地震大雷鳴の中から、みじめな現実がボンヤリと浮上って来た。狭い小さな箱が、彼をとじこめて、ガタビシと動いていた。四角なガラスの外を、目映《まばゆ》いばかり白く光る市街が、縞を作って飛去って行くのが眺められた。

それが自動車のクッションの上であることを意識するのに、畔柳博士は数分間もかかった。そして、自邸のベッドからこの街上の自動車までの因果関係を悟るには、更にその数倍の時間を要した。

運転台には、猫背になって一心に前方を見つめている平田の後姿があった。

「畜生、誰かに追駆けられているな」

彼は殆ど反射的に後部のガラスからうしろを眺めた。そこには、淋しい大通りの半町程向うに、明かに警察の大型自動車が、のしかかる様に迫って来ている。

「オイ、どうしたって云うんだ。何事が起ったんだ」

「バレたんです。何もかも一切合切滅茶苦茶《いっさいがっさいめちゃくちゃ》です。恐ろしい奴が現われたんです。明智小五郎が外国から帰って来たんです。……そして、何もかも見抜いてしまったんです」

平田は速力をゆるめないで、ハンドルに縋《すが》りついたまま怒鳴り返した。

「うしろの自動車に乗っているのか」

「多分そうです。兎も角あれは警察の奴等です」

「俺はどうしてそれを知らなかったのだ。アア、眠っていたんだな、誰かが薬を盛ったんだな」

「野崎です。あいつが何か呑ませたのでしょう」

「分った分った。明智小五郎が野崎を手に入れて一芝居打ったんだな。畜生」

非常の出来事が彼の意識をハッキリさせた。彼は矢庭に運転台へ飛込んで行って、平田に代ってハンドルを握った。

「今になっても、まだ逃げおおせると思ってるんですか」

平田があっけにとられて叫んだ。彼はもうとっくにあきらめ果てていたのだ。ただ惰力《だりょく》で車を走らせていたに過ぎない。

「オイオイ何を云ってるんだ。俺の気持が分るかね。俺は今非常に愉快なんだ。益々この世が面白くなって来た位のものだ。明智小五郎だって？　フン、奴にどれ程のことが、……俺はね、一度逢い度い逢い度いと思っていた所なんだぜ」

博士が無謀な速力を出すので、時々車が地を離れて、宙を走った。

「ワーッ、たまらねえ、死に相だ」

平田が悲鳴を上げた。

町角を曲る度に、見る見る両車の距離が隔たって行った。追う者はお役人である。給金で運転しているのだ。死にもの狂いの気違いに敵う筈がない。

「身体は大丈夫ですか」

どうやら危機を脱する見込がついて来たので、平田はやっとそこへ気づいた。傷口はすっかり癒《い》えたとは言え、さっきまで病床に横わっていた人が、この滅茶苦茶な元気はどうだろう。気でも違うんじゃあるまいかと、少々心配になって来た。

「ちょっと君代ってくれ。だが、安心しちゃ駄目だよ」

博士は相手の言葉を黙殺して、ハンドルを代ると、うしろの座席へ這入って行って、クッションの下へ首を突込んで、しきりと何か探し始めた。

そのクッションの下には、ちゃんと衣裳戸棚がついている。変装用の様々のつけ髭、鬘《かつら》、衣裳の類が準備してある。

博士はその中から小さな口髭と眼鏡とを取出して、手早く容貌を変え、今まで身につけていた麻の寝間着を脱いで、労働者風の木綿服を着た。

丁度其時自動車の下で、変なゴロゴロという音が聞え、異様な動揺を感じ始めた。

「オヤ、パンクだ」

平田が真青な顔で博士を振返った。うしろを見ると、敵は、隔たったとは云え、二丁程あとを執念深く走って来る。

「構わない。そのままあの角を曲るんだ。そして、奴等に見えない所で、自動車を飛出すんだ。早く、早く」

博士が怒鳴った。

車は烈しい音を立てて、その町角を曲った。急停車。飛出す二人。そして、彼等は車の通れぬ細い横町へと身を隠した。淋しい屋敷町なので、走っても見とがめる者もなかった。二人は手を引合って、横町から横町へと飛んだ。

「ここにあなたの金があります」平田は内ポケットから先程の札束の半分ばかりを掴み出して、走り乍《なが》ら叫んだ。「僕も少し貰っておきます。サア、分れましょう。こうして二人が走っていたら、目印になるばかりです」

「馬鹿、どこへ逃げられると思うんだ。敵は自動車を持っている。前もうしろも、もう逃げ道はないんだ。迚も君一人じゃ駄目だ。俺についていなきゃ駄目だ」

「で、どこへ行こうってんです」

「あすこへ行くんだ。たった一つの手段だ。一か八かだ。鉄砲玉の様に飛込んで行くんだ」

横町が尽きて、広い通へ出た。そこに交番がある。交番の前で二人の巡査が立話をしている。

「いけないッ、あなたは気でも違ったのか。あれは交番ですよ。あれはお巡りですよ」

「しっかりしろ、交番だから飛込んで行くんだ。お巡りだからぶっつかって行くんだ。覚えて置くがいい。本当の悪党のやり口を。こうするんだッ」

博士は平田の手を引張って、横飛びに交番目がけて突進した。

二つの肉弾が、立話しの巡査をはね飛ばして、交番の中へ飛込んだかと思うと、開いた板戸の奥の三畳程の小部屋へ姿を消した。

驚いた二人の巡査が、何かわめきながら、同じ小部屋へ、靴ばきのまま上って来た。無論この意外な曲者を捉えよう為だ。

博士はいきなり境の板戸をしめて、二巡査の退路を断って、労働服のポケットからピストルを取出した。

「抵抗すれば命は貰いますよ。僕は御聞及びの『蜘蛛男』です。分りましたか。どんなとでもやり兼ねない悪党です。女房《おかみ》さんや子供の事を思出してごらんなさい。……そうそう、そういう風に手を上げるものです。それがピストルに対する世界共通の作法ですからね」

何と云うことだ。白昼交番の中へホルダップが現われたのだ。二巡査がどんなに勇敢な職務第一の人物であったにもせよ、ど胆を抜かれようではないか。従って彼等が彼等自身の捕縄《ほじょう》をどんな風に使用せられたとしても、それは決して日本の警察官の恥辱ではない。

間もなく、自動車を降りた追手の一行が、明智小五郎と波越警部を先頭に、その交番の前へやって来た時には、ボックスの入口の赤電燈の下に、眼鏡をかけた口髭の黒い白服巡査が、帽子のひさしを眼深にして、忠実に往来を見張り、その奥のテーブルには若い巡査が前屈みになって、何かしきりに調べものをしていた。

「アア君、僕は警視庁の波越だが、今ここを二人づれの怪しい男が通らなかったかね」

立番の巡査は挙手の礼をして答えた。

「ハ、四十位の労働服と、二十位の背広の二人連でしょうか」

何という魔法使であろう。容貌ばかりか声までが、畔柳博士の片鱗《へんりん》をも曝露しなかった。

「そうだそうだ。その二人はどちらへ行ったね」

「この向うの、一つ二つ三つ目の角を左へ曲って行きました。何か非常に慌《あわ》てていた様です」

「しまった。まるで反対の方角へ逃げたんだ。君、念の為に云って置くがね、その四十位の男の方が、有名な『蜘蛛男』なんだ。若しこの辺へ舞戻って来たら容赦なくふん捕《づかま》えるんだぜ」

「ヤ、あれがそうでしたか」交番巡査は非常に驚いた様子で「追駆けましょうか」と駆け出しそうにした。

「イヤ、ここにいてくれ給え。僕等の方で手は揃っているのだ」

一同は大急ぎで、教えられた方角へ走り去った。嵐が吹き過ぎたあとは、人通りもなくひっそりとしている。

「素敵素敵」ボックスの中にいた巡査がノコノコ出て来て、首領の機智を讃嘆した。「で、僕達はこのままボツボツ反対の方角へ巡廻に出かけるという寸法ですね」

畔柳博士の立番巡査は無言のまま歩き出した。平田の青年巡査が、そのあとから帯剣をガチャガチャ云わせながら従った。

「この風体なら警官隊の真中だって平気ですね。どこかよその署の巡査だと思って、注意もしないでしょうからね」

平田はこの珍らしい冒険に有頂天《うちょうてん》であった。

骸骨の用途

それから数日後の出来事である。

もう日の暮れ暮れに、医療器具や博物標本を手広く扱っている本郷《ほんごう》のSという店へ、どこか場末の開業医といった匂のする中年の洋服男が現われた。カシミヤの上衣に白ズボン、少し汚れたパナマ帽という落ちついたいでたちである。

番頭が応対すると、その男はポケットから不意気な大型の名刺を取出して渡した。医学士大場《おおば》道夫《みちお》というのが男の名前だ。大場氏は時々専門家の術語を使って、人体骨格の標本が欲しいのだと云った。

「実は少し診察室の模様替えをしたのでね、古風だけれど、虚仮《こけ》おどしの飾りものにしようかと思うのだ。ナニ、骸骨の形をしていればいいのですよ。本当の人骨でさえあれば、男だろうが女だろうが、手と足の国籍が違おうが、そんなことは少しも構いませんよ」

「ハ、かしこまりました。只今丁度一体丈け持合わせがございますが、お目にかけましょうか」

そこで大場氏は番頭の案内で陳列室へ這入って行った。薄暗い陳列室の隅っこに、どこの国の重罪人の骨であろう、木製の台座の上に、頭を真鍮《しんちゅう》の環でつるされた一体の骸骨が、外の大通りの電車の響きに、ブルブルと震えていた。どこかで骨と骨とがすれ合って、歯ぎしりみたいな不気味な音を立てた。一応実物を見ると、大場氏は早速その骸骨を買求めることにした。

「では今明日《こんみようにち》中に御宅様へ御届け致すことに」

「イヤイヤ、そんな手数をかけるには及びません。大急ぎで荷造りをして下されば、表に車を待たせてあるから、私が抱いて連れて行きますよ。少し飾りつけを急ぐのでね」

番頭が「それでは余り」と云うのを、この変り者の開業医は是非骸骨を抱いて帰り度いというので、結局荷造りをさせることにした。

間もなく、細長い白木の箱が表の自動車へ運び込まれ、大場医学士はそれに同車して、店を去った。

その夜更け、十二時近くのこと、昼間の大場道夫氏は、同じ洋服姿で、これは又意外、郊外の物淋しい火葬場の門前に現われた。手には大きな風呂敷包を下げている。

「先生ですか」

暗闇の中から声がして、一人の青年が、薄暗い門燈の下へボンヤリ姿を見せた。読者諸君、何とその青年が平田東一なのだ。前日蜘蛛男の畔柳博士と二人で巡査に化けて、まんまと危機を脱したあの平田不良青年なのだ。オヤオヤ、して見ると、開業医大場医学士というのは、その実畔柳博士の変装姿であったのか。この怪人物は、一体幾通りの変装術を心得ているのか、その度毎に顔から姿から全く別人になり切ってしまう腕前には、驚嘆の外はない。

「うまく行ったかね」

大場医学士の畔柳博士が小声で尋ねた。

「大丈夫です。宿直の爺さんは、例の薬で眠らせてしまいました。四五時間は白河夜《しらかわよ》舟《ふね》です」

「感心感心、ところで例の死骸は大丈夫だろうな。焼いてしまやしまいな」

「何しろ五百両の御褒美《ごほうび》ですからね、隠亡の奴二つ返事でしたよ。仏様がソックリそのままになってます。オイ。助《すけ》さん、この方がさっき話した旦那だよ」

助さんと呼ばれた隠亡が、闇の中からオズオズ顔を出した。

「何をビクビクしているんだな。お前に迷惑のかかる様なことは決してしやしない。死骸を盗み出しても、ちゃんと代りのお骨が用意してあるんだ。それを明日の朝までに焼いて置けば、バレる気遣いはありやしないよ。先生、そのお骨の方は大丈夫でしょうね」

博士は無言で手に下げた風呂敷包みを振って見せた。コツコツと骨のぶつかる音がする。云うまでもなく、それは昼間、開業医に化けてSの店から買取った標本の骸骨だ。台座は勿論、頭部や関節の真鋳環を取去って、骨ばかりを一纏めにして風呂敷包みにしたものである。

「本物ですかい」

真青な顔の隠亡が、でも抜目なく念を押す。

「見るがいい」

博士が風呂敷包みの隅を開けて見せる。隠亡はそこから白い棒みたいなものを引出して、暫く調べて見たが、贋物でないことが分ったと見えて、黙って元に返した。

「それじゃ、思切ってやっつけますから、御約束のものを……」

「フフ、抜目ないね。前金かい」

博士は気軽に札入れを出して、約束の金額を与えた。

戸締は予めはずしてある。番人の親爺は麻酔薬で眠りこけている。誰に見とがめられる心配もない。助さんを先頭に、三人は構内へ這入って行った。

ガランとした建物の中に、ほの暗い電燈に照らされて、いかめしい鉄扉《てっぴ》の竈《かまど》が列を為《な》していた。

隠亡はその一つの扉の前に立止った。暫くじっと考えていたが、突然博士達の方を振返って、筋ばった表情で、モグモグと何か云い出し相にした。

「怖いことはない。それを開くのだ」

博士が押えつける調子で命じた。

「畜生ッ」

助さんがヤケな調子で怒鳴ったかと思うと、竈の扉は開かれた。穴一杯に白木の棺が見える。三人の力で棺を引出して外の地面へおろすと、そのあとへ例の風呂敷包が投込まれた。骨の外は跡方《あとかた》もなく燃えくずれてしまうのだ。棺であろうが風呂敷であろうが、構ったことではない。

二十分で凡ての仕事は終った。助さんは罪忘れの寝酒をひっかける為に急いで帰って行った。凡ての扉には厳重に戸締りが出来た。火葬場の建物は、何事もなかったかの如く、闇の広っぱの真中に、鎮まり返っていた。

死骸の変装手術

火葬場から一町程隔たった林の蔭に、ヘッドライトを消した一台の自動車が停っていた。自動車の側に蠢く人影は畔柳博士と平田青年である。彼等は地面に据えた白木の棺を間に挟んで何事かボソボソと話し合っている。

「この死骸を、一体全体どうしようって云うんですヱ、僕はあんたの命令のままに仕事をしたばかりで、本当の目的を知らないんですが」平田が尋ねた。

「オヤオヤ、君にはまだ分らないのかね」

博士は呆《あき》れた調子である。

「そうじゃないかとは思うんだけれど、先生が急にそんな臆病者《おくびょうもの》になっちゃったというのはおかしいですからね」

「臆病者だって、君は何か勘違いをしている様だぜ。云ってごらん、君の考えを」

「死んじまうんでしょう。自殺するんでしょう。つまり、そうして永久に助かろうって寸法なんでしょう」

「馬鹿だな。だから君はただの悪党にすぎないのだよ。君には俺の気持が通じてないんだね。成程明智小五郎という男は、一寸ばかり利口な奴さ。だが、邪魔っけな丈けだ。俺は怖がってやしない。あいつが怖い為に自殺を装って逃出したりしやしない」

「すると、この死骸は何に使うのですエ」

「無論俺の死骸の代理を勤めさせるのさ。だが、俺はそうして置て逃出そうと云うのじゃない。そこが肝腎な点だよ。いいかね、君はただの泥棒だ。ただの人殺しだ。ところが、俺はそうじゃないんだ。君は芸術っていう言葉が分るかね。殺人というものが、どんな芸術にもました芸術だという気持が分るかね。俺はあこがれを持っているんだ。大望《たいもう》を抱《いだ》いているのだ。もっともっとすばらしく美しい芸術作品が作り上げ度いのだ」

「いつかの話の、四十九人の娘……」

「そう。それでやや俺のあこがれていたものが実現されると思うのだよ。俺は今着々その方の準備を進めている。俺はこの創作に地位と財産と命をかけているのだ。馬鹿者共は笑うだろう。だが、俺はそれを為す為に生れて来た男なんだ。ところへ、明智というおせっかいが現われて、警察のお手伝いを始めた。実に邪魔っけだ。あいつと戦うことは敢《あえ》て辞せんが、俺にはもっと大切な仕事がある。そんなことにかかり合ってはいられない。そこでつまり俺自身を殺してしまって、一先ず相手を安心させてやろうと思立った訳なんだよ」

ませんか」

「だが、まだ分らないことがあります。この棺の蓋を開いて見てもいいですか」

「いいとも、実はここで開く必要があるのだから」

平田は自動車修繕用の道具を使って棺の蓋をこじ開け、懐中電燈片手にその中を覗き込んだ。

「アア、全体の感じは可成《かなり》似ていますね。だが顔が、いくら死顔だって、これが畔柳博士で通るでしょうか。波越警部にしろ、野崎にしろ、すぐ見破ってしまいますぜ」

「だからね、少し荒療治《あらりょうじ》をしなくちゃならないのだ。君は勇気があるかね」

「勇気って？」

平田は何かしらビクリとして、闇の中の博士の顔を振返った。

「その場所は、いずれあとで話すがね、ある場所へ自動車でこの棺桶を運んで行って、そこへ死骸丈けを放り出して帰って貰い度いのだ。それは明日なんだよ。だが、このままじゃいけない。代理が代理にならないからね。つまり代理が勤まる様に手を加えるのだ」

「というのは？」

「この死骸の相好《そうごう》を変えてしまうのさ。顔丈けじゃない。僕のこの脇腹の傷跡に相当する箇所も手を加えなければならない。君に出来るかね」

「ワッ、そいつは御免です。僕はあんたと違うんだから、そんな趣味は持合せませんよ」

小悪魔《しょう》は流石に震え上ってしまった。彼は利益と小悪魔的犯罪虚栄心の為に、博士に荷担していたが、博士の残虐性はなかった。血みどろな殺人芸術の三昧境《さんまいきょう》を解しなかった。

「だからここで開いて見る必要があったのだ。君が出来なけりゃ、俺がやって見せてやる。そんなに震えることはないよ。チョッピリ変てこな味がするばかりだ」

已に強直して、変な形にほしかたまった死骸が、雑草の上に投げ出された。彼は懐中電燈の丸い光の中に、不細工極まる、みじめな人形の様に転がっていた。

博士は何かゴソゴソと暗闇の中を探し廻っていたが、やがて、楔形《くさびがた》の石塊《いしころ》を摑んだ博士の手先が、おびやかす様に、電燈の光の中に現われた。それがはずみを作って上下に二三度震えたかと思うと、恐ろしい勢で、グシャッと、死体の顔に叩き込まれた。

二　老人

お話は変って、新宿《しんじゅく》から二時間足らずの行程、奥多摩《おくたま》に上る青梅鉄道の沿線にHというささやかな村がある。多摩川上流の渓谷に望み、水の音、青葉の風にめぐまれ、都近くには珍らしい山里めいた土地である。

その村はずれに、柊《ひいらぎ》の低い生垣を囲らした、古風な藁葺《わらぶき》の一軒家がある。主は品のいい老人で、飯たきの婆さんと二人住い、お茶や花作りに呑気な余生を送っているらしく見える。

そこへ、四五日前、都から美しい娘さんが引越して来た。老人の娘ではない。そうかと云ってみだらなお伽《とぎ》の女でもない。知合いのお嬢さんが避暑旁々《かたがた》遊びに来ているといった体《てい》である。

裏の畑を越して半町も行くと、突然深い谷になって、数丈の下を多摩川の清流が、岩に激して流れている。その音は静かな村の端々までも、百千の蟬《せみ》しぐれの様に絶間なく響き渡っているのだ。目の下の谷の青葉隠れに、ほがらかな鳥の声も聞える。

娘さんは朝早くなど、その断崖の端に立って、村人の耳には珍らしい西洋の歌を、声高らかに歌っていることがある。声は谷にこだまして、逢か向う側の青葉の蔭へ、のどかに消えて行く。

さして出歩く訳ではないけれど、狭い村のことだから、都の娘さんは忽《たちま》ち噂の種になった

「あの女、活動女優の富士洋子にソックリだね。若しかしたら、そうなんじゃあるまいか」

近くの停車場の若い駅員が、第一にそこへ気附いた。

「富士洋子って云えば、あの蜘蛛男に狙われている」

山里にも、蜘蛛男の恐怖は伝わっていた。

「そうだよ。蜘蛛男が怖さに、こんな所へ逃げているのかも知れないよ」

この想像は、ソックリそのまま当っていた。噂の種の娘さんこそ、富士洋子なのだ。撮影所長のK氏は執念深い蜘蛛男の魔手を恐れ、H村に隠棲《いんせい》する同氏の親族の老人に頼んで、彼女をかくまって貰うことにしたのだ。

無論なるべく人目に触れぬ様注意はしている。預り主の老人などはやかましくそれを云うのだけれど、活気に満ちた若い娘だ。殊にはあの蜘蛛男に手を負わせた程の勝気ものだ。そうそうとじこもっていられるものではない。ほの暗い朝まだきなど、つい谷川に歌って見たくもなるであろう。そうでなくても、夏のことだから、通りがかりの村人が開けっぱなしの窓越しに、見なれぬ美しい娘さんを注意しない筈はないのだ。

危い危い。若しやこの隠れがを蜘蛛男が悟る様なことになりはしないだろうか。都と違って、警察力も乏しい上、頼るは無力な老人と飯たき婆さんのたった二人だ。急の間に合う程、手近に人家がある訳でもない。

K撮影所長は、波越氏や明智小五郎にも相談の上、斯様《かよう》に計らったということだが、彼等は揃いも揃って、何という向う見ずな方法を選んだものであろう。

ある早朝のこと、それは前章の火葬場に怪事の行われた翌々日に当るのだが、早起きの老人が縁側に腰をおろして、床机《しょうぎ》に並べた鉢植の朝顔を眺めている所へ、生垣の外から声をかける者があった。

「見事に咲きましたなあ。立派なもんだなあ」

見ると、生垣越しに田舎親爺の半身が覗込んでいた。見知らぬ顔だけれど、多分この村のどこかの百姓家の隠居であろう。洗ざらしの細《こま》い白の木綿絣を着て、真黒に汚れた自然木の杖にすがっている。腰の曲った割には頭はまだごま塩で、顔中同じごま塩の髭が生え、小さな老眼鏡の奥に、目やにだらけの細い目がしばたたいている。

「ヤア、朝起きるとこれを眺めるのが楽しみでしてね」

老主人がにこやかに答えた。こちらは白髪白髯、その純白の顎髭が胸に垂れて、田舎親爺とは比べものにならぬ程品がいい。

「わしも朝顔が好きでね」田舎親爺は話好きだ。「毎年咲かしておりますが、とてもこちら様とは比べものにならねえ。その向うの端の変り咲きの大輪などは、全く見事ですね。丹誠が大抵じゃありますまい」

「ハハハハハハ、あんたもお好きらしいな。何ならこっちへ這入って見て下さい。今朝は格別よく咲きましたわい」

「目がうとくてね。それじゃ、側でハッキリ見せて貰いましょうかね」

田舎親爺は誘いに応じて、遠慮なく庭の中へ這入って来た。

「マアここへお掛けなさい。今お茶でも入れますから」

老主人が縁側の座を分ってくれた所へ、田舎親爺はヤッコラサと腰をおろした。

それから暫くの間朝顔の論が尽きなかった。双方仲々玄人《くろうと》で、玄人丈けに話の種も多い。

床机に並べた鉢植丈けでは満足が出来ず、庭を、グルッと一巡して、蕾《つぼみ》の鉢まで丹念に見て廻った。

「アア、若《も》し若し、これはあなたのじゃありませんかね。ここに落ちていましたが」

その時は両人の間が大分隔っていたので、老主人は大きな声で云った。それは非常に大型な昔物の羅紗《らしゃ》の紙入《かみいれ》であった。

「ヤ、これは、これは」

田舎爺さんはそれを見ると、何故か慌てて駆けよって、主人の手から奪う様に取戻した。

「ハハハハハハ、よっぽどお大切《だいじ》と見えますね。仲々重い様じゃありませんか」

「イヤ、イヤ、下らねえもんが這入ってるので、銀貨やなんかだといいだが、ワハハハハハハハ」

彼は極《きま》り悪《わ》る相《そう》にごまかしてしまった。

二人は又元の縁側に腰をおろした。

「御家内は？　お子供衆と御一緒かね」

田舎親爺が尋ねた。

「隠居の独り住いですよ。アアあれですかい」

奥の方の部屋から蚊帳《かや》の端が少し見えていた。相手がその方をチラと見たので、老人は云い足した。

「あれは東京から客が来ているのですよ。親戚の娘ですが、御覧の通り若い者はどうも朝寝坊で困りますよ。ハハハハハハ、どれ、お茶でも淹れましょうか。あいにく飯たき婆さんが、昨夜から嫁の家に取込みがあって帰ってますので、火を起すのも自分でしなけりゃなりません」

「それには及ばねえだ。わしはもうおいとましますから」

「ナーニ、どうせ私もお茶がほしいのだから、構わなかったら、もっと遊んで行って下さい」

すると、この無遠慮な田舎親爺は、やっぱりお茶の振舞に預る積りと見え、腰をおちつけたので、老主人は庭を廻って台所の方へ姿を消した。

主人の姿が見えなくなると、田舎親爺め暫くキョロキョロあたりを見廻していたが、何を思ったのか、ソッと縁側に上って、膝と手で四ん這いになって、ソロリソロリ奥の間の蚊帳の方へ近づいて行く。蚊帳の中には富士洋子が眠っているのだ。一体全体どうしようと云うのだろう。この親爺手癖でも悪いのか。それとももっと別の目的があるのか。

物音を立てぬ様に注意しながら、やっとその襖の側へたどりつくと、親爺はニュッと鎌首を持上げて、襖の向うの蚊帳の中を覗き込んだ。洋子は無論何の気もつかず、スヤスヤと眠っている。それを、こちらはまるで鼠を狙う猫の格好で、じっと見つめている。

「気の毒だが、とうとう罠《わな》にかかりましたね」

突然の人声にギョッとして振向くと、いつの間に来たのか、彼のうしろに老主人が静かに立っていた。

「エ、何だって？」

田舎親爺はゴソゴソと縁側へ這い戻りながら、白を切って、隙があったら逃出そうと身構える。

「ハハハハハハ、駄目ですよ。こう見えても走りっこなら引けはとりませんからね」

二人は睨み合ったまま、いつか元の縁側へ並んで腰掛けていた。

「何を云ってるだね。わしは、ただ、ちょっと……」

「ただ一寸富士洋子の顔を確めに上ったのですか。ハハハハハハハ、もう来るか来るかと僕は君を待ち構えていたのですよ。富士洋子、何とすてきな囮《おとり》じゃありませんか。ネエ、畔柳博士」

一瞬間燃える様な四つの眼が、互の腹の底まで見すかそうとして、凝然《じっ》と睨み合った。

次の瞬間、老主人の右手がパッと飜《ひるが》えったかと思うと、田舎親爺のごま塩の鬘がすっ飛んで、顔中の無精髭がひんめくれてしまった。その下から現われた顔は、今までの百姓親爺とは似てもつかぬ、精悍無比の畔柳博士。

「流石の蜘蛛男も、――あなたのあだ名はたしか蜘蛛男とか云いましたね。――びっくりしていますね。君をまんまと一杯食わせたかと思うと、僕は迚も愉快ですよ。ワハハハハハハハ。ごめんなさい。つい嬉しいものですからね」

「すると、貴公は……」

「分りませんか」

「分っているさ。明智小五郎。ね、当ったろう。こんな芸当を目論むやつは、その男の、外にないんだ」

畔柳博士も去る者、もうこうなっては少しも騒がぬ。

「ヤ、お褒めに預って恐縮です。御推察の通りです。では」

と云いながら、老主人も変装の鬘や髯をはいで、素顔の明智小五郎になった。だが、その間、ほんの一刹那ではあったが、明智の側に隙があった。老獪《ろうかい》なる畔柳博士。何でその隙を見逃すものか、

「で、僕の方が一歩先んじた訳だね」

さっき庭で落した紙入れの中にはピストルが這入っていたのだ。彼は今明智に先んじてそれを取出す余裕があった。

「君、よく考えて見るがいい、この取組みは勝負にならないぜ。何故と云って、君は正常なる紳士だ。うっかり人殺しは出来ないし、又従来そんな経験も持っていない。ところが、俺の方は、人を殺す為に生れて来た様な男だ。分ったかね。このピストルはおどかしじゃない。本当にぶっ放すんだぜ。オッと、そいつはいけない。君の方でふところのピストル

を取出す内には、こっちの筒口が煙を吐くんだ。危いよ。危いよ」

アア、流石の明智小五郎も、この男にかかっては手も足も出ないのか、果して彼はこの闘争に敗れたのか。

一分、二分、三分、深讐綿々たる無言の睨み合いは、いつ果つべしとも見えなかった。兇賊服するか、名探偵敗れるか、両巨人は遂に咫尺《しせき》の間に相見《あいまみ》えたのである。

格闘

流石に畔柳博士は老獪だ。一寸の隙を見て、明智に先んじて懐中のピストルを取り出し、近寄れば撃つぞと身構えて、へらず口を叩き始めた。救いを求めようにも声の届く所に人家はない。しかもまだ薄暗い早朝のことだ。明智はもう手も足も出ない様に見えた。だが、彼、この窮地に陥って、どうしてあんな平気な顔をしているのだろう。

「ハハハハハ」明智は事もなげに笑い出して、「ピストルですか。それなら僕の方にもありますよ」

ともぞもぞふところへ手を入れる。危い、相手は已に引金に指をかけているではないか。

「やめろ」畔柳博士は、相手の無謀な振舞にびっくりして、烈しく叫んだ。「変な真似をするとぶっ放すぞ。貴公がピストルを出すのと、貴公のその広い額に穴があくのと、どっちが早いか。サア、身動きでもして見るがいい」

だが、明智はまるで相手の意味が飲み込めぬといった、呑気な調子で、

「早くぶっ放すがいいじゃありませんか。僕の方ではこのピストルを出すのを思止《おもいとどま》りなんかしないのだから」

云うまに彼の手がふところを離れ、銀色に光ったものが、チラッと覗いた。

と見ると、堪り兼ねた畔柳博士は、いきなりピストルの引金を引いた。だがどうしたことだ。カチッと云ったばかりで何の手答えもない。相手はもう自分のピストルを構えてニヤニヤ笑っている。

畔柳博士は、この思いがけぬ故障にゾッとした。

「さては何か企らんだな」と思うと、冷いものが腋の下をツーッと流れるのが分った。

彼はいらだって、二度三度四度、空しく引金を引いた。だが、煙も出なければ音もしない。ピストルは空っぽなのだ。

「ハハハハハ、分りましたか。先手を打ったのは君でなくて僕の方だということが」

明智はピストルを構えたまま笑っている。無論それを撃つ気はないのだ。

「畜生ッ」博士は醜く唇を歪めて罵《ののし》った。

「じゃ、さっき庭で紙入れを落した時……」

「やっと分りましたね。無論あの時、君が朝顔に気を取られている隙に弾丸《たま》を抜き取って

置いたのですよ。君は僕を、それ程の智恵もないぼんくらだと思っていたのですか」

彼はそう云いながら、左手で袂から、抜取った弾丸を出して、手の平の上で転がして見せた。

明智は後にも先にも、その時畔柳博士の浮べた様な、醜悪な何とも云えない恐ろしい表情を見たことがなかった。むき出した眼の縁が真黒になって、広い額には、皮膚病かと思われる程、静脈が節くれ立って、どす黒い唇が、傷ついた蚯蚓《みみず》みたいに、醜く脈うった。

「で、どうしようと云うのだ」

「僕があの縁側の隅にある縄を取る間、じっとしていればいいのです。若し身動きでもすれば、僕の方でもぶっ放しますからね」

「駄目だ。そんなことが出来るもんか。君が手を伸ばす隙に、君のピストルを叩き落す位造作はないぜ。ハハハハハ、明智君、その縄を取る勇気があるかね。君、怖くはないかね」

明智が縁側の隅に向って一歩さがると、畔柳博士の方でも、ジリリと一歩近づいて来た。相手は死にもの狂いだ。油断は出来ない。針の先程の油断が主客の位置を顚倒《てんとう》させまいものでもない。

だが、明智にとって仕合わせなことには、丁度その時、騒ぎに目を醒ました富士洋子が、奥の間から顔を見せた。

「洋子さん。早く、その縄を、縄を」

びっくりして立ちすくんでいる洋子に、明智が加勢を求めた。

忽ち事の仔細を悟ると、気丈の洋子は、縁側の隅へ走った。そこに丸めた細引《ほそびき》が置いてある。彼女はそれを取って差出す明智の左手へ渡そうとした。だが、彼女は今目醒めたばかりである。そこへこの騒ぎに心の平静を失っていた。手渡したと思ったのが、僅かの違いで、縄はバサッと地上に落ちた。

明智は慌《あわ》てて、身をかがめて、それを拾おうとしたが、そこに思わぬ隙が出来た。待構えていた畔柳博士の右足がパッと宙に飛んだかと思うと、明智のピストルが二三間向うの地上へ転がって行った。

「ワッ」

何とも云えぬ叫声がしたかと思うと、二人の男はとっ組み合って、烈しい勢で地上に倒れた。倒れた拍子に、博士が上になった。しかも、博士の右手は、明智の頸《くび》を摑んでいる。死にもの狂いの指先が、刻一刻、明智の喉に食い入って行く。

洋子は紫色にふくれ上った明智の顔を見た。断末魔の様に空を摑む両手を見た。もう猶《ゆう》予《よ》はならぬ。彼女ははだしで庭に飛降りて、ピストルの側へ走って行くと、それを拾取り、狙いを定めて、いきなり引金を引いた。

ひどい空気の震動、烈しい手答え、薄い煙を通して、畔柳博士の仰反《のけぞ》るのが見えた。

弾丸《たま》は狙いがそれて、きわどい所で、相手の足を撃ったのだ。

通り魔

戦いは済んだ。蜘蛛男は今こそ全く抵抗力を失って、手も足も、身動きも出来ぬ様に縛り上げられて、庭に転がっている。

洋子は自分の撃ったピストルで、眼前にうめいている男を、ボンヤリ眺めて立ちつくしていた。悪夢でも見ている様な、名状出来ない気持だった。

明智は縁側に腰かけて、別に激するでなく、いつに変らぬ叮嚀な言葉で、足元に転がっている、みじめな敗者に話しかけた。

「畔柳さん、これで僕と君との勝負はハッキリ型がついた訳ですね。僕の智恵が君に劣っていなかったことが確められた訳ですね。それでいいのですよ。僕と君との関係はチャンと清算が出来たのです。ただ残っているのは、君と社会との関係、つまり警察の領分に属する事柄です。実を云うと僕はそんな事には一向興味がない。君は御存知かどうですか。多くの場合、僕は犯人を捕えない方針なんです。犯人が逃亡しようとどうしようと、第三者に累《るい》を及ぼさない限り、僕は知らん顔をして、サッサと引上げる方針です。僕の仕事は探偵であって処罰ではないのですからね。併し、君の場合に限って、そうは行きません。

君は真からの悪魔なんだ。放って置けば、いくらだって、婦女誘拐や人殺しを続けて行くに極っている。君には、人間の心なんてないのだ。で、実にいやなことだけれど、僕は君が刑務所の檻の中へ納まってしまうまで、君を見張っている責任がある訳ですよ」

「分っている――弁解はいいから――早く巡査を呼び給え」

蜘蛛男は痛手に顔をしかめながら、とぎれとぎれに、さもうるさ相に答えた。

「洋子さん。あなた村の駐在所まで行ってくれますか。巡査を呼んで、序《つい》でにそこから警視庁の波越警部に電話で知らせて欲しいのですが」

明智が声をかけると、ボンヤリ突立っていた洋子は、ハッと我に返って、「エエ、行って参りますわ」と答えて駆け出しそうにした。だが、その時、ある不安がチラと明智の頭をかすめた。

「ちょっと、洋子さん」

彼は洋子を呼止めて置いて、畔柳博士の顔を、刺す様な目で見すえた。

「君、本当のことを云い給え。君の相棒の平田は今どこにいるんだ」

「東京」

畔柳博士は、格闘の疲れと手傷の為に、口を利くのも大儀《たいぎ》らしい。

「東京？　うそを云い給え。君がその位の用意をしない男か。若し君が失敗した時には、第二段にあいつがいるんだ。そして、君の代りに洋子さんを誘拐する手筈なんだ」

明智は低い生垣越しに、その辺一帯の畑を見渡した。早朝のことで人影もない。だが、どこか畑の畝《うね》の蔭に、あのすばしっこい平田青年が、機会を狙って潜んでいる様な気がされて仕方がなかった。洋子を一人でやるのは危い。と云って、このままじっとしていた所で、淋しい一軒家のことだ、急に近くを通り合わす人があろうとも思えぬ。

「よろしい。ではこうしましょう。洋子さん。あなたね、少しの我慢ですから、このピストルをこの男の額に当てがって、ここでじっと番をしているのです、ちっとも怖いことはありません。身動きも出来ない様に縛ってあるんだから。それに足の傷で弱っているのだし。……そしてね、若し誰か、こいつの相棒でもやって来て、あなたの身が危い様だったら、構わない、ピストルをこいつの額へ射込むのです。分りましたか」

明智はそれ以上用心の仕様はないと思った。洋子は相手を恐れるというよりは、寧ろむごたらしい手傷を負わした自分の行為を悔《くや》んでいた程だから、さして怖がることもなく、明智の指図に従った。

明智が大急ぎで駐在所へと走り去ったあとには、傷ついた悪魔と、その悪魔が餌食《えじき》と狙った小娘とが、主客顚倒した、不思議な状態で取残された。

ところが、ここに非常に変てこなことが起った。明智の不在は十五分程であったが、その十五分の間に、全くあり相もない様なことが起った。常識では判断も出来ない事柄だ。それが事実起ったのだ。

朝露にしめった土の上に、泥にまみれて、麻縄でグルグル巻きにされた畔柳博士が、まるで細長い何かの荷物みたいに転がっていた。そのみじめな有様は、畔柳博士などといういかめしい名で呼ぶのも滑稽な程であった。

ふくら脛《はぎ》に黒い穴があいて、そこからふき出す血のりが、膝から下に無数の川を描いて、まだダクダクと流れていた。骨をくだいた訳ではなく、大した傷ではなかったけれど、見た所如何にも無残で、痛みも烈しいのか、彼は絶えず顔をしかめて、低くうめいていた。

洋子は、云われた通り、ピストルの筒口を相手の額にあてて、そこにしゃがんでいたが、自分のつけた傷口から、ダクダク流れ出す血潮を見ながら、手当てをしてやることも出来ず、じっとそれを眺めていなければならないのは、気丈と云っても、やっぱり女の彼女には、たえ難い苦痛であった。

一度は短刀で腹部を、一度はピストルで足を、考えて見ると彼女は二度もこの男にひどい手傷を負わせている。そして、彼女の方では、あんなにも執念深く追い廻されながら、肉体的には、手傷は勿論、この男のもう一つの目的であった所のものをも、まだ奪われてはいないのだ。つまり誠に変なことだけれど、洋子の場合では、ひどい目に会ったのは餌食と狙われた彼女ではなくて、却って狙った方の畔柳博士であったのだ。

しかも彼は今、だらしなく彼女の前に横たわっている。生かすも殺すも彼女の思うがまま、ただピストルの引金にかけた指に、一寸力を入れさえすれば、この稀代の兇賊、日本中の人がおじ恐れた大悪魔が、吹出したい程お手軽に、コロリと参ってしまうのだ。

いや、引金に手をかけるまでもない。こうして逃がさぬ様に見張りをしていさえすれば十分か二十分もたてば、この男は巡査の手に渡る。そして、彼の前途には恐ろしい未決監と首つり台が待っているのだ。

この全く想像外な主客顚倒が、洋子に不思議な感じを与えた。彼女を笑わせた。だが、しまいには、一種名状出来ない、悲愁《ひしゅう》とも恐怖ともつかぬ、困惑状態が彼女に来た。

彼女はじっとしていられない焦燥を感じた。一秒一秒と時の経過して行くのが恐ろしくさえ思われた。

悪魔は死んだように黙り込んでいた。彼の身体中で生きているのは、ただ足の傷口から吹き出す血潮丈けの様な気がした。

洋子は耐られなくなって、ピストルを帯の前にはさむと、袂から新しいハンカチを取出し、博士の足の方へ廻って、手早く傷口をしばって、そのむごたらしい有様が見えない様にした。

悪漢は、足に洋子の手触りを感じた時、ビクッと身体を動かした。そして、繃帯が済むと、低い声で、「有難う」と礼を云った。

「あなた、早く逃げて下さい。どっかへ行っちまって下さい」

突然、思いがけぬ言葉が、洋子の口をついて出た。彼女は早口に、ヒステリカルに、同じことを二三度繰返した。だが、彼女自身、その言葉の本当の意味を悟っていない様に見えた。

「僕はもう逃げたくない。あんたはどんな積りでそんなことを云い出したのか知らないが」

博士は物憂い調子で答えた。

それを聞くと洋子はいきなり、博士の身体に飛びついて、厳重な縄目をほどきにかかった。

「あんた気が違ったのか。それとも僕が夢を見ているのか」

博士は縄をとかれながら、びっくりして呟いた。

すっかり自由の身になっても、彼は急に起上ろうともしなかった。そして、いぶかしげにまじまじと洋子の顔を見上げていた。

「早く、お巡りさんが来ない内に、どっかへ逃げて。そして、二度と私にあなたの姿を見せないで下さい。早く早く」

洋子が足ぶみしてせき立てる。

それを聞くと博士は、半身を起して、ニヤニヤと笑った。

「では、逃げることにしましょう。併し一人ではいやだ」

「え？」

「君と二人連れでなければ、いやだという意味です」

彼は悪魔の性根《しょうね》を現わして、ふてぶてしく云いながら、ニュッと立上った。何が彼女をそうさせたかは分らぬ。だが、彼はこのヒステリー娘の気まぐれに、二倍の値打ちをつけてやろうと、咄嗟に思定めたのだ。

洋子は、ハッと悪夢から醒めた様に狼狽した。だが、もうおそかった。右手は已に博士にしびれる程握りしめられていた。頼みのピストルもいつしか博士の掌中にあった。

奇怪な情死

洋子は畑のあぜ道を、グングン博士に引ぱられて歩いていた。この殺人魔は、何か磁力といった様なものを備えていたのか、力が及ばぬという丈けではなく、もっと微妙なものが、洋子を全く無抵抗にした。

博士は、一体全体どこへ逃げるつもりか、半町程向うの断崖に向って、つき進んで行った。断崖の下には多摩川の激流がある。

瞬く間に崖際に達した。もう道はない。前は幾丈の谷だ。

畔柳博士の蜘蛛男は、切立った断崖の一二尺手前に立止った。洋子も立止った。だが彼女は博士のこの奇妙な行動をいぶかる余裕さえなく、空ろな心で、一杯に開いた眼で、博士の顔を見つめていた。

「分りますか」

博士が、物優しく云った。

「これが僕の最初からの計画だったのですよ。つい中途で邪魔が這入って手間取ったけれど、結局計画通りに運んだというものです。僕と君と、今、ここから飛び込むのです。嬉しいと思いませんか。つまり心中をするのですよ」

洋子は上の空でそれを聞いていた。無論意味など分らなんだ。ただ、何とも云えぬ本能的な恐怖が、真底からこみ上げて来るのを感じた。

「君がなぜ僕の縄目を解いてくれたか。それは君が心の奥で僕を愛しているからです。君自身でも分らない君の心が僕を愛していたからです。君の上べの心は僕を憎み恐れたかも知れない。だが、本当の心は、それ故に却って強く僕に惹かれていたのです。ここで二人が情死を企てるのは少しも不合理な事ではありませんよ」

博士が不思議なことを云った。だが、洋子にはそれが全くうそでもない様に感じられた。

博士は洋子の手を取ったまま、崖際に繁茂している灌木の茂みをくぐって、一段低くなった狭い地面へ降りた。それは崖から突きでた岩で出来た棚のような場所であった。それから下はもう何の障害物もなく、谷底まで垂直の断崖になっている。

そこは茂みの蔭で薄暗くなっていたが、その隅に横たわっている異様な物体が見分けられぬ程ではなかった。

洋子は一目それを見ると、余りの恐ろしさに、悲鳴を上げて後戻りをしようとした。併し博士の指が、膠《にかわ》の様に彼女の手首に喰い入っていて、身体の自由が利かなんだ。

そこには背恰好から着物から、蜘蛛男と寸分違わぬ奴が、グッタリと横たわっていた。ただ、その男には頭はあるけれど顔がない。目も鼻も口も、一面どす黒くグジャグジャにくずれているのだ。(申すまでもなく、この死体は例の火葬場から盗み出したのを、前夜の内に平田青年が運んで置いたものに相違ない)

「サア、ここに僕の分身がいます。君と心中しようというのは、この分身の方なのです。僕の様な悪党になると、命も身体も一つ切りではないのですよ。ごらんなさい。この男と僕とどこが違っています。顔？　顔は僕のだってつぶせばこの通りになりますよ。それから君にやられた腹部の刀傷もちゃんとある。足の弾丸傷も、ソラこうして。……」

博士は云いながら、さっき洋子から奪ったピストルで、いきなり死人の足を撃った。

「ね、これでもう一分一厘僕と違った所はない訳です」

悪魔のギラギラと光る眼が、立すくむ洋子を見つめた。洋子はジリジリと手首の力が加わって行くのを、同時に手首と共に彼女の全身が、抵抗し難い強力で、相手の方へ引寄せられて行くのを感じた。

彼女はどうすることも出来なんだ。最もいまわしく、最も恐ろしい悪夢の中での様に、肉体は全く云うことを聞かぬ。心ばかりで、いらだたしく、もがき苦しむのであった。

……………………………………………………………………

それから十日程もたってから、やっと、この不思議な情死者達の死体が発見された。かくも発見をおくらせた理由は、死体の落ちていた場所が人も通らぬ崖下の、しかも岩と岩との裂目で、その上に木の枝などが覆いかぶさって、上から覗いたのでは、死人達の着物の端さえ見えなかったからである。

発見者は釣好きな一人の村人で、ある日彼は急流の魚を釣る為に、大迂回をして、遠くの方から谷底に降り、そこの崖下を通りかかって、ふと岩の裂目を覗いたのである。そこには、男女二つの肉塊が重なり合って、腐りただれて、岩の裂目に食い入っていた。検視の結果、男は畔柳博士の蜘蛛男、女は富士洋子であることが分った。男の懐中に左の様な遺書《かきおき》があった。

この死は警察と明智小五郎に降伏したことを意味する訳ではない。余《よ》は今この最後の一瞬間に於てすら彼等を軽蔑し嘲笑しているのだ。余は勝った。あらゆるものを得た。物慾も名声も、そして最後にこの類なき恋人をさえ。彼女は今心より余を慕い（卿等《けいら》は如何に驚くことであろう）余と相抱いてこの美《うる》わしき自然のふところに、永遠に眠ることを希《ねが》っている。

この道連れ、この墳墓《ふんぼ》、勝利に満ち足りた歓喜の中に、余は甘く美しき死の国に赴《おもむ》かんとするのだ。

死体は両方とも已に皮膚がくずれて、顔型さえ分らなくなっていた。殊に蜘蛛男の方は、墜落した時、岩角で打ったと見えて、顔面がめちゃめちゃに傷ついていた。人々はこの思いもかけぬ急激なカタストロフィに、ややあっけにとられながらも、安堵を感じた。殊に警察の首脳者達は、ホッと肩の重荷を卸した気持であった。

警視庁内でも、一部では、あの兇賊が、そんなに易々と死んでしまう筈がないという、奇妙な疑いを抱くものがないでもなかった。だが、H村内は勿論、どこにも似寄りの行方不明者はなかったし、東京の大学の解剖教室や施療病院や、その他死体を取扱う場所は一通り取調べたけれど、何等疑うべき点もなく、それに日がたっても、一向蜘蛛男らしい手口の犯罪が起らぬので、やっぱりあれが蜘蛛男の最後だったのかということに落着した。まだ共犯者平田東一の逮捕が残っていたけれど、親分の蜘蛛男が死んでしまった今、彼の存在なぞ大した問題ではなかった。

明智小五郎がこの意外な犯人の自殺についてどんな考えを抱いていたかは、誰にも、波越警部にさえ分らなんだ。

彼は口ではその死体が蜘蛛男に相違ない、と云っていた。又新聞記者などには、兇賊の突然の死について、彼の不可思議な心理状態について、古来の有名な犯罪者の例を引いたりして、肯定的な説明を与えていた程である。だが、彼がそんなことをしたのは一つの偽瞞に過ぎないので、心ではもっと別のことを考えていなかったとは云えないのだ。

　波越警部が最後に明智小五郎と逢ったのは、蜘蛛男の死体発見の三日後であったが、それ以来、誰も彼の消息を知るものがない。(彼はH村の失策を恥じて姿を見せないのだという者さえあった) 蜘蛛男の死と明智小五郎の行方不明とが相継いで起ったのだ。犯人と探偵とが殆ど同時にこの世から姿を消してしまった形である。

　波越警部は、そこに何か特別の意味があるのではないかと疑った。というのは、彼等が最後に話し合った時、明智が妙なことを云ったのを記憶していたからだ。

　その時、何かのはずみに、明智はポケットから一枚の紙片《かみぎ》れを出して警部に見せた。それには鉛筆で『浅草区S町……番地、福山鶴松《ふくやまつるまつ》』と記してあった。

「この紙片れは畔柳博士の机の上のメモの中からちぎって来たのです。博士が洋子の為に短刀でやられて寝ている間に書いたと想像すべき理由があります。で、この福山鶴松というのは、あなたも多分御承知でしょう。花屋敷なんかの生人形を一手で引受けている有名な人形師です。あの男がなぜ人形師なんかの所を控えて置いたか。これは非常に興味ある事実ですよ。何だか途方もないことが起り相な気がするのです。ねえ波越さん。あなたはそうお思いになりませんか」

明智はそんな風に云った。だが、丁度その時他に来客があってその会話は中断され、ついそのままになってしまった。波越氏は本人の蜘蛛男が死んでしまった今になって、メモに何が書いてあろうと問題にする程のことではないと、そのまま気にも留めないでいたが、あとになって考え直すと、その時の明智の言葉には存外深い意味があったのかも知れないのだ。

パノラマ人形

蜘蛛男の死体が発見されてから一月程たった十月初めのある日のこと、浅草区S町の人形師福山鶴松の店を訪れた一人の客があった。

合《あい》トンビの下に細い結城絣《ゆうきがすり》の一重物《ひとえもの》、塩瀬《しおせ》の一重羽織、白足袋《しろたび》にフェルト草履《ぞうり》という、少しいや味な興業師といった風体の四十がらみの男だ。服装は立派だが、この男焼けどでもしたのか、顔半面が赤はげの引《ひっ》つりになっていて、その上ひどい出っ歯に、一つ残らず金冠《きんかん》がしてあるので、ニヤリと笑った時など、ゾッとする程凄い人相になる。

御主人に御目にかかりたいと云って差出した名刺には、

鶴見遊園パノラマ館
園《その》田《だ》大《だい》造《ぞう》

と印刷してあった。

パノラマ館といえば定めし生人形の注文であろうと、早速座敷に招じて、主人の鶴松が面会すると、園田大造は次の様に来意を語った。

鶴見《つるみ》遊園に今度パノラマ館が出来る。園田はその経営者である。建物は已に外廻り丈けは出来上っている。これから内部の飾りつけを始めるのだが、それについて人形がほしい。使い古しのものを混ぜても構わないから今月一杯に間に合わせて貰い度い。

「で、ここに図面を作って来ましたから、大体こんな恰好《かっこう》に拵えて貰い度いのです」

園田はそう云って、図面を拡げた。そこには、四十九個の、夫々《それぞれ》違ったポーズの女の像が描いてあった。しかもそれが凡て全裸体又は半裸体のものばかりだ。

「四十九ですね。今月一杯は御無理ですよ。それにこんなにはだ<ruby>か<rt>ヽ</rt></ruby>が多くっちゃ猶更です」

人形師は思いがけぬ大注文に面喰って小首を傾けた。

「イヤ、有り合わせの古い首や手足に、胴体丈け作りつけて下さればいいのです。少し位恰好が悪くても、薄暗いパノラマのことだから、ナアニ、構やしませんよ。兎も角四十九体揃いさえすりゃいいんです」

暫く押問答が続いたが、結局鶴松の方が説伏されて、ホンの間に合わせものでよければということで、注文を受けることになった。即座に見積りは出来ないので、大体の見当を尋ねて、園田はその半額の小切手を書いた。

「裏に人形の工場《こうば》がある様ですね。一度拝見したいものだね」

商談が済んでしまうと、園田はふと心附いてそんなことを云った。

「工場という程のものではありませんが、どうか御覧下さいまし」

鶴松は大注文の主を歓待する意味で、早速承知して、先に立って工場を案内した。

汚いバラック建の板の間で、数人の職人が仕事をしていた。一方の土間では小僧達が、立並んだぬっぺらぼうの土の首へ、黄色い塗料を塗っていた。職人のあるものは人形の首のお化粧をしたり隈《くま》を入れたりしている。一方では毛髪を植えているかと思うと、一方ではガラスの眼玉を入れている。板の間には、赤いのや青ざめたのや、色々な首が、ゴロゴロ転がっている。そうかと思うと、一方の壁には、白っぽい人間の生腕が、指を拡げたり、空《くう》を掴んだりして、十本も二十本も、まるで大根かなんぞの様に、ズラリと掛け並べてある。

　園田大造はその間を、面白そうに見て廻った。

「ヒャア、こいつは凄いね。眼玉ばかりの人間の首というものは」

　そこにはまだ彩色をしない、頭髪も眉もなんにもない、石膏細工みたいに、真白な人形の首に、目玉丈けが出来上って、その黒い瞳が生々と園田の方を見上げていた。

　だが、ここで人形工場の描写をしようというのではないのだ。人形ではなくて、人間に、その工場に働いていた一人の職工の異様な挙動に、読者の注意をうながし度いのだ。

　その時園田大造は人形の方に気を奪われていて、それを作っている職人達には一向目をとめなかったので、無論彼も気づかなんだけれど、工場の一隅で塗料を調合していた、四十位のせのヒョロ長い職人が、園田の姿を一目見ると、ハッとした様に調合の手を休めて、相手の顔の赤はげになっていない方の半面を、穴のあく程見つめたのだ。

　暫く見つめていたが、やがて何事をか確めた様子で、その職工は、相手に見つけられるのを恐れるかの如く、顔を伏せた。園田が彼の近くを通り過ぎた時など、塗料の調合に熱中すると見せかけて、猫背の様に背中を丸くしていた。

　園田が帰ってしまうと、彼はノコノコ工場を出て、主人の鶴松の所へやって行って、

「今の男は何をしに来たのです」と聞き訊《ただ》した。

「あれですかい。お客様です。鶴見遊園のパノラマ館の大将でね。今月一杯に女のはだか

人形を四十九体という注文でさあ」

これは奇妙、主人の鶴松が、職人のこの男に、目上の様な口の利き方をしている。職人は根掘り葉掘り、園田のことを尋ねて、彼が書いたという小切手まで見せて貰った。

「ヤ、有難う。併し、何でもありません。私の思違いでした。有難う有難う」

職人は、一向職人らしくない口調で、何か馬鹿に嬉し相に、しきりと「有難う」を連発して、工場の方へ帰って行った。

主人の鶴松は何が何だか分らず、妙な顔をしてこの新米職人を見送った。彼はその職人に給料を支払う代りに、却って職人の方から莫大な礼金を貰っていた。本名も知っていたし、彼が決して人形製造を覚える為に工場に通っているのでないことも承知していた。だが、この職人紳士の真の目的が何であるかということは、彼は少しも知らなかったのだ。

蠢く触手

それから又約一ヶ月の後、十月末のある夕方のこと、E女学校（仏蘭西《フランス》語を正課とする有名な女学校）四年級の和田登志子《わだとしこ》という美しい娘さんが、神宮外苑の広々としたうねり道を、たった一人で歩いていた。青年会館で催された、ある音楽会を聴いての帰り道なのだ。友達と一緒だったけれど、帰宅の方角が違うので、会館の前で別れて、この夕闇の物淋しい公園を、一人ぼっちで歩いていたのだ。

若し二ヶ月以前であったら、彼女は決してこんな一人歩きはしなかったであろう。音楽会などへ行くことさえ差控えたかも知れないのだ。というのは、彼女の顔だちが、里見芳枝や里見絹枝や富士洋子などに、非常によく似ていたからで、つまり、彼女も蜘蛛男の噂に恐れ戦《おのの》いた、東京の娘さんの一人であったからである。

群集にはばまれて会館を出たのがおそかったのと、出てからも友達と二人で、まだ耳に残っている音楽の感激について語り合っていたりしたので、いざ帰途についた時には、外の聴衆達の姿はもうその辺には見えなかった。

ポツリポツリ立っている街燈が、段々目立って来るに従って、闇は急速に濃くなって行った。伸びやかな曲線で区切られた芝原の、まばらな木立が、街燈の光にその半面を照らされて、非常に奥深く見えた。

登志子は臆病者ではなかったけれど、でもやっぱり怖い様な気がして、胸のあたりが少し汗ばむ気持で、走る様にコツコツコツコツ歩いて行った。

省線の停車場はもう向うに見えていた。その辺のボーッと明るい電燈の光の手前に、行手の林が異形な黒影を浮べていた。歩くに従って、その黒影共が、グングン宙に昇って行く様に見えた。

ふと気がつくと、その木立の影の一つが、彼女の歩調の揺《ゆる》ぎとは違った動き方をしていた。彼女はこの不可解な現象にゾッとして立止った。立止ると同時に木立の影共は、ピッタリ動かなくなったが、その一つの影丈けは平気で動いていた。しかもそれが徐々に、彼女の方へ圧《お》し迫って来るのだ。

近づくに従って、何のことだ、それは非常に背の高い洋装の青年であることが分った。彼の頭の黒い影が木立に混って変な物に見えたのだ。

登志子は安堵して歩き出した。だが、間もなく、今度は気のせいでなく、もっと恐ろしいことが起った。というのは、そのヒョロ長い青年は、どうやら唯の通行人ではなく、その木影に彼女の来るのを待伏せてでもいた感じで、彼女の真正面から、ジリジリと迫って来るのだ。右によければ右に寄り、左によければ左に寄る。「オヤ、この人不良だな」と思うと、登志子は従来の経験から、強いて、平気を装い、相手を無視して、傍目《わきめ》もふらず、思う方角へ歩き続けた。だが、この青年はいつもの相手とは違って、そんな事位ではひるまない。流石に突当りはしなかったが、身をかわして擦れ違う時、彼はゾッとする程弱々しく、彼女の腕を指でついて、

「ちょっと」

と囁き声で云った。

登志子はどうしようかと思った。不仕合《ふしあわ》せとあたりに人通りもない。遠くまで聞える様な叫声を立てるのも余りだし、逃出した所で無駄なことは分っている。

「そんなに黙っているもんじゃありませんよ。何んでもないんです。ただね、ちょっとその辺までつき合って下さりゃいいんです」

青年はふてぶてしい調子で、圧《おさ》えつける様に云った。

「あたし、急ぎますから」

登志子はあるかなきかの声で、そう断って、歩き出そうとした。

「駄目ですよ、逃げようたって」

青年のねばっこい両手が、登志子の肩にかかった。

「アラ、何をなさるの」

登志子は一生懸命だった。

「何もしません。ただあなたに敬意を表するんです」

と云いながら、青年はいきなり、うしろから彼女を羽交締《はがいじめ》にして、彼の顔のそばへ持って行った。不思議にねばっこい抱擁《ほうよう》。男くさい熱い息。

「誰か来てエ」

登志子はとうとう悲鳴を上げた。

と、その悲鳴と殆ど同時に、

「馬鹿野郎！」

と叫ぶ、力強い男の声が聞えた。そして、彼女がハッと振返った時には、何という早業、不良青年はもう地面に投出されていた。

救い主は、絣の着物に鳥打帽を冠った青年であったが、彼は相手を倒したばかりでは承知せず、いきなりその上に馬乗りになって、拳骨《げんこつ》をかためてポカポカとなぐりつけた。

「どうだ応えたか」

不良はぐうの音も出ない。抵抗もせずなぐられるままになっている。

「手答えのない奴だな。マアいい、今度丈けは許してやるから、どっかへ行っちまえ」

絣の青年が手を離すと、不良は素早く起上って、コソコソと闇の中へ姿を消してしまった。

「ひどい目に逢いましたね。この辺は不良が多いから、気をつけないと危いですよ」

絣の青年は登志子に向き直って、物優しく、しかし歯切れのよい調子で云った。それから、彼女が口の中で礼を云うのを聞流して、

「音楽会の帰りですか」

と尋ねた。登志子は、「エエ」と答える。

「僕もそうです。Sさんのヴィオリンはかかしたことがない位好きなんです。……じゃそこまで送って上げましょう。省線でしょう」

偶然にも登志子がやっぱりSさん崇拝者の一人だった。つまり、救われた感謝と、同好者としての好意とが重なって、彼女はこの青年に非常な親しみを覚《おぼえ》た訳である。

二人は肩を並べて停車場に向った。道々彼等は音楽について、尽きぬ会話を続けた。そしてすっかり仲よしになってしまった。明るい所に出ると、青年の服装が仲々上等で、着こなしのキチンとしていることや、強そうな太い腕や、好もしく快活な容貌などが、彼女の注意を惹いた。

電車を待つ間に、お互の住所や名前や学校などを名乗り合さえした。青年はR大学の漕艇部の選手で、最上子爵《もがみししやく》の嗣子《しし》であることなどが分った。

「僕は目黒《めぐろ》まで、あなたは池袋《いけぶくろ》だから、新宿まで一緒に乗れますね」

青年が云うと、登志子も残惜《のこりお》しげに、

「エエ、どうか」と答えた。

それから二時間ばかり後、目黒停車場近くの、とある小さなカフェの薄暗い隅っこに、二人の青年が額を寄せて、ヒソヒソ話をしていた。

「うまく行ったようだね」

ヒョロ長い洋服の青年が云った。さっき外苑の暗闇で登志子を襲った奴だ。

「これで先ず百両手に入れたも同然さ。今日までで都合三百両、悪くない仕事だね」

答えたのは、何と驚いたことには、つい今し方この不良をなぐりつけた、最上子爵の嗣子と称する例の絣の青年ではないか。何のことだ、あれはお芝居だったのか。

「古い手だがねえ。存外甘えもんだね。お嬢さんすっかり参っちまったじゃないか」

「フフン、そりゃ、俺だもの」

「オイオイ、鼻の穴をふくらますんじゃないよ。俺の身にもなってくれ。なぐられたり威張られたりじゃ立つ瀬もねえ」

「マア、云うな。商売じゃないか」

「ところで、どういう手筈なんだい。間違いはあるまいね」

「大丈夫。十一月三日のお休みに、俺の邸で音楽会が催されるのだ。その会へあのお嬢さんも出席する。俺が自動車で目黒の駅まで迎えに行くという寸法なんだ。十一月三日といえば、つまり例の当日だからね。万遺漏ない訳さ」

「ヘエ、よくそこまで話がついたね」

「何しろ子爵だからねえ。今時華族様が物を云うんだ。甘いものさね。では一つ、平田兄《けい》にこの吉報を知らせるとするかな」

最上と称する青年は席を立って、電話室へ這入って行った。

『平田兄』とは誰のことであろう。和田登志子が蜘蛛男の好みの女性であることなど思合わせると、どうやらそれは、かの蜘蛛男の相棒の平田東一を指すものらしいではないか。平田とすると、この二青年の古めかしいトリックも、その元は蜘蛛男畔柳博士の命令で、平田東一が仲間の不良共を狩り集めて、大掛りな婦女誘拐を企らんでいるのではあるまいか。

読者は記憶されるであろう。嘗て野崎青年が拾った東京地図に四十九個の目印が打ってあったことを。畔柳博士は、それが蜘蛛男の毒手にかかるべき殺人候補者の所を示すものだという暗示を与えている。按《おも》うに、最上と称する青年の悪企《わるだく》みは、この四十九人誘拐惨殺計画の一片鱗を現わしたものではあるまいか。四十九人、ああ四十九人と云えば、一ヶ月前人形師福山鶴松を訪ずれた、半面赤はげの不気味な人物も、やっぱり四十九体の女人形を注文している。この一致は偶然であろうか。若しやそこに、残虐飽《あ》くことを知らぬ蜘蛛男の、何かしら戦慄すべき悪計が潜んでいるのではないかしら。

又、最上青年は「十一月三日と云えば、例の当日だからね」と不思議な言葉を洩らしている。例の当日とはそもそも何を意味するのであろう。若しやその日こそ、怪物蜘蛛男の最後の大犯罪が、想像を絶した淫虐地獄が、この世に現われる日ではあるまいか。

非常誘拐

時を同じうして、市内の各所で、似よりの出来事が起った。恐らくは平田東一の彼等の間に有する勢力と、蜘蛛男の提供した多額の報酬に動かされたものであろう。俗に軟派《なんぱ》不良青年と云われている美貌の青年達が、異常な熱心さで、その事に従った。

手段は最上と自称する不良青年の場合と大同小異であった。芸術とか学識とか爵位とか男性的な体力などが誘引力として利用され、その上に極めて巧なお芝居（トリック）が用いられた。そして、誘惑された女性達は、例外なく『十一月三日』を期して、或は音楽会に、或は活動写真に、或は近郊への小旅行に、相手の不良青年と同行するという固い約束を結んでいた。アア『十一月三日』その日、この世のどこかの隅で、そもそも如何なる悪行が行われるのであろうか。

十一月二日が来た。だが、仮令平田配下の不良青年達の数が如何に多く、又彼等がどんなに美しく悪がしこくあったとしても、短時日の間に、五十人に近い女性を悉く誘惑することは不可能であった。十一月二日即ち明日は愈々例の『十一月三日』というその日になっても、まだ二十人近い娘さん達が手つかずに残っていた。

用意周到な蜘蛛男が、この事を予知しない筈はない。彼は最後に至って残る娘さん達を一挙にして手に入れる、非常の手段をちゃんと準備していた。

命令一下、平田青年は電話の秘密通信によって、配下の数十の不良青年共に、秘策を授けた。彼等は市内の十数ヶ所に手分けをして、夫々の部署についた。

だが彼等の『非常誘拐』の悉くをここに記述することは出来ぬ。作者は、その中のただ一例を記すに止める。読者は、この一例によって、他の凡てを推測することが出来るであろうから。

東京に住む人は、殆ど毎夜、消防自動車のあわただしいサイレンの音を聞いて、変だとも思わない。『江戸の華《はな》』以来の伝統が、彼等を火事に無神経にしてしまったのだ。芝《しば》に住む人も、麹町に住む人も、神田《かんだ》に住む人も、毎晩の様に火事の音を聞いている。つまり東京では、火災季節には、夜毎に数ヶ所乃至《ないし》十数ヶ所に小火災が起っている訳である。

十一月三日の夜も、それは火災季節というには少し早かったけれど、東京市内に、十数ヶ所の火災があった。火に慣れた東京人は、それを当り前の事の様に思って、別に疑いもせず、新聞も殆ど問題にしなかったが、この表面何でもない小火災の裏には、世にも恐るべき陰謀が隠されていた。後にその真相を聞知った市民は、悪魔のずば抜けた奸智に、あっと驚嘆の叫びを発しないではいられなかった。

その夜、十数ヶ所に殆ど同じ事柄が起ったのだ。それを一々記述するのは退屈だ。例えば牛込《うしごめ》区H町に起った一例によって、他の凡てを類推することが出来るのだから。で、牛込区の一例というのは……

その夜は少し風立った闇夜であったが、その闇を縫って、その風に吹かれた夜の怪鳥の様に、H町の黒板塀の辺りをさまよう人影があった。一人、二人、三人、それがコソコソと囁き合っては別れ、別れては又一ところに集る。

午前二時、巡廻の警官の靴音が遠ざかるのを待って、その内の一人が、ヒョイと、とある塵芥箱《ごみばこ》の蔭から姿を現わした。闇の色と同じ黒服を保護色にした青年である。彼はそこの黒板塀の一つの節穴に目を当てて、へっぴり腰になって、邸内を覗き始めた。

節穴の向側には、二間幅位の細い内庭があって、その奥に、板張りの母屋の側面が、黒く聳えている。窓に光もなく一体の闇だけれど、青年の目には、その板張りの根元に炭俵の立てかけてあるのが、うっすり見えているのだ。

青年はじっと、何かを待つものの様に耳をすます。と、程なく、その家の表の方からピーッと一声、口笛の音。続いて又少し違った方角から、同じ様な口笛。青年の待っていた合図だ。

彼はシュッと燐火《マッチ》をすった。小さく丸めた綿の様なものにその火を移した。片手が大きく輪を描くと、人魂みたいな青い光が、塀を越して、宙を飛んで、母屋の板張りに立てかけた炭俵様のものの上に落ちた。

青年が元の姿勢に帰って節穴から覗いていると、炭俵の上で蛍の様な幽かな光が、今にも消え相に燃えていたが、やがて、それがパッと赤い色に変った。俵の中の石油をしませた木屑《きくず》に火が移ったのだ。真赤な焰が、蛇の舌の様に、チョロチョロと母屋の板張りを嘗《な》め始めた。

二十分の後、その家の三方から、どす黒い煙と、鮮かな焰が闇の空に立昇った。どこからともなく、「火事だア」という物悲しい叫声が響いた。

三人の火つけ青年は、表門の所に一かたまりになって、そこの開くのを待構えていた。

家人はやっと目を覚ましたのか、ガタピシ戸を開く音、女達の悲鳴、門の引戸に人のぶつかる響、そして、往来へ転がり出した四人の男女。

「火事だア、火事だア」という悲痛の叫声、けたたましい犬の鳴声、突然鳴り出した滅多打ちの半鐘の音。

どの家もどの家も、表戸が開いて、飛び出す人々、何とも知れぬわめき声、荷物を運び出す物音、赤い焔を背景にして逃げまどう影法師の群、いつしか火元の家の門前は、ひどい混雑になっていた。

うろたえ惑った家人は、離れ離れになってしまった。父母の姿を見失った美しい娘さんは、たった一人、ブルブル震えながら、ただ何という事もなく赤い焔と、入り乱れる群衆を眺めて、立ちつくしていた。

三人の火つけ青年の一人が、その娘さんのうしろへ忍び寄ったかと思うと、びっくりする様な声でどなった。

「お嬢さん、危い。早く、早く、お父さんが呼んでいらっしゃる。こちらへおいでなさい」

彼はどなりながら、娘さんの手を取って、引ずる様にして一町程隔った町角へつれて行った。

そこに待構えた一台の自動車の運転台には、さっきの三人組の青年の二人が、運転手と助手といった恰好で納まっているのだ。何という無謀な手段であろう。彼等はたった一人の娘を誘拐する為に、何軒かの家が灰になるのを顧みていないのだ。このずば抜けた遣《や》り口《くち》、蜘蛛男でなくては考えもしなければ企ても及ばぬことである。

娘さんは、何を考える隙もなく、うっかり自動車の中へ押込まれてしまった。そして、車が十町も走る間、何事も気づかず、気づいた時には、彼女はもう猿轡をはめられて、救いを求めることもどうすることも出来なくなっていた。

この娘さんの容貌が、富士洋子、その他蜘蛛男につけ狙われた女達に酷似していたことは申すまでもない。

その夜、斯《か》くの如き放火と誘拐とが、東京市内の各区に亙って、十数ヶ所に於て行われた由《よし》は、先に述べた。蜘蛛男はか様にして、予定の四十九人の最後の一人までも、完全に手中のものとすることが出来たのである。

悪魔の美術館

一方鶴見遊園パノラマ館では、十一月一日の夜、人形の据付けその他の装飾を終り、二日、興行物として、その筋の検閲を受け、愈々四日には、画家、文学者、批評家、新聞記者等、知名の人々を数百人招待して、華やかな開館式を挙げる順序になっていた。

このパノラマ館開館式こそ、蜘蛛男の最後の虚栄心であった。彼は史上に比類なきこの美《うる》わしくも艶《なまめ》かしき大虐殺を以て、彼の悪行の幕を閉じ、彼の悪魔の生涯を飾ろうとしていた。

三日の深夜、正しくは、四日の早朝三時というに――平田東一の輩下の不良青年共によって、前述の放火と誘拐が行われた少し後の話である。園田大造は（彼が蜘蛛男の畔柳博士であったことは申すまでもない）たった一人で、パノラマ館の観覧席に腰かけて、彼自身の意匠《いしょう》になる館内の奇怪なる光景を、あかず眺め入っていた。

そこには、現実の空間を超越して、一つの全き世界が、視野の限りに広がっていた。現世に在《あ》ってしかも現世を忘却した、夢と丈け比べることの出来る、不可思議なる宇宙があった。

直径十五間程の円形の建物の内側に、張り囲らした継目《つぎめ》のないカンヴァスの壁、野外そのままの土の床、天井を隠した観覧席の張り出し屋根、その上方に装置された人工光源、この簡単なトリックが、建物の内部という観念を滅却《めっきゃく》して、そこに限り知らぬ曠野《こうや》の幻を現じていた。消えぬ蜃気楼《しんきろう》である。

この世界の大部分は、死の藍《あい》と血の紅《くれない》の光線の不気味なる交錯によって彩《いろど》られ、そこに生々しく痛ましき地獄絵がくり拡げられていた。腥《なまぐさ》い血の池地獄、沸き立つ熱湯地獄、針の山、剣《つるぎ》の山、無数の蛇の舌の様に、赤黒く燃え立つ業火《ごうか》の焔、そこに、数限りもない乙女の、藍色に血の気の失《う》せた裸体が、もがき蠢いているのだ。

謂わば青ざめた肉塊の山である。前方の四十九体は本物の生人形、後方の無数の裸女共は、毒々しい油絵、だが、パノラマの不思議なことは、その本物と絵との境がなくて、視野の限り打続く肉塊の群が、悉く本当の女亡者の様に、立体的で、ムズムズと蠢いてさえ見えるのだ。

真赤な寒天みたいにドロドロした血の池には、胴体のない人形の首が、鯉の様に大きく口を開いて、苦しい呼吸を続けていた。

剣の山にのたうち廻る裸女共は、藍色の肉体が亡者にそぐわず豊満で、滑かな人形の肌が、藍と紅の光にテラテラと輝いて、苦悶にねじ曲った姿体が、不思議にも艶かしく見えるのだ。

業火の焔に、さかさまに身を投入れた乙女等は、首と胸とが地中に隠れて、腰から下が、空ざまに躍り、焔と競って空にもがく無数の足、よじれる腿《もも》。

それらのありとあらゆる姿体の、藍色に光る肉塊が、芋虫の様にこね合って、目路《めじ》の限り打続き、末は黒雲の、闇の空へと溶け込んでいるのだ

何というまわしい光景であろう。悪魔の見世物だ。検閲官がよくもこの興行を許したものである。だが、それには興行主の悪賢いトリックが用意されていた。このパノラマの重点は、地獄の責苦そのものにあるのでなくて、それを救い給う、弥陀《みだ》の来迎《らいごう》にあるが如く見せかけられていたのだ。即ち、これは、弥陀の利益《りやく》を際立《きわだ》たせる為に、地獄の光景を添加した、寧ろ勧善懲悪《かんぜんちょうあく》の、地獄極楽の見世物であるというのが、主催者の巧《たくみ》な云い抜け

であった。

誠に、背景の空高く、紫の電光が紫雲《しうん》を棚引《たなび》かせ、金泥《きんでい》で描かれた三尊仏が、眩《まば》ゆく浮出し、同じ金泥の後光《ごこう》が、遥か剣の山、血の池の亡者共の肉塊の上に、降り注いでいるのだ。

蜘蛛男の園田大造は、彼自身の創り出した、この邪悪なる芸術に、恍惚《こうこつ》として見入っていたが、ふと気がつくと、いつの間にか、彼の背後の暗闇の中に、腹心の平田青年が立っていた。

「眺めても眺めても眺め飽きぬ体ですね」

平田が皮肉な微笑を含んで云った。

「俺は今、あの人形が本当の人間に代って、もがき苦しむ光景を想像していたのだ」

半面赤はげの園田大造は、神楽獅子《かぐらじし》の様な金歯を見せて答えた。

「それも遠いこっちゃない。もうすっかり用意は出来ていますよ。予定通り四十九人一人も欠けないで、ちゃんと暗室にとじこめて置きました。ここへ引っぱり出して、着物をはいで、人形と置き換えさえすればいいんです」

「娘達の様子はどうだね」

「手足を縛られて猿轡をはめられたんじゃ、どうにもあがき様がありませんや。暗室の中に、まるで荷物みたいに、重なり合って、ムズムズ動いているばかりです。あすこの戸を開けて、ここへ引ずり出しさえすりゃいいんですよ。抵抗なんか出来る奴は、一人だっていやしません」

「よしよし。それで万事手抜かりはない訳だね。で、君の方の準備は出来たのかね」

「エエ、それもすっかり。手伝ってくれた連中に支払いをして、残額が五千円程になりました。これで思う存分遊んで、半月もしたら、先生のあとから行きます。地獄で御目にかかりましょう」

「そんなことを云わないで、逃げたらどうだね。飛行機で支那へだって飛べるのだから。俺は君を道連れにしたくないよ」

「エエ、気が向いたらそうします」

「俺の様に、硫酸で顔を焼けば、東京にだっていられるのだし」

「エエ、それも気が向けばです。僕は明日のことを決めるのが嫌いなんです。どうにかなりますよ」

平田東一は誠に生れついての不良青年であった。

それから、人形の取かたづけが始まった。このパノラマ館には、入口のトンネルみたいな暗道の両側に、一つ宛《ずつ》、物置き様の空部屋がある。その一方には四十九人の犠牲者が押込められ、もう一つは、人形共を入れる為に取ってあったのだ。

平田青年は、最後の御手伝いを勤めた。園田と二人で大汗になって、パノラマ場から物置部屋へと、幾度となく往復した。

滑かな肌、艶かしき曲線、運びながらも、無心の人形とは思われぬ程、よく出来たのもあったけれど、多くは、乱暴に扱えば、コロリと首が落ちたり、手足がもげたりする、間に合わせものであった。中には、弁慶の様な大男の胴体に女の首をすげて、ダブダブの白衣を着せてごまかしたものなども混っていた。

「変だな。確かこの辺にまだ一体残っていた筈なんだが。先生いつの間に運んだのです」

平田は人形のなくなった、ガランとした場内を見廻して叫んだ。

「知らんよ。俺はそっちの方には手をつけないから」

「変だな。人形が一人で歩いて行く筈はないし、消えてしまったのかしら。何だか気味が悪いな」

平田は妙な顔をして、キョロキョロとその辺を見まわした。

蜘蛛男の園田大造も、平田の様子に誘われて、何かしらギョッとした。名状《めいじょう》し難《がた》い不安が、通魔の様に、彼の心を横切った。

「ハハハハハ」だが、彼は突然笑い出した。「おどかしちゃいけない。君の気のせいだよ。俺は今、あの部屋で、人形の数をしらべて来たばかりだ。ちゃんと四十九揃っていたよ。それは君の錯覚だ。こんなに薄暗いのだし、背景に同じ様な絵がうじゃうじゃしているものだから、ないものを、まだある様に思違えたのさ。何でもないよ」

園田は何《な》ぜかむきになって、クドクドと云った。それが、平田にというよりは、寧ろ彼自身に云い聞かせている様に聞えた。

「多分そうでしょう。ないものがある様に見えたのでしょう。だが、パノラマって気味の悪いものですね。僕達でさえ錯覚を起すんだから」

平田は臆病らしくあたりを見まわしながら云った。

「止そう。それはもういいんだ」蜘蛛男は、目に見えぬ何者かを、払いのける恰好をして、強いて快活に喋り出した。

「サア、これからだ。僕の可愛い四十九人が、人形の代りを勤める時が来たんだ。君、想像が出来るかね。俺は、あの娘達の着物をはいで、けだものの様に、鞭でここへ追い散らす。それから毒瓦斯《どくガス》だ。黄色い毒煙が生物みたいに地を這って、娘達に迫る。悲鳴が聞える様じゃないか。白い肉塊がのたうち廻るのだ。すばらしい断末魔のはだか踊りだ。そして、散々踊り狂ったあとで美しい娘さん達は、可哀相にこの地獄の背景にふさわしく、引きゆがみ、ねじれ曲った苦悶の表情で、或は血の池の汀《なぎさ》に、或は針の山の麓《ふもと》に、白い身体が青ざめて、紫色になって、ほし固ってしまうのだ」

彼は、口一杯の金歯をむき出して、悪魔の様に笑った。それが、パノラマの地獄絵に何と似合わしく見えたことか。悪事に慣れた不良青年の平田さえも、余りの不気味さに、ゾッと総毛立って、思わず眼をそらした程である。蜘蛛男は夢中で独言をつづける。

「それから、明日だ。明日の午後一時だ。俺の最後の芸術を観賞すべく、数百人の見物がやって来るのだ。しかも、それぞれ優れた批評眼を持つお歴々ばかりだ。彼等はこの驚くべき世界を見るのだ。この小さな建物の中に秘められた別の宇宙に旅をするのだ。そして、『邪悪の美』がどんなものであるかを、今こそ理解することが出来るのだ。俺はこの地獄の世界の説明者を勤めてやる。——ホラごらんなさい。この人形を。なんとよく出来ているじゃありませんか。この口、この手、この腿——そう云って、俺は娘達の唇をひんめくり、足を持ち上げ、皮膚をつまんで見せるのだ。次から次へと、四十九人の娘達を。——ホラ、ここにも、ホラ、ここにも——と云いながらね。アア、その時の見物達の、どぎもを抜かれた驚き顔が、目に見える様だ」

そして、蜘蛛男の化物の様な顔が、藍と紅の光の中で、さも愉快らしく、相好をくずして、地獄の笑いを笑うのであった。

探偵人形

パノラマ館は、遊園の一隅を区切って、別の出入口が設けられ、遊園に入場しない人でも、パノラマ丈けを見物することが出来る様になっていた。そして、この自由の出入口が、彼《か》のあまたの犠牲者を運び入れる秘密の通路ともなった訳である。

今、最後の別れを告げた平田青年も、この出入口から誰に見とがめられる心配もなく、いずこともなく、闇の中へ姿を消した。

蜘蛛男の園田大造は平田青年を見送ってしまうと、出入口の重い引戸をガラガラと閉めて、ピンと錠前を卸した。万一にも邪魔の這入らぬ用心である。かくして、閉め切った広いパノラマ館の中には、四十九人の犠牲者の外に、蜘蛛男たった一人となった。

彼は細い鞭を手にして、物置部屋に見せかけた、彼等の所謂暗室へ這入って行った。

暫くすると、次々と一人ずつ、よく似た顔の美しい娘達が、縄をとかれ、猿轡をはずされ、一糸も纏わぬ赤裸にむかれて、鋭い鞭の音と共に、暗室の外へつき出された。総計四十九人、ある者は今を限りと泣き叫び、あるものは、死人の様に倒れ伏し、あるものは烈しい敵意を以て蜘蛛男に摑みかかった。だが四十九人の力を以てしても、蜘蛛男の手にある一挺のピストルと、一本の鞭に刃向うことは出来ぬ。鞭打《べんだ》に追われ、ピストルの筒口におびやかされて、彼女等は、パノラマ場への通路である、トンネルみたいな狭い真暗な穴へ這い込む外はなかった。

滑稽な裸女の行列が、まるで追い立てられた家畜の群の様に、ゾロゾロとパノラマ場へと続いた。

真暗なトンネルを抜けると、彼女等の眼界に、藍と紅の幻の世界が開け、不気味にもいまわしき地獄の有様が映った。キャッという恐怖の叫声。でもうしろの鞭は容赦なく、押され押されて立ちすくむ暇《いとま》もない。

「いくらでもわめくがいい。だが、その声は外へは洩れぬ。仮令洩れても、聞きつける人がない。ここは広い遊園の森の中だ」

蜘蛛男は、娘達の悲鳴にまけぬ大声で怒鳴りながら、絶間なき鞭打を続けて、裸女の一人一人を、夫々適当な場所へ追いつめる。

鞭の音、肉塊の乱舞、悲鳴の交響楽、むき出した神楽獅子の金歯の輝き、さもさも心地よげな悪魔の高笑い。かくてパノラマ館の別世界に、藍と紅のだんだら染めの光の下に、生きた人間の真の地獄絵が描き出されていた時、

……………………………………………………………………………………


丁度その時、四十九体の人形共を投込んであった、真暗な物置き部屋の中で、実に異様なことが起った。

片隅に転がっていた一つの人形が、それは大柄な男の胴体にダブダブの白衣を着せ、女の首をすげてごまかした、間に合わせものの一つであったが、それが、ゼンマイ仕掛けの様に、闇の中で、ムックリと起き上ったのだ。

起き上ったばかりではない。側の人形達をカラカラと云わせながら、壁を伝って、歩き出した。入口を出て、トンネルを抜けて、白衣の人形は、夢遊病者の様に、いつしか、パノラマ場へ辷り込んでいた。

振りさばいた黒髪を分けて、白壁の様な人形の顔、それに紅の光線が当ると、ガラスの瞳がまぶし相に、パチパチと瞬いた。そして、引締めた唇の隅が、幽かに動いたかと思うと、人形の顔は、何とも云えぬ、不気味な嘲笑の相好となった。

人形ではないのだ。生きているのだ。四十九体の人形の内に一人丈け生きた人間が混っていたのだ。さっき平田青年が怪《あや》しんだのは、間違いではなかった。生きた人形は、運ばれぬ先にこっそりと、一人で物置へ歩いて行くことが出来たのだ。

怪しい人形は、不思議な素早さで、蜘蛛男の背後に忍び寄った。そして、蜘蛛男の動き廻るにつれて、影の様に、彼のうしろへうしろへと身をかわした。蜘蛛男は少しも気づかぬ。彼は四十九人の娘達の目まぐるしい肉塊の群に眩惑《げんわく》して、殆ど無我夢中で鞭を振り廻していたのだ。

やがて機会が来た。蜘蛛男が動き廻るのをやめて立止った。人形の手が伸びた。指の間に綿の様な白いものが見えた。その白いものが、電光の素早さで、蜘蛛男の鼻と口とをふさいだ。十秒二十秒、……已に蜘蛛男のぐにゃりとなった身体が、人形の両手の間に倒れかかっていた、麻酔薬が悪魔を眠らせたのだ。

……………………………………………

こうしてはいられない。早く早く。と心の底からこみ上げて来るものが、睡魔と戦って、戦い抜いて、蜘蛛男はボンヤリ黄色い目を開いた。

四十九人の娘達は、同じ様に泣叫び、逃げまどっているし、業火は少しも衰えず燃えさかり、熱湯地獄は沸々とたぎっている。そこには何等時間の経過を示す様な変化が現われていなかった。蜘蛛男はちょっと腕時計を眺めた。だが、気を失ったのが何時《なんじ》であったか正確には記憶していないので、時計からも時間の経過を知ることは出来なかった。

「アア、俺は余りの嬉しさに、目まいがしたのだ。何でもなかったのだ」

蜘蛛男は、この間が僅々《きんきん》数秒でしかなかった様に思った。無論怪人形の出現も、麻酔薬のことも少しも気づかなんだ。だが、本当を云うと、彼は一時間余りも睡っていたのだ。それを数秒の様に感じさせたのは、怪人形の指図による四十九人の娘達の、巧みな欺瞞であった。その一時間の間に何事が為されたか、又、かの怪自動人形が何者であったかは、やがて分る時が来るであろう。

それは兎も角、蜘蛛男の園田大造は、ヨロヨロと立上ると、娘達を適当な位置につかせる為に、更に暫く鞭打と怒号を続けたが、娘達は、泣き叫びながらも、案外素直に彼の命に従った。

「サア、娘さん達、愈々最後の時が来た。気違い踊《おどり》を踊る時が来た。思う存分狂い廻るがいい。思う存分」

蜘蛛男は半分云い残したまま、彼自身が気違いの様に、トンネルの中へ駆け込んで、外からピッシャリと扉をしめ、錠をおろし、迂回してパノラマの背景のうしろに出た。そこに一坪程の箱の様な小部屋がある。彼はその小部屋へ這入って、突き当りの小さなガラス張の丸窓を覗いた。パノラマ場が一望の内にある。四十九人の裸女達の艶かしい姿体が、藍と紅の光の中で、くねくねと蠢いているのが、手に取る様に眺められる。

蜘蛛男はテラテラと上気した頬を、獣の笑いによじらせ、ペチャペチャと舌なめずりをしながら、さもさも楽し相に、その小部屋の壁に仕掛けた小さな釦《ぼたん》を押した。押して置いて、丸窓のガラスに、ピッタリ顔をつけ、瞳をこらして場内の変化に眺め入った。

釦は場内の観覧席の床下に用意した、殺人瓦斯《がす》発生装置に通じていて、釦の一押しが、そこのある薬液と薬液とを混ぜ合わす仕掛けになっていた。

見ていると、観覧席の下の暗闇から、無数の黄色い蛇が、煙の鎌首をもたげて、あとからあとからと這出して来る。それが地面を這って八方に拡がり、蛇と蛇とが重なり重なって、遂には一団の黄色い波と化し、徐々に四十九人の裸娘の方へ迫って行く。

毒煙におびえた娘達は、口々に悲鳴を上げて、身を縮め、背景にすがりつく。だが、毒蛇の歩みは早く、娘達の足元に迫り、足首から、ふくらはぎ、腿、尻、腹と、肌を伝って、這い上り這い上る。そして、蜘蛛男の所謂気違い踊りが始まるのだ。

四十九個の柔軟な肉塊と殺人毒煙との悲痛なる戦いだ。煙にむせて咳き入る隙々に、胸の底からほとばしる叫喚《きょうかん》、手足を滅茶滅茶に振り廻す酔っぱらい踊り。四十九の裸身が縦横無尽に駆け廻りはせ違う壮観、蜘蛛男の歓喜は絶頂に達した。

黄煙は益々その勢《いきおい》を増し、地上と円形の背景の全体を覆い尽し、丸天井を這い上って、その頂上の通風孔から屋外へと抜け出して行く。蜘蛛男の覗いているガラス窓も、雲の中の様に煙にとざされ、最早パノラマの全景を見ることは出来ぬ。ただ、走り狂う裸女達が、窓のすぐ前を通り過ぎる時、靄の為に異様に大きく見える肉体が、雲の中の巨人の様に、或は水族館の怪魚の様に、不気味にもみだりがましく、ほの見えるばかりである。

だが、蜘蛛男は、この不可思議な光景を長く楽しむことは出来なかった。黄色い毒煙は敵味方の見境なく、壁の隙間を漏れて、彼の隠れている小部屋へも侵入し始めたからである。彼はその瓦斯の性質を知悉《ちしつ》している丈けに、糸の様な煙を見ても震え上った。彼はハンカチで鼻を押えて大急ぎで小部屋を飛出し、廊下を走って、パノラマ館の外へ出た。そして、出入口の大戸をピッシャリ閉め切って置いて、怖いものの様に建物の側を離れ、一方の林の中へ駆け込んだ。

睡魔を意志の力で払いのけていた彼には、それ丈けが精一杯だった。林にかけ込んで、草の上に倒れると、醒め切らぬ麻酔薬が、彼の神経を徐々にしびらせて行った。

彼は寝転んだまま、首を上げて、パノラマ館の建物を望み見た。ほのぼのと白みそめた空を区切って、怪物の様に真黒に聳えている円形の建物の頂上から、幽かに立昇る黄煙、アア、あの丸屋根の下には、断末魔の苦悶の姿をそのままに、四十九のねじれ曲った肉塊が転がっているのだ。と思うと、満ち足りた、ほのかな悲しみが、胸一杯に拡がって行った。もたげていた首が、ガックリと落ちた。そして、この稀代の悪魔は、泥の様な眠りに陥ったのである。

大団円

お昼少し前、頼んで置いたパノラマ館の番人や切符売りの人達が出勤して、林の中に熟睡している園田大造を発見した。

揺り起された蜘蛛男は、開館式の時が迫っているのを知って、慌ててパノラマ館の大戸を開いた。毒煙はすっかり通風孔から抜け出してしまった時分だったけれど、念の為に、番人達の内部に入ることを禁じて、戸という戸、窓という窓を開け離し、残っていた瓦斯を発散させた。蜘蛛男自身も、建物の外の切符売場に腰かけて、観覧者達のやって来るまで、中へ這入るのを見合わせた。

傭人達に客の接待心得などを教えている内に、定めの時間が来た。数百通の招待状に対して、実際やって来た人は、百人にも足りなかったが、その中に、K撮影所長のK氏や、警視庁の波越警部などの顔が混っているのを見て、蜘蛛男は云い知れぬ満足を覚えた。(その実、この二人はもっと別の意味で来ていたことが後で分ったのだけれど)知名の文学者や新聞記者などもいた。一種奇怪な画風で知られた新しい洋画家の姿も見えた。

蜘蛛男の園田大造は、用意のモーニングに着かえて、客達をパノラマ場へと案内した。人々はやや不気味な思いで真暗なトンネルをくぐった。トンネルを出離れると、丸い観覧席がある。館主は鄭重な言葉で、椅子を置く余地のないことを詫び、客達に暫くそこに立っていてくれる様に頼んだ。

パノラマ場は、別世界の感じを強める為に、最初は殆ど真暗にしてあった。蛍火の様に陰々と燃立つ地獄の業火の外には何の光もなかった。客達はその闇の中に、思い思いの幻を描いた。何かしら奇怪なものを見せられるという予感が、彼等を異常に緊張させた。

やがて、蜘蛛男が押すスイッチの一つ一つに、場内はほのぼのと明るくなって行った。先ず死の隈取《くまど》りの藍の色、次にほとばしる血潮の紅、最後に棚引く紫の雲、その上に浮ぶ金泥の如来像。

瞳をこらせば、そこに剣《つるぎ》の山があった。血の池があった。熱湯地獄があった。そして、見渡す限り、数知れぬ芋虫と蠢く、裸女の山があった。見物達の間から、アッと云う感嘆の叫びが上った。

最も人々を驚かせたのは、前景の裸体人形共の苦悶の有様であった。そこには、人体の構造上全く不可能と思われる、あらゆる奇怪至極な姿があった。どの様な自由自在な、大胆不敵なダンサアでさえも、到底企て及ばぬ様な肉塊の乱舞があった。気の弱い見物人は、余りの残酷さ、みだりがましさに、思わず顔をそむけた程だ。

蜘蛛男の得意思うべしである。

彼は見物人達の前に立って、一場の挨拶を試みた。『邪悪の美』に関する彼の持論を述べ、このパノラマが如何にそれに叶った見世物《みせもの》であるかを説明し、彼自身邪悪の芸術家であり、このパノラマ館は邪悪の美の最高殿堂であることを説いた。

挨拶が終ると、彼は柵を排してパノラマ場の土間に降り立ち、一つの苦悶人形の側へ近づいて行った。

「さて、私が最も丹精をこらしましたのは、この人形共の肉体です。地獄の苛責《せめく》にねじれ曲った、若い娘達の美しい姿です。ごらん下さい。死人の肌の滑かさを、この水々しい弾力を」

彼は不気味な微笑を浮べながら、人形の二の腕を掴んで高く持ち上げた。そして、見物達の顔から目を離さぬ様にして、その手をパッと離した。人形ではない本物の人肉の、不思議な弾力を見せびらかそう為である。

だが、これはどうしたことだ。人形の腕は胴体にぶつかって、カラカラと土の音を立てたではないか。その人形一体丈け、しまい忘れたのかしら、いやいやそんな馬鹿なことがある筈はない。蜘蛛男は狼狽して、隣の人形の首を掴んで、表情を確める為に、ぐっと上にねじ向けようとした。すると、その首がスッポリ抜けてしまったではないか。これも人間ではなくて、元の土人形に過ぎないのだ。では、さっき毒煙の中で断末魔の舞踏を踊り狂った本物の娘達の死骸は、一体全体どこへ行ってしまったのだ。

蜘蛛男の狼狽は極度に達した。

彼は慌てて三人目の人形に走った。そして、これもやっぱり土人形かと、その腕を持って引き試みると、意外、それは人形ではなくて暖い血の通った人間、しかも、白衣を纏い、お化粧をし長髪の鬘《かつら》を冠ってはいるけれど、正しく男であることが分った。筋張った二の腕に男性的な強い力が感じられた。

蜘蛛男はあっけにとられて、タジタジと二三歩あとによろめいた。

云うまでもなく、これこそ、さい前蜘蛛男を眠らせた怪自動人形であった。男人形は、スックと立上った。真紅の光線が彼の白粉の顔を一杯に照らし出した。真赤な顔、固く結んだ口、閉じた目、それが徐々に開いて、大きく大きく、らんらんたる両眼が蜘蛛男を睨みつけ、ねじれた唇が不気味にニヤリと笑った。

「誰だ、誰だ」

蜘蛛男は、両手で相手の眼光をよける様にしながら、意気地なくうめいた。

「分りませんか。この声に聞き覚えがありませんか」

男人形が静かに答えた。

「分った。貴様だ。明智、小五郎だ。貴様、とうとう……」

巨人と怪人は再び相対して立った。四つの目が敵意に燃えて、互の身体に食入る様に、烈しい光を放った。二人はいつまでもいつまでも黙り返って睨み合っていた。見物《けんぶつ》達も、段々事の仔細を悟りながら、かたずを飲んで押黙っていた。

怪人形の明智小五郎が遂に口を切った。

「ハハハハハ、分りませんか。どうして僕がここへ現われたか。君は今その疑問を解こうとして苦しんでいるのだ。なんでもないことですよ。君の一寸した不注意なのだ。第一は、机の上に人形師福山鶴松の所書きを放り出して置いたこと、第二は僕がその鶴松の人形工場の職工に化けているとも知らず、四十九体の裸人形を注文して、僕にここの据附けまでさせたことです。従って僕が君の大げさな悪企みを看破《かんぱ》したのは、何の不思議もない、当然の順序なのです。ハハハハハ分りましたか」

「で、つまり、君が娘達の死骸とこの人形と置き換えて置いたという訳だね」

蜘蛛男は一時の驚きが鎮《しず》まると、持前のふてぶてしさで落ちつき払って尋ねた。

「娘達の死骸というと」

明智が、けげんらしく聞返した。

「俺の毒瓦斯でもだえ死にをした、四十九人のお嬢さんの死骸のことさ」

「なる程、なる程、君はまだ何も知らなかったのですね。それは大変な誤解ですよ。君はここでは、仕合せなことに、殺人罪なんか犯していないのです。と云っても分るまいが、つまりね、君はさっきここで一寸の間眠った。多分君は一寸の間と思っているでしょう。

併し、本当は一時間以上も眠ったのです。一時間あれば色々なことが出来ますからね。観覧席の床下の瓦斯発生装置を、芝居の舞台で使う無害の煙の発生装置に変えることも出来れば、四十九人の娘さん達と、その無害の煙にさも苦悶する様に見せかける、相談をすることも出来ようというものです」

「じゃ、あれは、娘達のお芝居だったというのか」

蜘蛛男は余りのことに、信じ兼ねて叫んだ。

「そうですとも、あの娘さん達、流石君の御見立てで、皆御芝居が上手でしたよ。ハハハハハ。で、娘さん達は君が林の中で熟睡している間に、皆自宅へ引取りました。無論今頃はお父さんやお母さんに、昨夜からの冒険談を話して聞かせている頃でしょう。さて、そうして置いて、娘さん達の代りに、この人形共を列べて置いたという訳です。どうです僕の手際は。僕も満更『邪悪の美』が分らない男でもないでしょう」

長い長い沈黙。

人々はこの一代の兇賊蜘蛛男の、見るも無残な苦悶と絶望の表情を眺めた。

蜘蛛男は身動きもせず、明智小五郎を睨みつけて立ちはだかっていた。ただ、右の手先丈けが目に見えぬ程の速度で、ジリジリと、腰のポケットに這い寄って行く。そこにはピストルが這入っているのだ。

明智はそれを知らぬものの如くボンヤリと突立っている。危い危い。

抜目のない波越警部は、それと気づいて、柵を越して走りより、矢庭に蜘蛛男の背後から飛びかかった。だが、たった一瞬の差で、ピストルは兇賊の手に握られていた。キラリと冷い金属の光、アッと見物席に起る恐怖の叫び。

「心配しなくてもいい。俺は君達の命を貰おうとは云わぬ。俺は負けたのだ。明智君の為に完全にやっつけられたのだ。それは、この場を逃げ去る位のことは訳はない。だが、今はもう逃げる気がないのだ。この敗北の恥辱丈けで充分だ。俺はいさぎよく、悪魔の生涯を終りたいのだ」

意外、蜘蛛男は敵にではなくて、自分自身の頭にピストルの筒口を向けたのである。

「待てッ」

波越警部が怒鳴って、ピストルの手に縋りついた時は、已に遅かった。カチッとピストルが鳴った。だが、カチッと云ったばかりで、煙も丸《たま》も出ぬ。蜘蛛男は倒れもせず、ポカンと立ったままだ。

「イヤ、心配することはありません。ピストルの丸は僕が予め抜いて置いたのです」

明智がニコニコ笑って打開けた。

みじめなのは蜘蛛男である。彼はこの重ね重ねの侮蔑に、真青になった。人々は思わず震い上った。彼等は未《いま》だ嘗つて、この時の蜘蛛男の様な、世にも恐ろしい相好を見たことがなかったからである。

「畜生奴ッ」

爆発する様に怒鳴って、彼は明智に飛びかかった。だが、冷静な明智が逆上した蜘蛛男の自由になる筈はない。彼はパッと飛びのいて身構えをした。同時に、波越警部と、見物にまぎれ込んでいた三名の刑事とが、明智を守って、大手を拡げた。

人々が明智を守ろうとして一方に固まった為に、隙が出来た。蜘蛛男の真意はそこにあったのだ。彼は明智に飛びかかると見せかけて置いて、咄嗟に方向を変え、五六間向うの剣の山へ突進した。

そこには数十本の刃物が、空《そら》ざまに植えてあるのだ。蜘蛛男は駆け出した勢で、ピョンと一飛びすると、両手を拡げて、ワッとわめきながら、鋭い刃物の真上に、グサッと身を投げおろした。

波越警部達が駆けよったときには、もう兇賊の呼吸《いき》は止っていた。剣の一本が真正面から心臓を刺したのだ。

見物達は余りの残酷さに、正視するものもなかった。流石の明智小五郎も、唇の色を失って、脇を向いた。

稀世《きせい》の兇賊蜘蛛男も、今は何かしら柔い、一つの物体に過ぎなかった。剣の山の上にペシャンコになった、黒いモーニングの背中には、巨大なはりねずみの様に、十数本の剣の先が、グシャグシャと生えて、その根元から黒く見える液体が、ドクドクと吹き出していた。

かくして、学者殺人魔蜘蛛男は、何という因縁であろう。彼の創造したパノラマ地獄の剣の山に、彼自《みずか》らを処刑したのである。

解説

東　雅夫

本書『蜘蛛男』は、昭和四年（一九二九）八月から翌年六月まで、講談社の大衆読物雑誌「講談倶楽部」に連載された。

折しも、先行して「朝日」に連載中の『孤島の鬼』がそろそろ佳境に入ろうとしており、直前には「新青年」に「押絵と旅する男」を発表している。この両作品は、長篇と短篇それぞれにおける乱歩の最高傑作と評する向きも少なくない名品であり、まさに作家としてのピークを迎えつつあった時期に着手された長篇が『蜘蛛男』だったわけである。

「通俗を主眼とする講談社ものだから、ルパンものと涙香の書き方を混ぜ合わせたようなものをめざしたのだが、思うように行かなかった。結果としては、その後の私の講談社ものも、私流のエログロになってしまったけれど、最初はそういう心組みだったので、『蜘蛛男』の初めの方には、いくらか涙香ふうの書き方が残っている」（「自註自解」より）と、後に乱歩は回想しているけれども、これは多分に辛口の自己評価というべきだろう。

浅草六区の蜘蛛《くも》男の見世物をめぐる、いかにも乱歩趣味な前置きに始まり、都心のビルの十三号室を舞台に、謎めいた紳士による怪しげな策謀が、たちまちにして薄気味悪い淫《いん》楽《らく》殺人絵図へと展開されてゆくスピーディかつ衝撃的な序盤の展開など、連載誌の読者層を十二分に意識した、乱歩のサービス精神が躍如としていよう。

稀代《きたい》の殺人鬼に、敢然と知略をもって立ち向かう、犯罪学者にして安楽椅子ならぬ浴槽探偵(!?)畔柳友助の個性きわだつ活躍ぶりも、かの名探偵・明智小五郎の好敵手が、ついに出現か……という期待を抱かせる。

しかも乱歩は後半にいたるや、待ってましたの真打ち登場とばかりに、当の明智探偵までをも作中に登場させ、二転三転めまぐるしく攻守ところを変える犯罪ゲームに緊急参戦させるという大サービスぶりである。こうした予想外の展開と、その後に待ち受ける、さらなる驚愕《きょうがく》の真相を、当時の読者が歓呼して迎えたことは想像に難くない。

本書を皮切りに『魔術師』『黄金仮面』『盲獣』等々と続く、いわゆる通俗長篇ものの大ヒットによって、乱歩が一躍、探偵作家の驍将《ぎょうしょう》から国民的人気作家へステップアップを遂げるのも、本書における堂々たるエンターテイナーぶりからして当然のことであったように思われる。

ところで、「魔性の犯罪者」対「名探偵」の秘術を尽くした死闘を描くという怪奇冒険スリラーの定型においては、やはり魔人怪人殺人鬼のキャラクター造形が、全篇の要諦《ようてい》となることは申すまでもなかろう。他の何にもまして、まず仇役《かたき》が魅力的でなければ、話の盛り上がりようがないのだから。

長篇スリラー連作の記念すべき一作目に、乱歩が「蜘蛛男」というキャラクターを起用したのは、なぜであろうか。

冒頭の一節には、見世物小屋の話題に続いて、蜘蛛という昆虫の「残忍酷薄な」本性に注目したという意味のことが記されているけれども、おそらくそればかりではあるまい。実は乱歩自身が、すこぶるつきの蜘蛛嫌いであったことが、そもそもの動機ではないかと考えられるのだ。

春陽堂版『江戸川乱歩全集』の附録「探偵通信」の第六号と第七号（一九五五年三月〜四月）に掲載されたエッセイ「こわいもの」から、次の一節をお読みいただきたい。

クモのどこがこわいかというと、足の多いのがいやなのである。足をやぐらのように立ててあるく、臀《しり》のふくらんだクモもこわいが、壁の上を、壁と同じ色で、かすみのようにヘラヘラと、非常な速度で逃げる平グモも、おそろしかった。また、庭の木の枝に巣を張って、八本の足を二本ずつ、ピッタリと合せて四本しか足のないような顔をして、空中にじっとしている、ケバケバしい極彩色の女郎グモも、いやらしかった。あの四本になった足の形がなんだか笑っている人間の表情に似ていてじつに気味がわるかった。

タコもイヤに足が多いけれど、ああいうグニャグニャしたのは、こわくなかった。足に節があって、ガサガサと、すばやく動くあの感じがおそろしかった。

こういう自己の生理に密着した感覚的な文章を書かせると、やはり乱歩は天下一品である。そもそも、アラクノフォビア（蜘蛛恐怖症）という医学用語もあるように（同題の気色悪いホラー映画もありましたな）、蜘蛛を見ると悲鳴を上げる向きは世間に少なくないが、乱歩の場合、蜘蛛に対する恐怖は父親譲り、父子二代にわたる因縁ずくであったらしく、なかなか念が入っている。右のエッセイにも、父が異常に蜘蛛を恐れるようになった由来譚《たん》として、少年時代の怪談めくエピソードが縷々《るる》記されているほどなのだ。

こうした乱歩の蜘蛛へのこだわり、とりわけ足の多さに対するオブセッションが、『蜘蛛男』の前半で殺人鬼と丁々発止の闘いを繰りひろげる探偵役の畔柳博士の造形に影を落としている……といったら、意外に思われるだろうか。鉄道事故で片足切断を余儀なくされたため、義足を装着して名推理を展開するという異色のキャラクターであるが、乱歩があえてこのような設定を導入した背景には、足の多さが恐怖を喚起する蜘蛛によって象徴される邪悪な犯罪者に対するに、一種のスティグマ（聖痕）として片足を欠いた探偵を配するという構図が見て取られるのである。

かつて柳田國男《やなぎたくにお》は、山中などに出没する一眼一足の妖怪《ようかい》のルーツを追究して、次のような推論に至った（「一目小僧」より）。

大昔いつの代にか、神様の眷属《けんぞく》にするつもりで、神様の祭の日に人を殺す風習があった。おそらくは最初は逃げてもすぐ捉《つか》まるように、その候補者の片目を潰《つぶ》し足を一本折っておいた。そうして非常にその人を優遇しかつ尊敬した。犠牲者の方でも、死んだら神になるという確信がその心を高尚にし、よく神託予言を宣明することを得たので勢力を生じ、しかも多分は本能のしからしむるところ、殺すには及ばぬという託宣もしたかも知れぬ。（傍点は引用者による）

ちなみに神話伝説との関わりでいえば、対する蜘蛛男の側にも、幽暗なルーツが秘められていることに気づくだろう。

記紀神話に言及される「土蜘蛛」は、大和《やまと》朝廷に服従せず抵抗を続けた古代の辺境の民の蔑称《べっしょう》であり、後には山中に蟠踞《ばんきょ》する妖怪の姿となって、平安京のゴーストバスター源頼光と死闘を繰りひろげたりすることとなる。

こうした正義のヒーローに対する邪悪の権化としての蜘蛛という図式は、乱歩のみならず、遠く現代にも及んでいる。日本を代表する特撮ヒーロー番組といって過言ではない「仮面ライダー」の記念すべき第一話「怪奇蜘蛛男」では、その名のとおり、悪の組織ショッカーによって製造された改造人間「蜘蛛男」が、最初の刺客となって仮面ライダーと激闘を展開するのであった。

乱歩がこうした蜘蛛をめぐる伝承的記憶に、決して無自覚でなかったことを示唆する一節を、先の「こわいもの」から引いて、本稿の結びとしよう。

そのころ、私の家に古い和本の大和《やまと》名所図会《ずえ》があった。その見開きの大きな挿絵に化けグモ退治の図があった。甲冑《かっちゅう》に身をかためた武士が、空に大きな巣を張って、頭上からおそいかかって来る、人間よりも大きい化けグモに刀を抜いて斬りかかっている絵があった。

幼年の私は、祖母の説明を聞きながら、この名所図会を見るのが好きだったが、化けグモのところだけは、とばして見ることにしていた。こわいもの見たさに、そそられもしたが、見ればゾーッとする。その本の中に、その絵があると思うと、本そのものさえ、ぶきみであった。

本書は、光文社発行の『江戸川乱歩全集』（平成十五年―十八年）収録作品を底本としました。

本文中には、今日の人権擁護の見地に照らして不当・不適切と思われる語句や表現がありますが、作品発表当時の時代的背景を考え合わせ、また著者が故人であるという事情に鑑み、著作権継承者の了解を得た上で、一部を改めるにとどめました。

編集部

蜘《く》蛛《も》男《おとこ》　江《え》戸《ど》川《がわ》乱《らん》歩《ぽ》ベストセレクション⑧

江《え》戸《ど》川《がわ》乱《らん》歩《ぽ》

角川ホラー文庫　Hえ1-8　15902

平成21年9月25日　初版発行
令和2年10月25日　7版発行

発行者――青柳昌行
発　行――株式会社KADOKAWA
東京都千代田区富士見2-13-3
電話(03)3238-8521(カスタマーサポート)
〒102-8177
http://www.kadokawa.co.jp/
印刷所――大日本印刷　製本所――大日本印刷
装幀者――田島照久

ISBN978-4-04-105335-5 C0193

角川文庫発刊に際して

角川源義

第二次世界大戦の敗北は、軍事力の敗北であった以上に、私たちの若い文化力の敗退であった。私たちの文化が戦争に対して如何に無力であり、単なるあだ花に過ぎなかったかを、私たちは身を以て体験し痛感した。西洋近代文化の摂取にとって、明治以後八十年の歳月は決して短かすぎたとは言えない。にもかかわらず、近代文化の伝統を確立し、自由な批判と柔軟な良識に富む文化層として自らを形成することに私たちは失敗して来た。そしてこれは、各層への文化の普及滲透を任務とする出版人の責任でもあった。

一九四五年以来、私たちは再び振出しに戻り、第一歩から踏み出すことを余儀なくされた。これは大きな不幸ではあるが、反面、これまでの混沌・未熟・歪曲の中にあった我が国の文化に秩序と確たる基礎を齎らすためには絶好の機会でもある。角川書店は、このような祖国の文化的危機にあたり、微力をも顧みず再建の礎石たるべき抱負と決意とをもって出発したが、ここに創立以来の念願を果すべく角川文庫を発刊する。これまで刊行されたあらゆる全集叢書文庫類の長所と短所とを検討し、古今東西の不朽の典籍を、良心的編集のもとに、廉価に、そして書架にふさわしい美本として、多くのひとびとに提供しようとする。しかし私たちは徒らに百科全書的な知識のジレッタントを作ることを目的とせず、あくまで祖国の文化に秩序と再建への道を示し、この文庫を角川書店の栄ある事業として、今後永久に継続発展せしめ、学芸と教養との殿堂として大成せんことを期したい。多くの読書子の愛情ある忠言と支持とによって、この希望と抱負とを完遂せしめられんことを願う。

一九四九年五月三日

人間椅子

江戸川乱歩ベストセレクション❶

江戸川乱歩

孤独な職人が溺れた妖しい快楽

貧しい椅子職人は、世にも醜い容貌のせいで、常に孤独だった。惨めな日々の中で思いつめた男は、納品前の大きな肘掛椅子の中に身を潜める。その椅子は、若く美しい夫人の住む立派な屋敷に運び込まれ……。椅子の皮一枚を隔てた、女体の感触に溺れる男の偏執的な愛を描く表題作ほか、乱歩自身が代表作と認める怪奇浪漫文学の名品「押絵と旅する男」など、傑作中の傑作を収録するベストセレクション第1弾！　〈解説／大槻ケンヂ〉

角川ホラー文庫

ISBN 978-4-04-105328-7

屋根裏の散歩者

江戸川乱歩

江戸川乱歩ベストセレクション❸

のぞきも殺しもこんなに楽しい

世の中の全てに興味を失った男・郷田三郎は、素人探偵・明智小五郎と知り合ったことで「犯罪」への多大な興味を持つ。彼が見つけた密かな楽しみは、下宿の屋根裏を歩き回り、他人の醜態をのぞき見ることだった。そんなある日、屋根裏でふと思いついた完全犯罪とは――。

表題作のほか、とある洋館で次々起こる謎の殺人事件を描いた「暗黒星」を収録。明智小五郎登場のベストセレクション第3弾！　〈解説／山田正紀〉

角川ホラー文庫

ISBN 978-4-04-105330-0

陰獣

江戸川乱歩ベストセレクション❹

江戸川乱歩

すべてを隠す罪深き白い肌

探偵作家の寒川に、資産家夫人、静子が助けを求めてきた。捨てた男から脅迫状が届いたというが、差出人は人気探偵作家の大江春泥。静子の美しさと春泥への興味で、寒川は出来るだけの助力を約束するが、春泥の行方はつかめない。そんなある日、静子の夫の変死体が発見された。表題作のほか、愛する女に異常な執着を示す男の物語、「蟲」を収録。男女の情念を描いたベストセレクション第４弾！　〈解説：倉阪鬼一郎〉

角川ホラー文庫

ISBN 978-4-04-105331-7

黒蜥蜴

江戸川乱歩

江戸川乱歩ベストセレクション⑤

宝石も人の命もあたしのもの

社交界の花形で、腕に黒いトカゲの入墨をしたその女は、実は「黒トカゲ」と呼ばれる暗黒街の女王、恐るべき女賊であった。とある宝石商が所有する日本一のダイヤモンドを狙う黒トカゲは、娘の誘拐を謀る。身辺警護を引き受けた明智小五郎の想像を超えた作戦で、黒トカゲは娘の誘拐に成功したのだった。明智と黒トカゲの壮絶な対決の行方とは……。切ない結末が胸に迫る、ベストセレクション第5弾！　〈解説：山前 譲〉

角川ホラー文庫

ISBN 978-4-04-105332-4

パノラマ島綺譚

江戸川乱歩

江戸川乱歩
ベストセレクション❻

夢の国に咲く美しき人肉の花

売れないもの書きの廣介は、極貧生活ながら、独特の理想郷を夢想し続けていた。彼はある日、学生時代の同級生で自分と容姿が酷似していた大富豪・菰田が病死したことを知り、自分がその菰田になりすまして理想郷を作ることを思いつく。荒唐無稽な企みは、意外にも順調に進んでいったのだったが……。ほかに「石榴」を収録。妄想への飽くなき執念を描くベストセレクション第6弾！　〈解説：日下三蔵〉

角川ホラー文庫

ISBN 978-4-04-105333-1